을유세계문학전집 · 145

내가 죽어 누워 있을 때

내가 죽어 누워 있을 때

AS I LAY DYING

윌리엄 포크너 지음 · 윤교찬 옮김

을유문화사

옮긴이 윤교찬

서강대학교 영어영문학과를 졸업하고 동대학원과 미국 노스캐롤라이나 대학에서 석사 학위를, 서강대학교에서 논문 「존 바스의 포스트모더니즘 소설과 카운터리얼리즘의 세계」로 박사 학위를 받았다. 현재 한남대 영어교육과 교수로 재직 중이며 19~20세기 미국 소설, 탈식민주의 문학 이론, 문화 연구, 영문학 교육 등에 관심을 가지고 연구 중이다. 대전 지역의 교수들과 들뢰즈, 지젝, 탈식민주의, 문화 연구 등을 함께 공부하고 있으며, 이 모임의 연구 성과물로 『탈식민주의 길잡이』(공역), 『문화코드 어떻게 읽을 것인가?』(공역) 등이 출간되었다. 이 밖에 옮긴 책으로 『허클베리 핀의 모험』, 『고함과 분노』, 『워더링 하이츠』, 『문학비평의 전제』, 『경계선 넘기: 새로운 문학연구의 모색』(공역), 『나의 도제시절』(공역), 『미국인종차별사』(공역) 등이 있다.

을유세계문학전집 145
내가 죽어 누워 있을 때

발행일·2025년 11월 30일 초판 1쇄
지은이·윌리엄 포크너 | 옮긴이·윤교찬
펴낸이·정상준 | 펴낸곳·(주)을유문화사
창립일·1945년 12월 1일 | 주소·서울시 마포구 서교동 469-48
전화·02-733-8153 | FAX·02-732-9154 | 홈페이지·www.eulyoo.co.kr
ISBN 978-89-324-7584-4 04840 978-89-324-0330-4(세트)

• 이 책의 전체 또는 일부를 재사용하려면 저작권자와 을유문화사의 동의를 받아야 합니다.
• 책값은 뒤표지에 있습니다.
• 잘못된 책은 구입하신 곳에서 바꾸어 드립니다.

차례

내가 죽어 누워 있을 때 • 7

주 • 283
해설 미국 남부의 슬픔을 담아내며 위로하는
　　　포크너만의 독특한 이야기 전개 • 285
판본 소개 • 299
윌리엄 포크너 연보 • 301

일러두기
* 원서 본문에 이탤릭체로 표기된 부분(주로 의식과 무의식을 표현한 부분)은 본 번역서 본문에도 이탤릭체로 표기했습니다.
* 번드런가 가족 구성원: 아버지 앤스, 어머니 애디, 큰아들 캐시, 둘째 아들 달, 셋째 아들 주얼, 넷째(딸) 듀이 델, 막내 바더먼

달

 주얼과 나는 앞뒤 한 줄로 서서 들판에서 돌아온다. 내가 주얼보다 15피트 정도 앞에서 걷고 있지만, 목화 창고에서 우리를 내려다보면 나보다 머리 하나는 큰 주얼의 해진 밀짚모자만 보인다. 마치 추를 달아 늘어뜨린 다림줄처럼 곧장 뻗은 길은 사람들의 발길 때문인지 반반해졌고, 칠월의 땡볕에 익어 버린 듯 단단하다. 목화가 파랗게 쌓여 있는 밭 사이로 난 길은 들판 한가운데 있는 목화 창고로 이어지고, 창고의 둥근 네 귀퉁이를 완만하게 끼고 돌아 다시 들판으로 내닫는다. 사람들 발길에 너무 눌렸는지 길이 점차 흐릿해진다.
 거친 통나무로 지은 목화 창고는 이미 오래전에 이음매가 다 떨어져 나갔다. 네모난 목화 창고는 한쪽으로 경사진 지붕이 무너져 내려 비어 있는 모습으로 햇빛을 받고 어른거린다. 양쪽 벽에 난 큼지막한 창문은 길을 향해 나 있다. 창고에 도착한 후, 나는 귀퉁이를 끼고 돌아 다시 길로 향한다. 15피트 뒤에서 따라오던 주얼은 앞만 바라보며 단숨에 창문을 뛰어넘어 길로 나선다. 여전히 뚫어지게 앞만 주시하는 주얼은 해진 작업복 차림의 담배 광고용 인디언 인형처럼 굳은 표정으로 창고 바닥을 네 걸음에 가로질러 반대 창문으로 나간다. 내가 창고를 끼고 돌 즈음 그는 어느새 길로 내닫는다. 뚫어지게 앞만 바라보는 주얼의 두 눈은 마치 나무처럼 무뚝뚝한 얼굴에 박혀 있는 듯 창백하다. 이제 나보다 5피트 앞서 걷는 주얼을 따라 절벽 아래로 향한다.

툴 아저씨 마차가 가로장*에 매인 채로 샘가에 서 있다. 고삐는 마차의 의자 기둥에 둘둘 말려 있는 채고, 의자 두 개가 바닥에 놓여 있다. 샘가에 멈춘 주얼이 버드나무 가지에 걸린 조롱박으로 물을 떠 마신다. 주얼을 지나쳐 올라가는데 캐시의 톱질 소리가 들려온다.

언덕 꼭대기에 도착하니 캐시가 톱질을 멈춘다. 나무 조각들이 흐트러져 있고, 캐시가 널판 두 쪽을 맞추고 있다. 그늘 밑에서 널판이 금색으로 노랗게 빛나고, 손도끼 날로 자른 나뭇결의 물결 모양이 부드럽게 드러난다. 캐시는 훌륭한 목수다. 그가 선반 위에 널판 두 개를 놓고 완성된 관의 한쪽 귀퉁이를 맞추기 시작한다. 무릎 꿇고 모서리를 맞추다가 널판을 다시 눕혀 도끼질을 해 댄다. 훌륭한 목수가 맞다. 이보다 더 눕기 좋은 관을 구하지 못할 것을 알기에, 엄마는 자랑스러워하며 위로받을 거다. 쓱, 쓱, 쓱, 손도끼로 나무 베는 소리를 들으며 나는 안으로 들어간다.

코라

 어제는 모아 두었던 달걀로 케이크를 만들었는데, 제법 잘 구워져 나왔다. 우리는 닭에게 많은 걸 의지하는데, 알을 잘 낳아 주곤 하지만, 그놈의 주머니쥐들이 설치는 바람에 몇 마리 남지 않았다. 여름에는 뱀들도 난리다. 이놈들은 재빠르게 닭장을 헤집고 들어오곤 한다. 툴이 예상했던 것보다 닭값이 더 들긴 했지만, 달걀만 잘 낳아 주면 차액이 메꿔질 거로 보고 신중하게 결정해 사들인 닭이었다. 값이 덜 나가는 닭을 살 수도 있었지만, 좋은 품종을 사라는 로잉턴 부인의 조언 때문에 결정한 것도 있다. 게다가 남편도 소나 돼지나 결국은 좋은 종이 제값을 한다고 했다. 하지만 닭을 거의 잃게 되자 남편도 내가 산 걸 두고 뭐라고 하지 않는 판에 우리가 달걀을 다 먹어 버릴 수만은 없었다. 로잉턴 부인이 케이크 주문 얘기를 꺼냈을 때, 나는 만들어 팔기만 하면 한 번에 닭 두 마리 정도는 살 수 있을 거고, 달걀도 케이크 만들 때마다 하나씩만 아껴 모으면 되니까 달걀값이 별로 들지 않을 거라 생각했다. 마침 그 주에는 닭들이 알을 아주 잘 낳아 줘서 팔려고 한 것과 케이크용 이외에도 남는 게 있었다. 그렇기에 밀가루나 설탕, 땔감 경비는 거저 생긴 거나 진배없었다. 그래서 어제 내 평생 최고로 신경 써서 케이크를 구웠고 결과물이 나름 잘 나왔다. 그런데 오늘 아침 마을에 나갔더니 로잉턴 부인이 케이크를 사려던 부인이 마음을 바꿔서 파티를 안 열겠다고 했다는 것이다.

"어쨌든 약속한 케이크는 샀어야지요." 케이트가 말한다.

"글쎄," 내가 대답한다. "이제 케이크 쓸 일이 없다는구나."

"당연히 사야지요. 돈 많은 귀부인들은 맘대로 결정을 바꿔도 되는가 보죠. 가난한 우리들은 안 되고요." 케이트가 대꾸한다.

하나님 앞에서는 부자가 아무것도 아니다. 하나님은 속을 꿰뚫어 보시기 때문이다.

"토요일 바자회 때 가서 팔 수 있을 거야. 제대로 구웠으니 잘 될 거야." 내가 말한다.

"하나에 2달러 받기도 쉽지 않아요." 케이트가 말한다.

"글쎄, 비용도 별로 안 들었잖아." 내가 말한다. 달걀 열두 개를 모아 설탕과 밀가루랑 바꿨기 때문이다. 남편도 알다시피, 팔려고 한 것보다 모은 달걀이 더 많았기에 우리가 횡재한 셈이거나 아니면 다른 사람이 거저 준 거나 마찬가지였다.

"약속한 대로 그 귀부인이 케이크를 샀어야지요." 케이트가 말한다. 하나님은 우리 속을 꿰뚫어 보신다. 사람에 따라 정직하다는 의미가 다르다는 게 하나님의 뜻이라면 감히 내가 의심을 품어서는 안 된다고 본다.

안이 더운데도 이불이 애디의 턱까지 덮여 있고 양손과 얼굴만 밖으로 나와 있다. 그녀는 베개에 기댄 채 머리만 들어 창문 밖을 내다보고 있다. 캐시가 손도끼나 톱을 집어 작업할 때마다 소리가 들린다. 우리가 설령 귀가 먹은 사람이라 해도, 애디가 밖에서 작업 중인 캐시를 보면서 그 소리를 듣고 있다는 걸 한눈에 알 수 있다. 그녀의 얼굴은 너무 여위어서 피부 아래로 허옇게 뼈가 드러나 있고, 두 눈은 마치 촛농이 흘러내리는 두 대의 촛불 같아 보인다. 하지만 이런 모습에서 하나님의 영원한 구원이나 은총은 한 점도 찾아보기 어렵다.

"이번 거는 정말 제대로 구워졌어. 하지만 애디가 구운 것과는 비교가 안 돼." 내가 말한다. 베갯잇은 대체 다림질이나 한 건지. 베갯잇만 봐도 애디의 딸내미가 과연 빨래나 다림질을 제대로 하고나 있는지 알 만할 정도다. 이것만 봐도 애디가 딸에게 얼마나 무심한지 한눈에 알 수 있다. 아들 네 명과 사내아이 같은 딸년 하나에게 살림을 맡기고 있으니 말이다. "이 근방에 애디만큼 빵을 잘 굽는 사람은 없을 거야." 내가 말한다. "자리에서 일어나 다시 빵을 구우면 아마도 우리 건 하나도 안 팔릴 거다." 누비이불 아래 누운 애디의 모습이 꼭 울타리 막대기가 누워 있는 것 같다. 그나마 매트리스에서 나는 소리 때문에 살아 있다는 걸 알 정도다. 딸내미가 붙어 앉아 부채를 부쳐 봤자 뺨에 붙은 머리카락조차 흔들리지 않는다. 딸내미는 부채를 다른 손으로 옮겨 잡고는 계속 부채질을 해 댄다.

"주무시는 거야?" 케이트가 속삭인다.

"창 너머로 캐시를 보고 있어." 딸내미가 말한다. 널판 자르는 소리가 들린다. 꼭 코 고는 소리 같다. 몸을 돌려 창밖을 내다보는 율라의 목걸이가 빨간 모자와 근사하게 어울린다. 이게 단지 25센트라니.

"로잉턴 부인이 케이크를 사야 했어요." 케이트가 말한다.

그랬으면 그 돈을 더 잘 쓸 수 있었을 텐데. 하지만 굽는 비용 말고는 들어간 게 별로 없다. 실수는 누구나 하는 거라고 그이한테 말할 거다. 아무런 손해 없이 실수를 만회할 수는 없다고 말이다. 우린 그나마 실수한 걸 먹을 수 있으니 다행이다.

누군가 복도로 들어온다. 달이다. 문을 지나치며 방 안을 들여다보지도 않는다. 방을 지나쳐 뒤로 사라지는 달을 율라가 계속 쳐다본다. 율라가 손을 들어 목걸이와 머리를 가볍게 만지다가, 내가 쳐다보고 있는 걸 알고는 눈을 피한다.

달

 아버지와 툴 아저씨가 뒤뜰 현관에 앉아 있다. 아버지는 코담뱃갑을 열더니 아랫입술에다 담배 가루를 털어 넣고 있다. 내가 현관을 지나쳐 표주박으로 물통에 있는 물을 떠 마실 동안 두 분이 사방을 살핀다.
 "주얼은 어디 있니?" 아버지가 묻는다. 어릴 적 나는 삼나무로 만든 물통에 받은 물이 훨씬 더 맛있다는 것을 알았다. 따스한 듯 시원하고, 삼나무에 부딪히는 무더운 칠월의 바람 냄새가 났기 때문이다. 적어도 여섯 시간 지난 후 표주박으로 물맛을 봐야 하고, 금속 용기로 떠 마시면 절대 안 된다.
 밤에는 맛이 더 좋았다. 나는 현관에 있는 침대에 누워 모두 잠들기만 기다리다가, 일어나 물통으로 가 떠 마시곤 했다. 물통도, 물통을 올려놓은 선반도 까맸다. 잠겨 있는 물은 마치 동그란 텅 빈 구멍 같았다. 표주박으로 휘젓기 전엔 잠자는 듯 고요한 수면 위로 별이 한두 개 보였고, 표주박 위에도 한두 개 보였다. 물을 마시면 마치 내가 더 성숙해지고 나이도 한 살 더 먹은 느낌이 들었다. 모두 잠에 빠진 걸 알면, 난 셔츠 자락을 올리고 몸을 드러낸 채 누웠고, 손끝 하나 대지 않아도 시원한 침묵이 내 성기에 와닿는 것을 느꼈다. 혹시나 캐시도 저기 어둠 속에서 지난 2년 동안, 내가 이런 걸 원하거나 할 수 있게 되기도 전인 시절부터 그래 왔던 건 아닌지 궁금해진다.

아버지의 발은 흉하게 밖으로 벌어져 있고, 발가락은 비틀리고 휘어져 있다. 어린 시절 집에서 만든 신발을 신고 습한 날씨에 일을 너무 열심히 한 나머지 새끼발톱은 아예 남아나지도 않았다. 의자 옆에는 아버지의 투박한 단화가 놓여 있는데, 마치 무딘 무쇠 도끼로 마구 자른 듯한 모습이었다. 툴 아저씨가 읍내에 다녀왔다. 나는 작업복 차림으로 읍내에 가는 아저씨 모습을 본 적이 없다. 사람들 말이 아주머니도 한때는 학교에서 애들을 가르쳤다고 한다.

표주박에 남은 물을 바닥에 뿌리고 소매에 입을 닦는다. 아침이 오기 전에 비가 올 모양이다. 어쩌면 해지기 전에 올 수도 있고. "저 아래 헛간에요." 아버지의 질문에 대답한다. "말을 묶고 있어요."

주얼은 저 아래에서 그놈의 말이랑 장난질하고 있다. 헛간을 나와 들판으로 내달린 말은 이내 사라져 소나무 묘목 사이에 있을 거다. 주얼이 한 번 휘파람을 세게 불면 녀석은 거센 콧김을 내쉬며 푸르스름한 어둠 밖으로 번쩍하고 모습을 드러낸다. 다시 휘파람을 불면 녀석은 언덕 아래로 내달려 귀를 곧추세운 채 사팔뜨기처럼 두 눈알을 굴리며 주얼 앞 20피트 앞에 옆구리를 들이대고 멈춰 선다. 그런 다음 기민하게 움직이면서도 수줍은 듯 어깨 너머로 주얼을 바라본다.

"이리 오라니까." 주얼이 말하자 이내 움직인다. 급히 움직이면서 털이 한쪽으로 쏠리고, 마치 불길 같은 형상의 혓바닥을 내두른다. 갈기와 꼬리를 흔들고 눈망울을 부라리며 펄쩍 뛰고는 두 다리를 모은 채 주얼을 쳐다본다. 팔을 옆구리에 댄 주얼이 서서히 말 곁으로 다가선다. 주얼의 다리만 빼고 보면 둘은 마치 태양 아래 서 있는 야만인 조각상의 모습이다.

주얼의 손이 닿을 거리가 되면 말은 뒷발로 서서 주얼을 덮칠 듯한 자세를 취한다. 그러면 반짝반짝 빛나는 말발굽의 미로 안에 갇힌 듯 보이면서 날개에 둘러싸인 것이 아닌가 착각할 정도가 된다. 말이 앞가슴을 치켜들면 주얼은 어느새 뱀처럼 유연해진다. 녀석이 주얼의 팔을 덮치기 전 잠시 몸이 허공에 뜨면서 뱀처럼 유연해지다가 이내 말의 콧등을 만지며 땅으로 내려온다. 이제 둘은 미동도 없다. 말은 고개를 숙인 채 떨고 서 있고, 주얼은 발꿈치를 땅에 박고 서서 한 손으로는 말의 콧김을 틀어막고 다른 한 손으로는 목을 토닥거린다. 애무하기도 하면서 포악스럽게 쌍욕을 해 대기도 하면서 말이다.

둘 다 얼어붙은 듯 서 있고, 말은 와중에 히힝대며 떨고 있다. 주얼이 말 등에 올라탄다. 채찍을 휘두르듯 몸을 숙인 채 공중에서 말과 균형을 이루면, 고개 숙인 말은 이내 두 발을 벌리고 달릴 준비를 한다. 그리고 허리를 위아래로 요동치며 언덕 아래로 내달린다. 찰거머리처럼 달라붙어 있는 주얼을 태우고 내달리던 말은 울타리 앞에서 종종걸음으로 멈춰 선다.

"자, 맘이 후련해졌으면, 그만 달려도 돼." 주얼이 말한다. 헛간 안으로 들어서자, 말이 멈추기도 전에 주얼이 미끄러지듯 말에서 내린다. 주얼이 말을 따라 외양간으로 들어간다. 뒤도 돌아보지 않은 채, 말이 뒷발로 주얼을 걷어차고 외양간 벽을 세게 치는데, 벽에 닿는 발굽 소리가 마치 총소리처럼 울린다. 주얼이 말의 배를 한 대 걷어차자, 말이 활처럼 고개를 굽히며 짧은 이빨을 드러낸다. 주얼이 말의 얼굴을 주먹으로 한 대 치고는 미끄러지듯 여물통 쪽으로 가 그 위에 올라선다. 건초대를 잡고는 헛간 지붕 너머로 문 저편을 내다본다. 길은 텅 비어 있다. 여기서는 캐시가 톱질하는 소리도 들리지 않는다. 손을 뻗어 한 아름 가득 건초를 끌어 내려 통에 쑤셔 넣는다.

"어서 먹어. 이 돼지 같은 놈아, 기회 있을 때마다 해치우란 말이다. 빌어먹을 놈 같으니."

주얼

 엄마가 창문 아래를 뚫어지게 바라보는 건 캐시가 그놈의 빌어먹을 궤짝을 만드느라 두드리고 톱질을 하기 때문이다. 엄마가 매번 숨을 헐떡일 때마다 뭘 썰고 두드리는 소리가 들린다. 마치 내가 엄마를 위해 얼마나 멋진 관을 만드는지 한번 보세요, 하는 것 같다. 캐시에게 제발 다른 데 가서 작업하라고 말하며 묻는다, 엄마가 그 관 속에 있는 걸 진정 보고 싶은 거냐고. 이럴 땐 꼭 어린 시절 캐시의 모습 같다. 엄마가 꽃을 키우게 거름을 좀 갖다 달랬더니, 헛간에 가서 프라이팬에다가 똥 덩어리를 담아 온 캐시다.
 다른 사람들은 마치 시신을 기다리는 말똥가리처럼 거기에 앉아 있다. 부채질을 해 가며 엄마가 어서 죽기만 기다리고 있다. 잠들 수도 없을 정도로 톱질, 못질을 해 대니, 원. 이불 위에 놓여 있는 엄마의 두 손은 마치 땅에서 캐낸 나무뿌리처럼 암만 씻어도 깨끗해지지 않는다. 부채와 듀이 델의 손이 보인다.

제발 엄마를 내버려두라니까. 톱질하고 두드리고, 게다가 엄마 얼굴에다가 그렇게나 빨리 부채질해 바람을 불어 대니 대체 숨이나 쉴 수 있는지 모르겠다. 빌어먹을 도끼로 매번 나무를 한 켜씩 벗겨 내는 소리는 또 어떻고. 지나가던 사람들이 걸음을 멈추고 바라보다가 정말 훌륭한 목수라고 경탄할 때까지 연신 도끼질을 해 댄다. 차라리 교회 지붕에서 떨어진 게 캐시가 아니고 나였으면 좋았을걸, 그리고 나뭇짐에 깔려 앓아누운 게 아버지가 아니고 나였어야 했다. 그랬다면 망할 놈의 마을 사람들이 저렇게들 엄마를 보러 오게 하진 않을 텐데. 하나님이 있기나 한 건지, 있다면 대체 무엇 때문에 있는 건지. 엄마랑 같이 높은 언덕에 올라서 저자들의 얼굴에다 돌덩이라도 굴려 버렸으면 싶고, 돌을 들어 이자들 얼굴이나 이빨에다가 던지고 싶은 심정이다. 그래야 엄마가 조용히 지낼 수 있고 나무 둥지를 한 켜씩 벗겨 내는 저 도끼 소리도 안 들릴 테니 말이다. 한 켜 더 벗겨 내는 소리가 난다. 조용하면 얼마나 좋을까.

달

주얼이 모퉁이를 돌아 계단을 올라온다. 그가 우리를 쳐다보지 않고 묻는다. "준비됐어?"

"마구만 챙기면 돼." 내가 말한다. 그리고 한마디 더 한다, "잠깐만 기다려." 녀석이 아버지를 바라보며 잠시 멈춘다. 툴 아저씨가 가만히 선 채 현관 아래 먼지 구멍에다 자로 잰 듯 정확하게 침을 뱉는다. 손을 무릎에 대고 서서히 비벼 대는 아버지는 벼랑 끝 너머로 들판을 가로질러 먼 곳을 바라본다. 잠시 아버지를 바라보다가 주얼이 물통으로 가 물을 들이켠다.

"나는 그 누구보다 이랬다저랬다 하는 걸 싫어하는 사람이다." 아버지가 말한다.

"3달러라니까요." 내가 말한다. 아버지의 굽은 등 부위 셔츠 자락이 다른 곳보다 색이 더 바랬다. 하지만 땀자국은 없다. 스물두 살 되던 해 햇볕 아래서 일하다가 앓아누운 적이 있는 아버지는 이후 땀을 흘리면 자칫 죽을 수 있다고 남들한테 말한다. 내 생각엔 그걸 아예 사실로 믿고 있는 것 같다.

"너희가 돌아올 때까지 엄마가 견디지 못한다면," 아버지가 말한다. "엄마는 꽤나 실망하실 거다."

아저씨가 먼지 구멍에다 다시 침을 뱉는다. 아침이 오기 전에 분명 비가 내릴 거다.

"엄마는 확실히 믿고 있어." 아버지가 말한다. "곧장 떠나고 싶은 거야. 난 네 엄마를 잘 알아. 그래서 말을 준비해 놓겠다고 약속했고 엄마는 그걸 믿고 있단다."

"그렇다면 더욱이나 그 3달러가 필요해요." 내가 말한다. 아버지는 무릎에 손을 비벼 대며 들판 너머를 바라본다. 아버지는 치아를 잃은 후 뭘 마시려 고개를 숙일 때마다 입이 서서히 아래로 처진다. 짧은 수염 때문인지 얼굴 아랫부분에서 늙은 개의 모습이 떠오른다. "아버지가 빨리 결정을 내려야 우리가 가서 어둡기 전에 실어 오죠." 내가 말한다.

"엄마가 그 정도로 위독하지 않잖아. 그러니 입 닥쳐, 달." 주얼이 말한다.

"네 말이 맞지." 아저씨가 말한다. "이번 주 내내 오늘처럼 좋아 보인 적이 없어. 너희들이 돌아올 즈음이면 일어나 계실 게다."

"아저씨는 모르시는 게 없지요." 주얼이 말한다. "아저씨랑 아저씨 가족들, 매일 와서 들여다보셨잖아요." 아저씨가 주얼을 바라본다. 상기된 얼굴 때문인지 주얼의 두 눈이 나무처럼 창백해 보인다. 주얼은 우리보다 머리 하나는 더 크다. 남들한테는 엄마가 주얼을 때리기도 하고 더 애지중지 여긴 것도 다 이런 이유 때문이라고 했다. 그리고 가족 중에 제일 힘이 없어 보여서 주얼*이라고 이름 지은 거라고 말해 주곤 했다.

"닥쳐라, 주얼." 이렇게 말하지만, 아버지는 별반 관심이 없는 듯 보인다. 아버지는 아직도 무릎을 비벼 대며 들판 너머로 시선을 두고 있다.

"툴 아저씨의 노새를 빌려서 가면 되잖아요. 저희가 뒤쫓아 갈게요." 내가 말한다. "만일 엄마가 우릴 기다리지 못하고······."

"달, 그놈의 입 좀 닥치라니까." 주얼이 말한다.

"엄마는 우리 마차로 가는 걸 원할 게다." 연신 무릎을 비벼 대며 아버지가 말한다. "그런 상황을 나만큼 싫어하는 사람도 없을 거고."

"저기 누워 계신데, 캐시가 저 빌어먹을 궤짝이나 만들고 있으니······." 주얼이 말한다. 주얼은 거칠고 상스럽게 말하면서도 그 단어는 입에 올리지 않는다. 마치 어둠 속에서 용기를 내어 말을 꺼낸 아이가 제 목소리에 놀라 말을 멈추어 버리듯 주얼이 말을 멈춘다.

"엄마가 우리 마차로 가길 원하듯이 캐시가 만든 걸 원한단 말이다." 아버지가 말한다. "호젓하게 있을 훌륭한 관이란 걸 알기에 더 편히 쉴 수 있다니까. 엄마가 혼자 있길 좋아했단 걸 너희도 잘 알잖니."

"그럼 호젓하게 지내게 해 주셔야죠." 주얼이 말한다. "대체

이 난리 속에서 뭐가 호젓하다는 건지……." 주얼은 나무 같은 창백한 시선으로 아버지의 뒤통수를 노려본다.

"물론이지. 너희 엄마는 관이 다 완성될 때까지 버텨 주실 게다. 모든 준비를 마쳐서 좋은 때가 될 때까지 버티신다니까." 툴 아저씨가 말한다. "그리고 지금의 길 상태라면 마을에 도착하는 데 별반 시간이 안 걸릴 거야."

"비가 올 모양이네." 아버지가 말한다. "운도 없지. 늘 그랬다니까." 그는 무릎에다 손을 비벼 댄다. "빌어먹을 의사는 언제 오게 될는지. 내가 너무 늦게 알려 줬어. 의사가 내일 와서 거의 때가 됐다고 하면 너희 엄마는 안 기다릴 거다. 내가 잘 알지. 마차가 있건 없건 안 기다린다고. 분명 언짢아하겠지. 난 네 엄마의 마음을 상하게 하고 싶진 않아. 가족 묘지가 제퍼슨에 있고, 외가 식구들이 네 엄마 도착하기만 기다리고 있으니 더 조바심이 나겠지. 노새처럼 빨리 애들이랑 같이 갈 거라고 네 엄마에게 약속도 했어. 그래야 맘이 편하지 않겠니." 다시금 무릎에다 손을 비빈다. "나만큼 이런 상황을 싫어하는 사람도 없을 거다."

"다들 엄마를 거기로 보내는 데에만 열을 내고 있네요." 거칠고 무례한 말투로 주얼이 말한다. "온종일 창문 바로 밑에서 캐시는 두드리고 자르면서 난리 치고……."

"그건 엄마의 소원이야." 아버지가 말한다. "넌 엄마에 대한 애정도 없고 다정하게 군 적도 없어. 단 한 번도, 엄마나 나는 남에게 짐이 되거나, 빚지고 산 적이 없다. 그러니 자기 자식이 엄마를 위해 나무를 자르고 못질하는 걸 보면 엄마 마음이 얼마나 편하겠니. 네 엄마는 언제나 마무리가 깔끔했거든."

"3달러씩이나 벌 수 있다니까요." 내가 말한다. "가요, 말아요?" 아버지는 연신 무릎을 문지른다. "내일 해 지기 전까지 돌아올게요."

"글쎄다……." 아버지는 이렇게 말하면서, 헝클어진 머리로 들판 너머만 바라보며 잇몸으로 코담배만 질겅대고 있다.

"어서 결정하세요." 주얼이 말하면서 계단 아래로 내려선다. 툴 아저씨는 먼지 구덩이에다 정확하게 침을 내뱉는다.

"해 질 무렵까진 와야 한다." 아버지가 말한다. "네 엄마를 기다리게 해선 안 돼."

주얼이 흘끗 돌아보더니, 이내 집을 나선다. 거실을 통해 문 앞에 이르기도 전에 사람들 떠드는 소리가 들린다. 언덕 아래로 경사진 집이라 그런지 항상 미풍이 거실을 거쳐 위쪽으로 불어온다. 문 근처 바닥에 떨어진 깃털은 둥실 떠올라 천장을 스쳐 떠다니다가 뒷문 쪽 바람을 타고 사라진다. 사람들 말소리도 마찬가지다. 거실로 들어가면 사람들 말소리가 마치 머리 위, 허공에서 들리는 것 같다.

코라

 내가 보아 온 것 중 가장 흐뭇한 광경이다. 아비라는 자가 자기를 밖으로 내보내면 엄마의 임종도 못 보고, 이젠 살아생전 다신 엄마를 보지 못할 수 있다는 걸 달은 다 알고 있는 듯했다. 항상 말하지만, 달은 다른 자식들과 달랐다. 자식들 가운데 엄마의 품성을 가장 많이 닮았고 진정 남을 사랑할 줄 아는 애다. 애디가 가장 고생하며 낳은 주얼은 전혀 딴판이다. 응석 부리고 짜증만 내고, 불끈 화를 내거나 토라지곤 했다. 게다가 온갖 못된 짓으로 엄마 속을 썩였다. 나라면 벌써 혼꾸멍을 내 줬을 텐데 말이다. 그 애는 엄마에게 마지막 작별 인사도 하지 않을 것이다. 엄마 곁을 지키다가 3달러 더 벌 기회를 놓칠 애가 아니기 때문이다. 누구 하나 사랑할 줄도 모르고 그저 땀 한 방울 안 흘리며 돈 벌 기회만 노리는 전형적인 번드런가 자식이다. 남편 말로는, 달이 제발 다 기다리자고 했고, 거의 무릎 꿇고 빌다시피 하면서 저런 상태로 엄마 곁을 떠날 수 없다고 했다는 거다. 하지만 앤스 번드런과 주얼은 그놈의 3달러에만 마음이 있다. 앤스를 아는 사람이라면 별다른 기대조차 안 했을 거다. 그리고 주얼이란 놈은 제 어미가 자기를 희생하면서까지 그놈에게 쏟아부은 정을 3달러에 팔아 치워 버린 셈이다. 내 눈은 못 속인다. 남편은 번드런 부인이 주얼을 제일 맘에 들어하지 않았다고 하지만, 난 애디가 그 녀석을 편애한 걸 알고 있다. 애디가 앤스를 죽여도 할 말이 없을 정도라고 툴이 말했을 때도, 그걸 참고 견뎌 낸 건 바로 주얼 때문이었다. 그런데 고작 3달러 때문에 엄마와의 작별 키스조차 거부하는 놈이다.

지난 석 주간 난 가족과 집안일을 소홀히 하면서도 이 집을 드나들었다. 못 갈 사정이 있을 때도 이 집을 찾은 이유는 번드런 부인이 저승사자를 만나는 마지막 순간에 아는 사람이라도 곁에 있어야 힘을 낼 거라고 생각해서다. 칭찬받자고 한 건 아니다. 마지막 순간 나도 이런 대접을 받길 바라기 때문이다. 감사하게도 난 마지막 순간 사랑하는 애들과 내 혈육들에게 둘러싸여 있겠지. 남편이나 애들이 나를 힘들게 한 적이 없진 않지만 그래도 난 그 누구보다도 축복받은 사람이다.

번드런 부인은 평생을 자만심으로 외롭게 살았다. 사람들이 자기에게 고통을 준다는 사실을 감추고, 남들에게 자기를 속이려고 안간힘을 썼다. 하나님의 뜻을 거역하면서까지 자기 몸이 차가워지기 전에 40마일이나 떨어진 곳에다가 자기를 묻어 달라고 할 정도다. 번드런 가문 사람들과는 같은 땅에 묻히고 싶지 않다는 거다.

"하지만 자기가 원하는 거잖소." 툴이 말했다. "자기 가문 사람들 가운데 묻히고 싶은 게 그 여자의 소원이었지."

"근데 왜 살아 있을 땐 안 갔대요?" 내가 물었다. "누구 하나 말리는 사람도 없잖아요. 이제는 다 커서 다른 자식들처럼 자기밖에 모르고 차갑기만 한 그 꼬맹이도 가만히 있을 거예요."

"자기가 바라는 거라잖소." 남편 툴이 말했다. "앤스가 그렇게 말하는 걸 들었다니까."

"당신이야 그 사람 말을 믿겠지요." 내가 말했다. "당신 같은 사람이야 믿겠지만 난 달라요."

"자기가 얻을 게 없는 그런 말인데 뭐하러 앤스의 말을 믿지 않겠소. 말을 안 하면 몰라도 말이오." 툴이 말했다.

"그만해요. 여자는 죽든 살든 남편과 애들이랑 있는 거예요. 내가 죽을 때 친정이 있는 앨라배마로 돌아가 묻히길 원한다면 당신은 좋겠수? 죽을 때까지 아니 그 후에도 좋든 싫든 당신과 운명을 같이 해야죠."

"그거야 사람마다 다를 수도 있지." 툴이 말했다.

난 그렇게 할 거다. 난 하나님을 믿는 남편의 명예도 지키고 맘도 편하게 해 주고, 사랑하는 애들을 위해서라도 남들 앞에서 떳떳하게 살려고 노력해 왔다. 내가 한 일에 대한 보상을 받기 위해서라도 사랑하는 모든 사람에게 둘러싸여 한 사람 한 사람 작별의 키스를 받으며 떠날 거다. 애디 번드런처럼 마음의 상처나 자만심을 숨겨 가면서 마치 그렇지 않은 척하며 외롭게 떠나진 않겠다. 즐거운 마음으로 받아들이겠다. 자기는 누운 채 고개나 쳐들고 캐시가 제대로 관을 짜나 감시나 하고 있고, 식구들은 혹시라도 폭우가 내려 강 수위가 올라가 그놈의 3달러 벌 기회를 놓치는 건 아닌가 안달하고 조바심을 내고 있다. 마지막 나뭇짐마저 옮기자는 결정만 안 했어도 십중팔구 애디를 이불에 싸 마차에 싣고는 강부터 건넜을 거고 최소한 기독교인답게 생을 마감하게 할 수 있었다.

하지만 달은 이들과 다르고, 내가 본 애 중 가장 정이 가는 아이다. 한동안 인간성에 대한 믿음을 잃은 적이 있었다. 하나님은 항상 그런 나의 믿음을 회복시켜 주시고 인간에 대한 무궁한 사랑을 보여 주신다. 하지만 애디가 그토록 마음에 품었던 주얼은 예외다. 그저 3달러에 목숨을 거는 녀석이다. 사람들이 달이 별나고 게을러 앤스처럼 집에서 노닥거리기만 한다고 하지만, 그 애는 다른 애들과 다르다. 캐시는 훌륭한 목수랍시고 매번 필요 이상으로 뭔가를 하려 든다. 주얼은 늘상 돈 되는 일만 좇고 사람들의 입방아에 오르내리기 일쑤다. 반쯤 벗은 채로 있는 계집애는 언제나 부채를 들고 제 어미 곁에 붙어서는 혹여 누구라도 다가와 대화하며 제 어미 기분을 풀어 주려고 해도 엄마 대신 자기가 말 상대를 한다. 엄마 곁에 그 누구도 접근하지 못하게 하려는 것처럼 말이다.

달뿐이다. 그 애는 방으로 다가와 목숨이 다하는 애디를 물끄러미 바라만 본다. 그런 모습에서 나는 하나님의 무궁한 사랑과 자비심을 보곤 한다. 애디와 달 두 사람 사이에는 진정한 사랑과 배려심이 보이지만, 주얼은 그저 사랑하는 척할 뿐이다. 앤스가 자기를 멀리 보내 다시금 엄마를 보지 못하게 하려는 걸 알면서도 혹여 엄마가 자기를 보고 당황할까 봐 녀석은 방에 들어오지도 않은 채 아무 말 없이 그저 바라만 본다.

"달, 필요한 게 뭐야?" 연신 부채질을 해 대면서도 달이 곁에 못 오게 하려고 듀이 델이 묻는다. 달은 아무런 대꾸 없이, 생명이 끝나 가는 애디의 모습을 그저 서서 바라본다. 가슴속에 하고픈 말을 품은 채 말이다.

듀이 델

 레이프와 내가 처음으로 목화밭에서 밭고랑을 따라 목화를 따고 있었다. 아버지는 땀 흘리면 병이 나 죽는다고 하면서, 땀을 한 방울도 안 흘리려고 한다. 결국 사람들이 우리 일을 도와주려고 나선다. 주얼은 아무런 신경도 쓰지 않는다. 관심도 없고, 이런 일에는 거의 남이나 다름없다. 캐시는 무덥고 우울하고 누렇기만 한 나날을 톱질하며 지내길 좋아하고, 널판을 짜고 못질로 뭔가 만들어 댔다. 아버지는 이웃들이 늘상 도와줄 거라 생각하기에 이들에게 무슨 일을 시켜야 할지 궁리하느라 바쁘다. 달 역시 식탁에 앉아서도 머릿속에서 퍼낸 흙덩이로 가득 찬 시선으로 음식이나 램프 불 너머를 멍하니 바라보기만 하고 저 너머 아득한 생각에 잠겨 있곤 했다.
 우리는 밭고랑을 따라 목화를 따고 있었다. 점차 숲이 가까이 다가왔고 우리는 목화 자루를 들고 아무도 모르는 그늘 아래로 들어섰다. 목화가 자루 반쯤 찼을 때 나는 레이프와 할지 안 할지를 고민하고 있었다. 만약에 숲에 도착할 즈음 자루가 다 차게 되면 그땐 내 탓이 아니라고 생각했다. 내가 할 일이 아니라면 자루가 다 안 차, 천생 다음 줄로 나서야 할 수밖에 없을 거고, 자루가 다 차면 그땐 별수 없다고 보았다. 어쩔 수 없이 해야 하는 거다. 우리는 우리만의 그늘을 향해 목화를 따며 다가갔고, 결국 그의 손이 내 손을 잡고 우리의 두 눈도 함께 빠져들어갔다. 나는 아무 말도 하지 않았다. "뭐 하고 있어?"라고 내가 묻자 "네 자루에다가 넣고 있잖아."라고 말했다. 고랑 끝에 이르자 자루는 다 찼고 결국 어쩔 도리가 없었다.

그러니까 이건 어쩔 도리가 없는 일이었다. 그때 나는 알았다. 달도 눈치를 챘다는 사실을. 엄마가 죽을 거란 사실을 말도 없이 내게 전해 주었듯이 이번에도 아무 말 없지만, 알고 있다는 것을 내게 전했다. 만약 말로 전했다면 나는 달이 거기서 우리를 봤다는 사실을 믿지 않았을 것이다. 하지만 달은 안다고 했다. "아빠에게 말해서 아빠를 죽일 셈이야?" 말로 묻진 않았지만 내가 말했다. 달은 "왜?"라고 말없이 말했다. 달이 알고 있기에 그를 증오하면서도 모든 걸 알고 있는 그에게 말할 수밖에 없다.

문 앞에 서서 달이 엄마를 바라본다.

"달, 뭐가 필요한데?" 내가 묻는다.

"엄마가 돌아가실 모양이야." 달이 말한다. 늙은 말똥가리 같은 툴 아저씨도 엄마의 임종을 보러 올 테지만, 난 그들은 속일 수 있다.

"엄마가 언제 돌아가시는데?" 내가 묻는다.

"우리가 돌아오기 전에." 그가 말한다.

"그런데 주얼은 왜 데려가는 거야?" 내가 묻는다.

"짐 실을 때 날 도와줘야 하거든." 그가 말한다.

툴

 앤스가 연신 무릎을 비벼 대고 있다. 색 바랜 작업복 차림에, 무릎은 외출복에서 잘라 덧댄 듯한 천이 닳아서 철판처럼 반들거린다. "나보다 이런 상황을 더 싫어하는 사람은 없을 거야." 앤스가 말한다.
 "사람은 때때로 앞을 내다볼 줄도 알아야 하지." 내가 말한다. "그러면 금세 닥치든 서서히 벌어지든 별문제 되진 않을 테니까."
 "애디는 곧장 떠나고 싶어하네." 앤스가 말한다. "제퍼슨까지 이래저래 꽤 먼 거리지."
 "지금은 길 사정이 괜찮아." 내가 말한다. 하지만 오늘 밤도 비가 내릴 것 같다. 앤스 친지들은 뉴호프 교회에서 3마일도 안 되는 곳에 묻혀 있다. 그런데 하루 꼬박 걸리는 곳에서 태어난 여자와 결혼하고, 게다가 거기에 묻히는 것까지 책임지는 건 앤스다운 짓이다.

앤스는 무릎을 비벼 대며 연신 들판 저편을 바라본다. "이런 상황이 정말 싫네."

"머지않아 애들이 돌아오겠지." 내가 말한다. "나 같으면 맘 편히 있을 걸세."

"3달러나 되는 일이네." 앤스가 말한다.

"그리 급히 서둘러 돌아오지 않아도 될지 몰라." 내가 말한다. "바라건대 말일세."

"애디가 죽어 간다고." 앤스가 말한다. "이제는 마음먹은 듯해."

사실 여자들에겐 힘든 삶이다. 우리 엄마의 경우처럼 어떤 여자들은 일흔 살 넘어 살면서, 날씨가 좋든 말든 하루도 안 빠지고 온종일 일만 하기도 한다. 막내를 낳은 후론 단 하루 앓아누운 적도 없었다. 그러다가 어느 날인가 주위를 돌아보시곤 지난 40년간 옷장에 두기만 하고 한 번 입어 본 적도 없던 레이스 달린 잠옷을 꺼내 입고 침대에 누우셨다. 그러고는 이불을 덮고 눈을 감으셨다. "이제 너희들이 아버지를 잘 모셔야 한다. 난 너무 지쳤어." 엄마는 그렇게 말씀하셨다.

앤스가 연신 손을 무릎에 비벼 대고 있다. "하나님의 뜻이지." 앤스가 말한다. 모퉁이 너머로 캐시가 못질하고 톱질하는 소리가 들린다.

사실이다, 이보다 진실한 말은 없다. "하나님의 뜻이지." 나도 똑같이 말한다.

그 애가 언덕을 올라오고 있다. 자기 키만 한 큼직한 물고기를 들고 온다. 그걸 바닥에 던지면서 "에고" 하며 구시렁대더니, 어른들이 하듯 어깨 너머로 침을 뱉는다. 물고기가 애만큼이나 크다.

"그게 뭐니?" 내가 묻는다. "호그피시지? 어디서 잡았어?"

"저 아래 다리에서요." 아이가 말한다. 물고기를 엎어 놓자, 물기가 있던 아래 부위가 흙먼지로 뒤덮였고, 바닥에 굽은 채로 누워 눈알마저 흙먼지로 덮인다.

"바닥에 그냥 놔둘 작정이냐?" 앤스가 말한다.

"엄마한테 보여 주려고요." 바더먼이 말하면서 문 쪽으로 시선을 돌린다. 사람들 소리가 바람을 타고 들려온다. 캐시가 나무를 두드리며 못질하는 소리도 들린다. "사람들이 있나 봐요." 그 애가 말한다.

"우리 식구들이야." 내가 말한다. "다들 물고기를 보고 좋아할 거다."

그 애는 문만 바라보며 아무 말이 없다. 흙바닥에 놓인 물고기를 물끄러미 바라보던 바더먼이 발로 그걸 뒤집고는 툭 튀어나온 눈을 파내기라도 하듯이 발끝으로 짓누른다. 앤스는 여전히 들판 너머를 바라본다. 바더먼은 앤스의 얼굴을 보다가 문을 향해 다시 시선을 돌린다. 그러곤 몸을 돌려 집 모퉁이로 향하는데, 앤스가 몸도 안 돌린 채 막내를 부른다.

"네가 고기를 치워야지." 앤스가 말한다.

바더먼이 멈춰 선다. "누나가 치우면 되잖아요?" 그 애가 말한다.

"네가 치우라니까." 앤스가 말한다.

"에이, 아빠." 바더먼이 말한다.

"네가 치워." 앤스가 뒤도 돌아보지 않고 말한다. 바더먼이 돌아와 물고기를 집어 든다. 하지만 미끄러운 나머지 손에서 빠져나가는 바람에 흙먼지만 뒤집어쓰고 만다. 바닥에 떨어져 다시 흙먼지로 뒤덮인 물고기가 퉁방울 같은 눈을 뜬 채 입을 벌리고 있다. 마치 죽은 게 부끄러운 듯 서둘러 흙먼지 속으로 몸을 감춘다. 바더먼이 어른들처럼 물고기 위에 다리를 벌리고 서서 욕지거리를 내뱉는다. 앤스는 돌아보지 않는다. 바더먼은 마치 장작 한 아름을 집어 올리듯 물고기 대가리와 꼬리가 포개지게 양팔로 집어 들더니 모퉁이를 돌아 나간다. 정말로 바더먼만큼 큰 고기다.

앤스의 팔목이 소매 밖으로 삐져나와 있다. 나는 앤스가 자기한테 맞는 옷을 입고 있는 걸 평생 본 적이 없다. 주얼이 입던 낡은 옷을 받아 걸친 것 같다. 하지만 주얼 건 아니다. 그 애도 땀이 덜 난다는 점만 다를 뿐 여윈 몸에 유난히 팔이 길다. 어쨌든 앤스가 걸친 옷은 엄연히 자기 거다. 타다 남은 숯 같은 검은 눈으로 그는 늘 들판 너머를 바라본다.

그림자가 계단까지 올라오자, 앤스가 말한다. "다섯 시네."

내가 일어서자, 코라가 문 앞에 와서 갈 때가 되었다고 전한다. 앤스가 신발에 손을 뻗는다. "번드런 씨," 코라가 말한다. "그냥 앉아 계세요." 앤스가 바닥에 발을 쿵쿵대 가며 신발을 신는다. 매사에 그렇듯, 마치 자신이 할 능력도 없고 언제라도 그만둘 수밖에 없다는 듯이 보인다. 집 안으로 들어설 때까지 마치 쇠 구두로 바닥을 밟는 듯한 소리가 들린다. 직접 보기도 전에 이미 다 알고 있다는 표정으로 눈을 끔뻑대며, 애디가 누워 있는 방으로 다가선다. 마치 애디가 일어나 앉아 있거나, 의자에 앉아 있거나, 아니면 바닥을 쓸고 있거나 하는 모습을 기대하는 듯 방 안을 들여다보다가 침대에 누워 있는 애디와 부채질을 하고 있는 듀이 델을 보고 놀란 듯한 표정을 한다. 그러고는 꼼짝 않고 멍하니 서 있는다.

"자, 우리는 가는 게 좋겠어요." 코라가 말한다. "닭들한테 모이를 줘야 해요." 게다가 비가 내릴 모양이다. 저런 구름은 틀리는 법이 없기에 하나님께서 목화를 더 자라게 도와주실 거다. 앤스에게는 다른 문제겠지만 말이다. 캐시는 여전히 널판을 자르고 있다. "저희가 도와드릴 일이 있으면," 코라가 말한다.

"앤스가 알려 줄 거요." 내가 말한다.

앤스는 우리를 쳐다보지 않고, 놀란 듯 눈을 끔뻑대며 주위를 돌아본다. 마치 놀라다가 탈진한 듯, 그리고 그런 사실에 다시 놀란 듯한 표정이다. 캐시가 저렇게 꼼꼼하게 우리 헛간 일을 해 주면 좋을 텐데.

"별로 도울 일이 없을 거 같다고 앤스에게 말했소." 내가 말한다. "정말 그래야겠지."

"저 사람은 이미 마음을 굳혔네." 앤스가 말한다. "제퍼슨으로 꼭 가려고 해."

"언젠가 모두에게 닥칠 일이에요." 코라가 말한다. "하나님의 위로가 함께하길 빌게요."

"옥수수 말인데." 내가 말한다. 부인도 아픈 데다가 이런저런 일로 힘들어지면 내가 와서 돕겠다고 재차 언질을 준다. 주변 사람들처럼 나 역시도 이미 많은 도움을 주었기에 이제 와서 그만둘 수는 없다.

"옥수수 수확은 오늘 하려고 했었네." 그가 말한다. "근데 일이 손에 안 잡혀."

"아마도 자네가 일 마칠 때까지는 번드런 부인이 버텨 줄 걸세." 내가 말한다.

"하나님 뜻이 그러시다면." 그가 말한다.

"하나님께서 위로해 주실 거예요." 코라가 말한다.

캐시가 저렇듯 꼼꼼하게 우리 헛간 일을 해 주면 좋을 텐데. 캐시가 고개를 들어 지나치는 우리를 쳐다본다. "이번 주는 아저씨 댁 일을 못 할 것 같아요." 그가 말한다.

"급할 거 없다." 내가 말한다. "언제든지 시간 날 때 하면 돼."

마차에 오른다. 코라가 케이크 상자를 무릎 위에 놓는다. 어김없이 비가 올 것 같다.

"대체 앤스는 무슨 속셈이래요?" 코라가 말한다. "도무지 알 수가 없어요."

"불쌍한 친구." 내가 말한다. "애디가 지난 30여 년 동안 제 남편 일 좀 시키려다가 이제는 지쳤을 거예요."

"제 생각에 앞으로도 30년은 더 쫓아다니며 일 시켜야 할 거예요." 케이트가 말한다. "애디 아줌마가 아니라면, 아마도 목화 수확이 채 끝나기도 전에 새 아줌마를 얻어 올걸요."

"캐시와 달은 결혼할 때가 됐지요." 율라가 말한다.

"불쌍한 녀석." 코라가 말한다. "불쌍한 아이."

"주얼은요?" 케이트가 말한다.

"주얼도 할 수 있지." 율라가 말한다.

"홍." 케이트가 말한다. "갠 할 거야. 분명하다고. 주얼이 남에게 묶이는 걸 보고 싶어 하지 않는 여자애가 이 동네에 하나쯤은 있을 테니, 걱정 안 해도 될 거야."

"아니, 케이트!" 코라가 말한다. 마차가 덜컹대기 시작한다. "불쌍한 아이." 코라가 말한다.

오늘 밤은 분명 비가 내릴 거다. 확신한다. 마차가 삐걱대는 걸 보니 날씨가 너무 건조한 모양이다. 버드셀* 마차라고 해도 별수 없나 보다. 하지만 곧 나아질 거다.

"케이크를 산다고 했으면 샀어야지." 케이트가 말한다.

앤스

 길이 개판이다. 비도 내릴 낌새고. 여기에 이렇게 서 있어도 그쪽 사정이 훤히 보이는 것 같다. 비가 애들을 막아서고 있을 테고, 애들과 내가 한 약속도 가로막고 있을 테지. 마음만 먹으면 최선을 다하는 난데, 빌어먹을 자식들 때문이다.
 집 문 앞까지 길이 깔리는 통에 길바닥에서 벌어지는 재수 없는 일들이 한 번씩은 집에 들렀다 갈 수밖에 없다. 길이 집 앞을 지나가니 길거리에 사는 거나 마찬가지로 재수가 없다고 애디에게 말했더니, 여자들이 보통 그렇듯이 편하게 말한다. "그러면 당장 일어나 이사 가요." 길은 여행을 위해 하나님께서 만드신 거라 우리에게 운이 따르지 않는 거라고 애디에게 설명했다. 그래서 길을 평평하게 만드신 거다. 계속 움직이는 무언가를 만드신다면 길이나 말, 또는 마차처럼 앞뒤로 길게 만드셨을 거다. 그저 한곳에 있는 걸 만드신다면 나무나 사람처럼 위아래로 길게 만드셨을 거고. 그렇기에 길게 뻗은 사람이 길가에 살아선 안 된다. 이건 길과 집 가운데 어느 게 먼저냐의 문제다. 하나님께서 집 옆에 길을 놓으셨을까? 결코 그럴 리가 없다. 집에 도착해도 편히 쉴 수 없는 이유는 마차를 타고 지나가는 사람들마다 문 앞에 침을 뱉고 가기 때문이다. 이렇게 되면 하나님께서 우리를 나무나 옥수수 같은 작물처럼 한자리에 있게 만들었지만, 결국 불안해서 일어나 다른 곳으로 갈 수밖에 없다는 게 내 생각이다. 우리를 그저 돌아다니고 이곳저곳 가게 만드셨다면 뱀 모양처럼 배를 깔고 다니도록 길게 만드셨을 거 아닌가? 그게 사리에 맞는 거다.

모든 재수 없는 기운들이 집 앞에서 꿈틀대다 안으로 쑥 들어오게 해 놓고 나한테 세금까지 내라고 한다. 길만 없었어도 캐시가 목수가 될 생각을 품어서 비싼 대가를 치르게 하진 않았을 거다. 캐시가 교회 꼭대기에서 떨어지는 통에 여섯 달을 일도 못 하고 대신 애디와 내가 죽도록 일만 했다. 집 안에도 톱질할 게 지천에 깔렸는데 말이다.

달의 경우도 그렇다. 빌어먹을 놈들은 달을 내보내라고 한다. 내가 일하는 걸 두려워하는 건 아니다. 난 내 먹을 건 챙기고 우리 식구 누울 자리도 챙기는 사람이다. 그자들은 달이 그저 자기 일만 하고 항상 들판만 바라본다고 집에서 내쫓아 내 일손마저 줄이려고 한다. 난 그자들에게 예전에는 들판이 들쭉날쭉하게 나 있어서 달이 들판만 바라봐도 아무 문제가 없었다고 말한다. 길이 뚫리는 바람에 세로로 길게 변해 버린 들판을 바라보기 시작하자 사람들은 달을 내보내라고 겁주기 시작하고 심지어 법을 내세워 내 일손 하나를 내보내려고 하는 거다.

결국 내가 대가를 다 지불하게 됐다. 그놈의 길만 없었어도 애디가 여느 여자 못지않게 원기왕성하고 건강했었을 텐데, 이제 원하는 것도 없이 침대에 누워 쉬기만 한다. "애디, 어디가 아픈 거요?" 내가 물었다.

"괜찮아요." 그녀가 말했다.

"누워 쉬구려." 내가 말했다. "아프지 않다는 것 나도 알아. 단지 피곤해서 그렇지. 누워 쉬어요."

"안 아프다니까." 그녀가 말했다. "일어날 거예요."

"가만히 누워 쉬라니까." 내가 말했다. "단지 피곤해서 그런 거요. 내일 일어나면 돼요." 애디는 침대에 누워 있다. 빌어먹을 길만 없었어도 여느 여자 못지않게 건강하고 원기왕성할 애디였다.

"난 의사 선생님을 부른 적이 없어요." 내가 말했다. "맹세코 선생님을 오라고 한 적이 없다고요."

"안 부른 거 알고 있네." 피보디 의사가 말했다. "그건 분명하지. 그나저나 애디는 어디 있나?"

"침대에 누워 있어요." 내가 말했다. "피곤할 따름이니, 곧······"

"앤스, 여기서 나가 주게." 그가 말했다. "저기 현관에서 잠깐 기다리고 있게나."

나는 치아도 별로 없는 처지인데 애디의 치료비마저 내야 한다. 형편이 나아지면 의치를 끼우고 하나님이 주신 음식을 여느 사람들처럼 먹기를 기대했는데. 그리고 그런 날이 올 때까지 애디가 여느 여인네들처럼 건강하게 지내길 기대했는데. 3달러를 버는 일이니 이 또한 대가를 치러야 하겠지. 애들이 그 돈을 벌려고 떠난 것에 대해서도 내가 대가를 치러야 한다. 이제 비가 우리 사이를 벽처럼 막아 버릴 게 불 보듯 뻔하다. 저주받은 인간처럼 길 따라 죽 올라오다가 마치 이 세상에 비를 퍼부을 집이 우리 집밖에 없다는 듯이 쏟아질 게 뻔하다.

사람들은 자기들 운이 안 좋다고 욕을 하곤 한다. 자기들이 지은 죄가 많기 때문이다. 하지만 나는 운을 욕하지 않는다. 왜냐하면 난 저주받을 만큼 나쁜 짓을 하지 않았기 때문이다. 신심이 깊지는 않지만 내 마음이 평온하다는 걸 난 알고 있다. 나는 이제껏 남들과 다른 척하는 사람들보다 더 나은 것도 없고 더 나쁠 것도 없이 지내 왔다. 나는 하나님께서 바닥에 떨어지는 참새만큼이나 날 보살펴 주실 것을 알고 있다. 하지만 곤경에 처한 나 같은 사람이 길 때문에 무시당하는 것은 견디기 힘들다.

호그피시를 도끼로 난도질했는지 바더먼이 무릎까지 피투성이가 된 모습으로 집 쪽으로 걸어온다. 어쩌면 개들한테 먹이려고 그랬을 수도 있다. 난 다 자란 자식들만큼이나 막내 녀석한테도 바라는 게 없다. 막내가 조용히 집으로 다가오더니 안을 살피며 계단에 앉는다. "에고," 막내가 말한다. "정말 힘드네."

"가서 손부터 씻어." 내가 말한다. 애디만큼이나 애들을 제대로 키우려고 고심한 여자도 없을 거다. 이건 애디에게도 말할 수 있다.

"돼지처럼 피와 내장이 많아요." 막내가 말한다. 날씨 때문에 불안해서 그런지 아무 데고 신경 쓰고 싶지 않다. "아빠." 막내가 묻는다. "엄마가 더 아파요?"

"가서 손부터 씻으라니까." 내가 말한다. 아무 신경도 쓰고 싶지 않을 뿐이다.

달

 뒷머리가 말끔하게 정리된 걸 보니 주얼이 이번 주 읍내에 다녀온 모양이다. 까맣게 탄 목뒤와 머리 사이로 마치 허연 뼈처럼 흰 줄이 선명하게 드러나 보인다. 녀석은 한 번도 뒤를 돌아보지 않는다.
 "주얼," 내가 말한다. 쫑긋 세운 두 쌍의 노새 귀 모양으로 솟은 언덕길 사이로 터널 모양을 이루며 길이 멀어져 간다. 길은 마치 리본 풀리듯 풀려 나가고, 마차 바퀴는 실 꾸러미 풀리는 듯한 모양새다. "주얼, 엄마가 돌아가시는 거 알고 있어?"
 사람이 태어나려면 두 사람이 필요하지만, 죽는 덴 한 사람만 있으면 된다. 이게 세상을 끝맺는 방식이다.
 듀이 델에게 말했다. "읍내에 나가고 싶어서 엄마가 죽기 바라는 거지, 그렇지?" 그 애는 우리 둘 다 알고 있는 일에 대해 한마디도 하지 않는다. "말하지 않으려는 건 네가 발설하는 순간 너도 인정하는 게 되니까 그러는 거지? 하지만 너도 그게 사실이라는 걸 알잖아. 네가 그걸 알게 된 날까지도 난 말해 줄 수 있어. 근데 왜 너 자신까지 속이는 거지?" 듀이 델은 절대 말하지 않을 거다. 나보고 아빠에게 말할 거냐고 그 애가 계속 묻는다. 그래서 레이프를 죽일 셈이냐고. "듀이 델, 너는 듀이 델, 듀이 번드런이 지독히도 운이 없다는 걸 믿지 못하기에 이게 사실이라는 것도 못 믿는 거야, 그렇지?"

지평선 너머로 해가 지기 한 시간 전, 소나기구름 맨 꼭대기로 보이는 태양이 시뻘건 달걀처럼 보인다. 구릿빛으로 빛나는 태양은 마치 지옥 불처럼 불길한 모습으로 번갯불 냄새를 피운다. 피보디 의사가 오면 밧줄을 써야 할 거다. 생야채로 배를 불린 그를 끌어올려 마치 떠 있는 풍선처럼 유황 냄새 풍기는 대기 위로 들어 올려야 한다.

"주얼," 내가 말한다. "네 엄마 애디 번드런이 죽을 거라는 거 알아? 애디 번드런이 이제 죽는다고."

피보디

 앤스가 마침내 마음이 내켜 나를 불렀을 때, 내가 말했다. "결국 애디를 완전히 탈진시켰군." 진정 딱 맞아떨어지는 말을 한 셈이다. 처음에는 오지 않으려고 했다. 내가 할 수 있는 최후 처방이 있어서 혹 애디를 다시 살리게 될까 봐 걱정이 앞섰기 때문이다. 의과 대학에서처럼, 천국에도 이와 유사한 어리석은 도덕률이 있는지 누가 알겠는가. 최후까지 기다리다가 마지막 순간에 나를 부른 건 어쩌면 버넌 툴일지 모른다. 매사를 그렇게 처리하는 사람이라 이번에도 자기 돈 아끼듯 최대한 앤스의 돈을 아껴 주려고 그랬을 수 있다. 하지만 날씨가 어떨지 충분히 예측할 수 있을 만큼 시간이 지난 후 날 부른 걸 보니 앤스가 부른 게 분명하다. 폭풍우가 몰아칠 시간에 의사를 필요로 하는 사람은 정말 운이 없거나 아예 모든 게 늦은 사람일 테니까.
 샘가에 도착해 마차에서 내려 노새들을 기둥에 매니, 엄청난 숯가루로 뒤덮인 거대한 산맥 같은 시꺼먼 구름대 너머로 해가 사라진 후였고, 바람 한 점 불지 않았다. 도착하기 1마일 전부터 캐시의 톱질 소리가 귓가에 들렸다. 앤스는 길 위 벼랑 꼭대기에 서 있었다.

"말은 어디 있나?" 내가 묻는다.

"주얼이 타고 나갔어요." 그가 말한다. "주얼 말고는 아무도 그 말을 다룰 수 없으니 이번엔 그냥 올라오셔야 할 겁니다."

"225파운드나 나가는 내가 거길 걸어 올라가라고?" 내가 말한다. "빌어먹을 담을 기어서 넘어가란 말인가?" 앤스가 저 위 나무 옆에 서 있다. 하나님께서 나무에겐 뿌리를, 앤스 번드런에겐 다리와 발을 주시는 실수를 범하신 거다. 하나님께서 둘의 처지를 바꾸셨다면 이 마을이 언젠가는 나무 하나 없는 땅으로 될까 봐 걱정하실 일은 없었을 텐데. 다른 마을도 마찬가지고. "나더러 뭘 어쩌란 말인가?" 내가 말한다. "여기 그냥 있다가 저 구름이 터져 비라도 내리면 여기서 깨끗하게 씻겨 내려가란 말인가?" 말을 타고 가도 들판 건너 산등성이 집에 도착하려면 15분이나 걸린다. 길은 절벽에 부딪혀 틀어진 팔다리같이 생겼다. 앤스는 12년 동안 읍내로 나가 본 적이 없다. 앤스가 누군가의 아들인게 맞다면 대체 그 엄마는 앤스를 낳으러 저 위까지 어떻게 올라갔을까.

"바더먼이 밧줄을 준비할 거예요." 그가 말한다.

얼마 후 바더먼이 쟁기에 매는 줄을 가지고 오더니, 한쪽 끝을 앤스에게 주고 줄을 풀면서 길을 따라 내려온다.

"줄을 꽉 잡고 있게." 내가 말한다. "이번 왕진은 이미 내 장부에 기록되어 있다고. 자네 집에 올라가건 못 가건 간에 진찰비는 청구될 거니까."

"잡고 있어요." 앤스가 말한다. "올라오시면 됩니다."

젠장, 내가 이 짓을 왜 그만두지 않는지 모르겠다. 나이 일흔에 225파운드나 나가는 내가 밧줄로 저 꼭대기까지 끌어올려지고 있다니 말이다. 이 짓을 관두기까지 내 장부에 사망 환자 진료로 적어도 5만 달러까지는 기록해 두고 싶은 심정이다. "대체 이 빌어먹을 산꼭대기에서 앓아누운 자네 부인이 나와 무슨 관계란 말인가?"

"죄송합니다." 그가 말한다. 그는 밧줄을 바닥에 내려놓은 후, 집으로 향했다. 이곳에는 아직 유황 성냥불 정도의 약한 햇살이 남아 있다. 널판조차도 유황색 줄이 쳐진 듯 보인다. 캐시는 돌아보지도 않는다. 툴이 말하기를, 캐시가 매번 널판을 창가로 가져가 애디에게 보여 주며 괜찮냐고 묻는다고 한다. 바더먼이 우리를 지나쳐 가자, 앤스가 뒤돌아 그 애를 쳐다본다. "밧줄은 어디 뒀어?"

"자네가 둔 곳에 있네." 내가 말한다. "밧줄 걱정은 말게. 벼랑 따라 다시 내려가야 하니까. 설마 태풍이 날 태워 이리로 날아오게 했을라고. 그랬다면 저 멀리 날아가 버렸을 게야."

듀이 델이 침대 옆에서 애디에게 부채질을 하고 있다. 우리가 들어서자, 애디가 고개를 들어 우리를 쳐다본다. 지난 열흘 동안 그녀는 이미 죽은 거나 다름없었다. 앤스의 일부로 너무 오래 지낸 나머지 애디도 이젠 어떤 변화를 만들지 못하고 있는 듯하다. 죽음도 일종의 변화일 텐데 말이다. 내 기억에 어렸을 적 나는 죽음을 육체에서 벌어지는 현상이라고 믿었다. 이제는 그저 마음의 작용이라는 것을 안다. 누군가를 잃고 살아남은 사람들이 겪는 마음의 작용이라는 의미다. 허무주의자들은 죽음이 모든 것을 끝낸다고 말하고, 근본주의자들은 죽음이 시작이라고 말한다. 실상 죽음이라는 것은 그저 잠시 한 곳을 빌려 살던 가족이나 사람들이 거주지나 마을에서 이주하는 걸 의미할 뿐이다.

애디가 우리를 쳐다본다. 살아 있다는 표시는 그나마 그 시선뿐이다. 우리에게 닿는 듯한 시선은, 시각이나 다른 감각으로 다가오는 게 아니라 마치 호스에서 나온 물줄기가 우리 몸에 닿는 느낌이다. 하지만 닿는 순간, 마치 아무 일도 없었다는 듯한 그런 시선이다. 앤스에게는 시선을 주지 않고 나와 바더먼에게 시선이 닿는다. 이불 아래 그녀의 몸은 썩은 작대기나 진배없다.

"자, 애디 부인." 내가 말한다. 이 순간에도 듀이 델의 부채질은 멈추지 않는다. "어때요?" 내가 묻는다. 베개 위에 놓인 초췌한 머리가 바더먼을 향한다. "저를 이곳으로 부르고 폭풍우까지 불러오는 걸 보니 정말 절묘한 타이밍이네요." 그런 다음 앤스와 그 애를 밖으로 내보낸다. 유일하게 움직이는 그녀의 시선이 방을 나서는 막내의 모습을 좇는다.

방에서 나와 보니 앤스와 바더먼이 현관에 있었다. 하나는 기둥 옆에, 또 하나는 계단에 앉아 있다. 기둥 옆에 선 앤스는 마치 물에 젖은 수탉처럼 떡 진 머리를 한 채 두 팔을 떨어뜨리고 서 있다. 앤스가 눈을 끔뻑거리며 나를 본다.

"왜 더 일찍 나를 부르지 않았소?" 내가 묻는다.

"이런저런 일이 있었어요." 그가 말한다. "나와 애들은 옥수수를 수확해야 했고, 듀이 델은 엄마를 돌봐야 해서요. 사람들도 와서 도와주곤 했어요. 그러다가 그저……"

"빌어먹을 돈 때문이지." 내가 말한다. "자네는 내가 진료비 때문에 사람들 힘들게 하는 거 봤나?"

"돈 아끼느라 그런 건 아니에요." 그가 말한다. "저도 생각을 해 봤어요……. 애디가 갈 거 같죠, 그렇죠?" 막내 녀석은 계단 끝에 앉아 있는데, 유황빛 석양 아래에서 더 작아 보인다. 그게 바로 이 고장의 문제다. 날씨를 포함해 모든 게 너무 오래간다는 거다. 강물처럼 땅도 불투명하고 느리고, 때론 폭력적인 것들이 냉정하고 묵묵한 가운데 인간의 삶을 구축하고 만들어 나간다는 것이다. "전 알고 있었어요." 앤스가 말한다. "전 애디가 죽을 각오를 하고 있다는 걸 이전부터 분명히 알고 있었어요."

"아주 잘된 일이군." 내가 말한다. "약간은……." 낡은 멜빵바지 차림의 쪼그마한 막내 녀석은 계단 끝에 꼼짝하지 않고 앉아 있다. 방에서 나오는 나를 올려다보다가 이내 앤스를 쳐다본다. 그러더니 시선을 거두고는 우두커니 앉아 있다.

"애디에게 죽을 거라고 말해 줬나요?" 앤스가 말한다.

"뭣 때문에?" 내가 말한다. "뭣 때문에 말해 주나?"

"애디도 알고 있을 겁니다. 선생님이 온 걸 보고 다 알아차렸을 겁니다. 말할 필요가 없겠지요. 이미 마음을……"

뒤에서 듀이 델이 부른다. "아빠." 내가 돌아서서 그 애를 바라본다.

"이보게 서둘러 들어가 보게나." 내가 말한다.

우리가 들어가자, 애디가 문을 바라보고 있다. 그녀가 나를 쳐다본다. 마치 마지막 기름 한 방울이 소진되기 직전에 타오르는 램프 불 같은 눈빛이다. "엄마가 선생님은 나가 계셨으면 하세요." 그 애가 말한다.

"여보," 앤스가 말한다. "당신 낫게 하려고 선생님이 제퍼슨에서 먼 길을 달려오셨어요." 애디가 나를 쳐다본다. 무슨 뜻의 눈길인지 나는 안다. 나를 거칠게 밀어내고 있는 것이다. 나는 전에도 여자들에게서 이런 눈길을 본 적이 있다. 동정심과 연민의 정으로 실제 도움을 주러 온 사람을 쫓아내면서도 자기 보기를 마치 짐 실어 나르는 말 따위로 여기는 그런 사람에게 매달리는 눈길 말이다. 그게 바로 이 사람들이 부르는 이해라는 차원을 넘어선 사랑이라는 거다. 그놈의 자존심, 그놈의 사나운 욕망은 날것 그대로의 천한 모습을 감추려 든다. 수술대에 설 때도 그리고 다시 땅속으로 들어갈 때도 집요하고 고집스럽게 잡고 놓지 않으려 한다. 나는 방에서 나온다. 현관 너머로 널판을 자르는 캐시의 톱 소리가 여전하다. 잠시 후 듀이 델이 카랑카랑한 목소리로 캐시를 부른다.

"캐시," 그녀가 부른다. "캐시, 어서."

달

 아버지가 침대 옆에 서 있다. 둥그스름한 머리에 눈을 동그랗게 뜬 바더먼이 놀란 입을 벌린 채 아버지 다리 사이로 들여다본다. 엄마가 아버지를 쳐다본다. 스러져 가는 생명력이 촌각을 다투듯 급하게 엄마의 눈길 속으로 빨려 들어간다. "엄마가 주얼을 원해요." 듀이 델이 말한다.
 "여보," 아버지가 말한다. "주얼과 달은 한 짐 더 나르려고 갔소. 시간 내에 끝낼 수 있고, 당신이 기다려 줄 거라 생각했겠지. 게다가 3달러도 있고……." 아버지가 몸을 숙여 엄마 손 위에 손을 얹는다. 섭섭하단 감정도 아무런 감정도 없는 얼굴이지만, 엄마는 마치 아버지가 중단한 말을 눈으로 다 듣고 있다는 듯 얼마간 아버지를 쳐다본다. 그러다가 지난 열흘간 꼼짝도 하지 않던 몸을 일으켜 세운다. 듀이 델이 몸을 숙여 엄마의 등을 받쳐 준다.
 "엄마, 엄마." 듀이 델이 말한다.

엄마는 창문 밖으로, 지는 석양빛 아래 연신 널판을 잘라 맞추고 있는 캐시를 바라본다. 마치 널판과 톱이 만날 때마다 불빛이 튀어 주변을 비추고, 그 아래에서 이루어지는 나무판과 톱의 짝짓기 작업이 어둠 속으로 끝없이 이어지는 것 같다.

"캐시," 여전히 카랑카랑한 큰 목소리로 듀이 델이 소리친다. "캐시, 여기!"

캐시는 석양빛 아래 창문에 나타난 엄마의 여윈 얼굴을 쳐다본다. 캐시가 어린 시절부터 보아 온 엄마의 얼굴이 겹쳐 보인다. 캐시가 톱을 내려놓고 움직이지 못하는 엄마가 볼 수 있게끔 창문을 향해 널판을 든다. 캐시는 두 번째 널판을 제자리에 맞추고 둘을 옆으로 나란히 놓은 다음 아직 바닥에 있는 널판을 가리키며 최종 완성된 관의 모형을 말없이 손짓으로 보여 준다. 지난 세월의 얼굴이 합쳐진 엄마의 얼굴은 불만스럽다거나 인정한다거나 하는 표정 없이 한동안 캐시를 내려다보다가 창문에서 사라진다.

엄마는 다시 누워 아버지를 외면한 채 고개를 돌린다. 바더먼을 향한 엄마의 두 눈가에 한순간 불꽃이 타오르듯 생명력이 번뜩인다. 그러더니 마치 누군가 고개 숙여 그 불꽃을 불어 꺼트린 듯 이내 사라져 버린다.

"엄마, 엄마!" 듀이 델이 말한다. 지난 열흘간 그래 왔듯이 연신 부채질을 하던 듀이 델이 침대로 다가가 손을 약간 들고는 울부짖기 시작한다. 젊고 날카로운 목소리가 떨리듯 카랑카랑하게 울려 퍼지고, 부채는 여전히 위아래로 움직이면서 하릴없이 공기만 흔들어 댄다. 엄마의 무릎을 붙들고 맹렬하게 흔들어 대던 듀이 델이 이제는 앙상하게 한 줌의 뼈만 남은 엄마 위로 널브러진다. 침대가 흔들리면서 매트리스에서 바스락대는 소리가 들린다. 한 손에 부채를 들고 양팔을 치켜든 듀이 델이 꺼져 가는 엄마의 마지막 숨결 위로 여전히 부채질을 해 댄다.

바더먼이 아연실색하여 입도 닫지 못한 채 아버지의 다리 사이로 들여다보다가, 이내 눈을 똥그랗게 뜨고 서서히 침대에서 물러선다. 방을 나서는 아이의 핏기 없는 얼굴이 마치 무너져 버린 담벼락에 붙은 종잇조각처럼 석양빛 속으로 사라진다.

석양빛 아래서 아버지는 침대 위로 기댄다. 아버지의 구부정한 실루엣 형상은 감히 헤아릴 수 없을 정도로 심오하거나 아니면 그저 우둔한 지혜가 숨어 있는 듯한, 마치 헝크러진 깃털에 불만으로 가득 차 툴툴거리는 부엉이의 모습을 닮아 있다.

"빌어먹을 녀석들." 아버지가 말한다.

주얼, 내가 말한다. 하루가 밋밋한 회색빛으로 저물어 가고, 머리 위로는 태양이 마치 똑바로 쏜 한 무리 회색빛 화살에 맞은 듯 스러져 간다. 빗속에서 노새들이 콧김을 내뿜고 뿌연 진흙을 흩뿌리며 간다. 바깥쪽 노새가 도랑 옆 길가 쪽으로 미끄러지면서 자빠진다. 물에 젖어 납덩이처럼 무거운 누런빛 목재들이 부서진 바퀴 너머로 기울며 도랑 쪽으로 쏠린다. 부서진 바큇살 주변과 주얼의 발목 근처로 물인지 흙인지 알 수 없는 누런 물이 튀어 오르고, 흙도 물도 아닌 누런 길을 휘돌아 언덕 아래로 흘러가다가 하늘인지 땅인지 모를 진녹색 덩어리 속으

로 사라진다. 주얼, 내가 말한다.

 톱을 집어 든 캐시가 문 앞에 선다. 침대 곁에 선 아버지가 팔을 늘어뜨린 채 구부정하게 서 있다. 고개를 돌리는 아버지의 초췌한 옆얼굴, 그리고 코담배를 잇몸에 갖다 대며 턱을 축 늘어뜨리는 모습이 보인다.

 "돌아가셨군요." 캐시가 말한다.

 "엄마가 결국 우리 곁을 떠났구나." 아버지가 말한다. 캐시가 아버지를 외면하며 고개를 돌린다. "작업은 거의 끝났니?" 아버지가 말한다. 아무 대답 없이 톱을 든 채 캐시가 안으로 들어온다. "어서 작업을 끝내야 할 거다." 아버지가 말한다. "애들이 다 나가 있으니, 너라도 서둘러야 해." 캐시가 아버지의 말을 흘려듣고는 엄마의 얼굴을 내려다본다. 그는 침대 곁으로 가지 않고, 방 한가운데 멈춰 선다. 톱을 다리에 기댄 채 서 있는 캐시의 표정이 차분하다. 손등에는 땀에 전 톱밥이 조금 묻어 있다. "힘들면 내일 사람들이 와서 도와줄 거다." 아버지가 말한다. "툴 아저씨가 도와줄 수 있어." 여전히 아버지의 말을 흘려듣는 캐시는 석양빛 아래 어둠 속으로 묻혀 가는 굳어 버린 엄마의 평온한 얼굴을 내려다본다. 마치 어둠이 궁극적으로 나타날 대지의 선도자인 듯 엄마의 얼굴이 마침내 어둠에서 떨어져 나와 낙엽처럼 가볍게 둥실 떠오르는 듯 보인다. "널 도와줄 교회 성도는 많아." 아버지가 말한다. 캐시는 여전히 들으려 하지 않는다. 잠시 후 아버지를 외면한 채 캐시는 방을 나선다. 톱날이 다시 그르렁대기 시작하자, 아버지가 말한다. "슬픔을 겪는 우리를 사람들이 도와줄 거다."

끊임없이 들리는 능숙하고 차분한 톱질 소리는 저무는 석양빛마저 흔들어 버리는 것 같고 톱 소리에 매번 엄마가 깨어나 톱질 횟수를 세며 듣고 있는 것 같다. 아버지는 엄마를 바라보다가 듀이 델의 헝클어진 검은 머리카락과 축 처진 양팔, 그리고 빛바랜 이불 위에 놓인 부채를 내려다본다. "가서 저녁 준비하거라." 아버지가 말한다.

듀이 델이 꼼짝도 하지 않는다.

"자, 일어나서 저녁 준비해야지." 아버지가 말한다. "다들 힘내자. 먼 길 오시느라 피보디 선생님도 배고프실 게다. 캐시도 얼른 먹고 작업을 해야 제때에 마칠 수 있지."

듀이 델이 천천히 일어나 엄마의 얼굴을 물끄러미 내려다보는데, 이제는 마치 베개 위에 놓인 색 바랜 청동 조각상처럼 보인다. 활력은 없지만 울퉁불퉁하고 마디진 손가락 때문인지, 그나마 손에는 생명력이 있어 보인다. 힘이 다 빠진 듯하면서도 민첩해 보이는 엄마의 손은 힘들고 지친 일들을 아직 끝내지 못했다는 것을 아는 듯 영면에 들었다는 사실 자체도 받아들이지 못하는 것처럼 보인다. 마치 오쟁이 진 남편이 아내를 의심하고, 돈에 인색한 자가 모든 걸 의심하듯, 엄마의 손가락은 삶이 이렇게 멈췄다는 사실을 믿지 못한 채 이런 상황이 지속되지 않을 거라고 여기는 것 같다.

듀이 델이 이불을 끌어당겨 엄마의 턱까지 올려 반듯하게 덮어 준다. 그러곤 아버지에게 눈길도 안 준 채 밖으로 나가 버린다.

 듀이 델은 필경 피보디 선생님이 있는 곳으로 갈 거다. 석양빛 아래에서 그런 표정으로 선생님의 등을 쳐다보면, 그런 눈길을 아시는 선생님은 등을 돌리며 이렇게 말할 거다. 그저 상심만 할 일이 아니다. 엄마는 나이도 드셨고 몸도 안 좋으셨어. 그리고 알게 모르게 힘드셨고, 회복하실 수도 없었을 게다. 이제 바더먼 녀석도 다 컸으니, 네가 가족들을 잘 돌봐야 한다. 나도 더 이상 마음 아파하지 않을 테다, 너도 나가서 저녁 준비해야지. 뭐라도 먹어야 한다. 그리고 네 형제들도 뭐라도 먹어 둬야 해. 듀이 델은 선생님을 바라보며, 마음만 먹는다면 선생님이 제게 큰일을 해 줄 수 있겠죠, 하며 묻는다. 아시기만 한다면 말이죠. 나는 나고 선생님은 선생님이에요. 저는 알고 있고, 선생님은 모르실 뿐이에요. 선생님이 하시려 들면 제게 큰일을 해 줄 수 있겠죠, 그리고 그렇게만 된다면 제가 모든 걸 말씀드릴 수 있을 텐데요. 선생님과 저랑 달 이외에 그 누구도 알면 안 돼요.

 아버지가 팔을 늘어뜨린 채 구부정한 자세로 꼼짝하지 않고 침대 옆에 서 있다. 그러곤 머리에 손을 얹고 긁적대면서, 캐시의 톱질 소리에 주목한다. 엄마 곁으로 다가선 아버지는 손바닥과 손등을 허벅지에 대고 문지르더니 엄마의 얼굴과 손을 덮고 있는 이불 위에 손을 얹는다. 그러곤 듀이 델을 따라 이불을 매만지며 턱까지 올려 가지런하게 펼치려 하지만 오히려 헝클어지기만 한다. 다시 손을 대 보지만 동물의 앞발처럼 서툴고

데데하기만 한 손길 때문인지 손 닿는 곳마다 구겨지며 주름이 늘어난다. 결국 포기하고는 양팔을 떨어뜨려 손등과 바닥을 허벅지에 대고 비비기 시작한다. 톱질 소리는 여전히 방 안으로 스며 들어온다. 아버지는 말없이 거친 숨을 내쉬며 코담배를 잇몸에 갖다 댄다. "다 하나님의 뜻이다." 아버지가 말한다. "이제 나도 새 의치를 가질 수 있겠네."

주얼의 모자가 목까지 축 처져 있다. 푹 젖은 묶은 삼베 자락을 타고 어깨에 물이 흘러내린다. 발목까지 빠지는 도랑에서 주얼은 미끌미끌한 가로 2인치 세로 4인치짜리 썩어 빠진 통나무 조각을 받침대 삼아 바퀴 축을 살핀다. 주얼, 내가 말한다, 엄마가 죽었어. 애디 번드런이 죽었다고.

바더먼

뛰기 시작한다. 뒤편으로 달리다가 돌아와 현관 끄트머리에서 멈춘다. 그리고 울기 시작한다. 흙먼지 속 어디에 물고기가 있었는지 난 느낀다. 이제는 여러 토막으로 잘려 나가 물고기도 아니다. 내 작업복과 손에 묻은 피도 이젠 피가 아니다. 흙먼지 속에 있을 땐 이렇지 않았다. 그때는 토막 나 있지도 않았다. 이제는 엄마가 너무 멀리 가 버려 잡을 수도 없다.

무더운 날 선선한 저녁이 되면 흔들거리는 나무는 닭처럼 보인다. 현관에서 뛰어내리면 거기가 바로 물고기가 있던 자리다. 물고기는 이제 물고기 형체가 없는 토막이 되었다. 침대 소리가 들리고, 엄마의 얼굴과 사람들 모습이 보이고, 집에 와서 엄마를 죽인 그 사람이 바닥을 거닐 때 흔들렸던 게 느껴진다. 그 의사 선생이 집에 와 멀쩡한 엄마를 그렇게 만든 거다.

"망할 놈의 뚱보 새끼."

현관에서 뛰어내려 달려간다. 헛간 지붕이 석양 위로 홀연히 솟아오른다. 펄쩍 뛰기만 하면 서커스의 핑크레이디처럼 기다릴 것도 없이 따스한 냄새가 나는 곳으로 뛰어 들어갈 수 있다. 손으로 나뭇가지를 붙잡자 발아래로 바위와 흙이 무너져 내린다.

따스한 냄새를 느끼며 다시 숨 쉴 수 있다. 말을 만져 보려고 외양간으로 향한다. 그러면 울 수 있고 맘껏 통곡할 수 있다. 말이 발길질을 끝내면 난 울 수 있을 테고, 맘껏 통곡할 수도 있다.

"그 사람이 엄마를 죽였어. 엄마를 죽였다고."

내 손에 말의 생명력이 느껴진다, 그 생명력은 말의 얼룩무늬를 따라 흐르다가 내 코로 느껴진다. 아픔 때문에 나는 흐느끼다가 통곡한다. 그러다가 숨을 내쉬고 다시 통곡한다. 소리가 제법 크게 난다. 내 손바닥에 느껴지는 생명력이 팔을 타고 오른다. 그러곤 외양간을 나선다.

그걸 찾을 수가 없다. 어둠 속에도 길에도 담벼락에도 보이지 않는다. 우는 소리가 크게 들린다. 너무 크게 울지 않으면 좋으련만. 마침내 마차 바닥 먼지 더미 속에서 그것을 찾아, 마당을 가로질러 길로 나선다. 작대기가 내 어깨 위에서 춤춘다.

달려가는 나를 말들이 뒤로 물러서며 쳐다본다. 눈알을 굴리고 코를 벌름대며 고삐에 묶인 채 꿈틀댄다. 나는 내리친다. 작대기가 때리는 소리가 들린다. 말 머리를 때리고 멍에 위를 때린다. 뒤로 물러나 펄쩍 뛰면 놓칠 때도 있지만 내 기분은 최고다.

"네놈들이 우리 엄마를 죽였어."

작대기가 부러지고 말들이 뒤로 물러나면서 코를 벌름대며 바닥 위에서 난리를 친다. 비가 오려는지 주위가 시끄럽고 삭막하다. 아직 남아 있는 작대기로 고삐에 묶여 이리저리 날뛰는 말을 때린다.

"네 놈들이 엄마를 죽였어!"

계속해서 때리자, 말들이 마치 조마용 고삐에 매인 듯 빙빙 돈다. 들린 마차는 바닥에 묶인 듯 제자리에서 두 바퀴로 헛돌기만 하고 말들도 마치 뒷다리가 기둥에 묶인 듯 헛발만 딛는다.

먼지 속에서 나는 달린다. 두 바퀴에 의지해 기울어진 마차가 빨아들이는 먼지 속으로 사라지고 앞이 보이지 않지만 달려 나간다. 작대기로 바닥을 때리고, 날뛰면서 먼지 속에서 허공에 대고 휘두르자 흙먼지가 빨려 들듯이, 차가 지나갈 때보다 더 빨리 바닥으로 내려앉는다. 이제야 작대기를 바라보면 울 수가 있다. 손으로 잡은 데까지 부러진 작대기는 이제 난로 장작개비보다 짧다. 작대기를 던져 버리고 다시 흐느껴 운다. 이제는 그다지 큰 소리가 나지 않는다.

헛간 문 앞에 암소 한 마리가 여물을 씹으며 서 있다. 내가 안으로 들어서자, 혀를 널름대며 입안 가득 여물을 씹어 대던 암소가 울기 시작한다.

"젖 짜러 온 거 아냐. 아무 것도 안 할 거야."

옆을 지나칠 때, 암소가 나를 향해 고개를 돌린다. 내가 돌아보자, 암소가 달콤하고, 뜨거운 입김을 불어 대며 내 뒤에 서 있다.

"안 한다고 했잖아?"

암소가 쿵쿵대며 나를 넌지시 밀어 댄다. 입을 다문 채로 깊은 울음소리를 낸다. 나는 손을 흔들어 대며 주얼이 말에게 하듯 욕을 해 댄다.

"저리 가라니까."

바닥에 두 손을 댔다가 이내 암소에게 달려들자, 놀란 나머지 뒤로 물러난 소가 나를 보며 멈춰 선다. 암소가 운다. 이내 길로 나간 암소가 길 가운데 서서 길을 올려다본다.

외양간은 적적한 가운데 어둡고 따스하고, 냄새도 난다. 나는 조용히 흐느끼며 언덕 위를 바라본다.

캐시가 교회 지붕에서 떨어져 다친 다리로 절뚝거리며 언덕으로 다가온다. 샘물을 내려다보고는 길 따라 올라오다가 다시 외양간 쪽으로 향한다. 뻣뻣하게 길을 따라 내려오던 캐시는 망가진 조마용 고삐와 바닥 먼지를 바라보다가, 시선을 돌려 먼지가 사라진 길 위로 고개를 돌린다.

"지금쯤 툴 아저씨 댁은 지나왔어야 되는데. 그랬으면 좋으련만."

캐시가 몸을 돌려 절뚝거리며 길을 따라 걷는다.

"제길, 내가 이럴 줄 알았지."

난 이제 울지 않는다. 나는 아무것도 아니다. 듀이 델이 언덕으로 와 나를 부른다. 바더먼. 나는 아무것도 아니다. 나는 가만히 있을 뿐이다. 바더먼 너, 이제 나는 내 눈물을 느끼고 들으면서 조용히 울 뿐이다.

"그때는 그런 일이 없었는데. 그땐 아무 일 없었다고. 그저 바닥에 있었어. 이젠 누나가 그걸로 요리를 하려고 해."

어둡다. 적막 가운데 나무 소리가 난다. 나는 그 소리를 알고 있다. 살아 있는 소리가 아니다. 말도 마찬가지다. 어둠이 말을 풀어 헤쳐 서로 상관없는 부분들로 흩어 놓은 것 같다. 쿵쿵대는 소리와 발 구르는 소리. 요리 냄새와 암모니아 털 냄새. 얼룩무늬 반점이 섞인 가죽과 튼튼한 뼈가 서로 조화되어 하나의 전체 같은 인상을 주지만, 그 안에는 초연하고 은밀하고 친근하게 들어앉은 있음은 나의 있음과는 딴판이다. 말이 해체되는 걸 본다. 다리, 굴리는 눈알, 차가운 불길 같은 화려한 얼룩무늬 반점으로 해체되어 녹아내리며 어둠 속에 떠다닌다. 다들 하나처럼 보이지만 그렇지도 않다. 들리는 것들이 눈에 보인다. 말을 휘감고 쓰다듬는 게 보인다. 말발굽 위의 돌기, 말 엉덩이, 어깨, 머리, 냄새와 소리까지 보인다. 두려울 게 없다.

"요리해 먹었어. 요리해 먹었다니까."

듀이 델

 마음만 먹으면 의사 선생님이 날 도와줄 수 있을 텐데. 뭐든 다 해 줄 수 있을 거라고. 세상 모든 게 다 내 몸 내장 속에 있는 것 같아 이제 뭐 하나 들어갈 자리도 없는 것 같다. 선생님은 덩치가 크고 난 덩치가 작다. 그 큰 덩치에도 중요한 뭔가가 들어갈 공간이 없다면 나처럼 작은 몸뚱이에 들어갈 공간은 더욱 없겠지. 하지만 난 이미 내 몸 안에 그게 있다는 걸 안다. 왜냐하면 하나님께서는 여자 몸에 뭔가 안 좋은 일이 벌어졌을 때 신호를 주시기 때문이다.
 문제는 이제 내가 혼자라는 거다. 하지만 만져서 뭔가 느껴진다면 혼자가 아닌 게 된다. 그럴 경우 사람들도 그걸 다 알게 되겠지. 선생님이 해 주시기만 하면 혼자 남더라도 괜찮을 거고, 다시 혼자가 돼도 아무 문제 없을 거다.
 의사 선생님도 달처럼 나와 레이프 일에 끼어들게 해야 한다. 그러면 레이프도 혼자가 되는 거다. 선생님이 레이프가 되고 나는 듀이 델이 되는 거고. 엄마가 돌아가시는 바람에 너무 슬픈 나머지 나 자신, 레이프, 달을 다 잊고 있었다. 선생님이 날 위해 다 해 줄 수 있는데 그걸 모르고 있다. 정말 모른다니까.

현관 뒤편에서는 헛간이 보이지 않지만, 캐시가 나무 켜는 소리는 여전히 들린다. 마치 집 안에 들어오려고 주위를 맴도는 강아지가 열린 문을 통해 무작정 들어오는 식이다. 레이프는 자기가 나보다 더 속이 탄다고 한다. 그래서 내가 말했다. 너는 속이 탄다는 게 뭔지도 몰라, 그래서 나도 애타는 게 뭔지 몰라,라고. 애는 쓰지만 난 애가 탈 정도로 오래 생각하질 못한다.

나는 부엌 등을 켠다. 너덜너덜 토막 난 생선이 접시 위에서 피를 흘리고 있다. 복도에 귀를 기울이며 나는 이것을 얼른 찬장에 넣는다. 엄마가 열흘 만에 돌아가셨다. 어쩌면 자신이 돌아가셨다는 것도 모르실 거다. 어쩌면 캐시가 작업을 끝낼 때까지, 아니면 주얼이 돌아올 때까지 목숨을 부지하고 싶었을지 모른다. 찬장에서 채소 접시를, 그리고 차가운 스토브에서 빵 굽는 팬을 꺼낸다. 그러다가 가만히 서서 문 쪽을 바라본다.

"바더먼 어딨어?" 캐시가 묻는다. 등불 아래서 캐시의 팔에 묻은 톱밥이 꼭 모래 같아 보인다.

"나도 몰라. 못 봤는데."

"의사 선생님 말들이 달아났어. 바더먼 녀석 좀 찾아봐. 바더먼은 그 말들을 잡을 수 있을 거야."

"사람들한테 식사하라고 전해 줘."

헛간이 안 보인다. 나는 속이 탄다는 게 뭔지도 모르고, 울 줄도 모른다. 울려고 애를 써 봤지만 안 된다. 얼마 후 톱질 소리가 집을 돌아서 들어온다. 어스름한 석양 녘에 길을 따라 어둡게 다가온다. 널판 위로 오르락내리락하는 캐시의 모습이 보인다.

"저녁 먹게 들어와." 내가 말한다. "선생님께도 말씀드려." 선생님은 날 도울 수 있지만 그는 그걸 모른다. 선생님은 자기만 알고 나는 나만 아는 셈이다. 그리고 나는 레이프와 같은 꼴이다. 바로 그거다. 우리는 시골 사람들이라 읍내 사람들 같지 않다. 레이프는 왜 읍내에 살지 않는 걸까. 대체 알 수가 없다. 그때 외양간 지붕이 눈에 들어온다. 암소가 울면서 길 초입에 서 있다. 돌아보니 캐시가 안 보인다.

버터밀크를 들고 집 안에 들어가자, 아버지와 캐시 그리고 의사 선생님이 식탁에 앉아 있다.

"바더먼이 잡은 큰 생선은?" 피보디 선생님이 묻는다.

테이블 위에 우유를 놓으며 내가 말한다. "요리할 시간이 없었어요."

"양념도 안 한 무잎은 나 정도 체구의 사람한테는 양이 너무 적은데." 그가 말한다. 캐시가 말없이 먹고 있다. 땀범벅이 된 머리에는 모자를 썼던 자국이 남아 있다. 셔츠도 땀으로 얼룩져 있고, 손과 팔뚝은 씻지도 않았다.

"미리 생선 요리 좀 하지 그랬니." 아버지가 말한다. "바더먼은 어디 있어?"

문 쪽을 보며 내가 말한다. "안 보여요."

"자, 아가씨," 선생님이 말한다. "생선 생각일랑 잊어. 상하지 않을 테니까. 이리 와서 앉아."

"괜찮아요." 내가 말한다. "비 오기 전에 나가서 우유나 짜 올게요."

아버지가 음식을 덜고는 옆으로 돌린다. 하지만 먹지는 않고, 두 손으로 접시만 잡고 있다. 아버지의 헝클어진 머리카락이 등불을 가린다. 아버지는 망치로 한 대 맞은 송아지처럼 자신이 살았는지 죽었는지도 모르는 듯한 표정이다.

캐시와 선생님이 음식을 먹는다. "뭐라도 먹어야 하네." 선생님이 말한다. 아버지를 바라보며 한마디 더 한다. "캐시나 나처럼 뭐라도 먹어야 견디네."

"그래요." 아버지는 마치 연못가에서 무릎 꿇고 물 마시다가 사람과 마주친 수송아지처럼 벌떡 고개를 든다. "식사 좀 한다고 아내가 절 책망하진 않겠지요."

집에서 멀어지자 나는 걸음을 재촉한다. 절벽 아래서 암소가 울고 있다. 암소는 신음소리를 내며 내게 코를 비비댄다. 달콤하고 뜨거운 입김이 내게 닿는다. "봐줄 테니까 조금만 기다려." 헛간 바닥에 양동이를 내려놓자, 암소가 나를 따라 들어온다. 그리고 신음 소리를 내며 양동이에 코를 처박는다. "말했지, 기다리라고. 너 봐주기 전에 할 일이 있다니까." 외양간 안이 어둡다. 외양간을 지나갈 때 말이 벽을 한 번 걷어찬다. 나는 무심코 지나친다. 부러진 널판이 마치 혼자 서 있는 듯 창백해 보인다. 비탈길이 보이고 불어오는 바람이 옅은 어둠 속에서 서서히 내 얼굴을 스친다. 비스듬한 비탈에 은밀하게 누군가를 기다리며 서 있는 것 같은 소나무들이 군락을 이룬 채 서 있다.

문을 등진 채 윤곽만 보이는 암소가 신음 소리를 내며 윤곽만 보이는 양동이에 코를 들이민다.

외양간을 지나친다. 거의 다 지나치고 있다. 입으로 연신 레이프를 되새기며 레이프가 내게 한마디 대답해 줄 때까지 귀를 기울인다. 되새기다가 혹 대답을 놓칠까 봐 두렵기만 하다. 내 몸과 내 뼈, 내 살이 분리되는 걸 느끼자, 혼자인 내가 해체되기 시작한다. 혼자가 아닌 상태로 되돌아가는 과정은 두렵기만 하다. 레이프, 레이프, "레이프", 레이프, 레이프. 몸을 조금 앞으로 내밀며 한 발을 뻗지만 걷진 않는다. 내 가슴을 지나치고, 암소를 지나쳐 나가는 어둠이 느껴진다. 어둠 속으로 내달려 보지만, 암소가 나를 막는다. 나무와 침묵으로 가득 찬 달콤한 암소의 숨소리 위로 어둠이 밀려든다.

"바더먼. 바더먼, 이 녀석."

녀석이 외양간에서 나온다. "요런, 살살이 같은 녀석 같으니라고!"

녀석은 고분고분히 나온다. 밀려오는 마지막 어둠이 휘파람 소리를 내며 사라진다. "왜? 난 아무 짓도 안 했어."

"망할 녀석 같으니!" 두 손으로 녀석을 잡고 심하게 흔들어 댄다. 어쩔 수 없을 정도로 손이 흔들렸고 그 정도로 흔들릴 줄 나도 몰랐다. 우리 둘 다 흔들린다.

"내가 안 했어." 녀석이 말한다. "건들지도 않았다고."

더 이상 흔들진 않지만, 아직 바더먼을 붙잡고 있다. "여기서 뭐 하고 있는 거야? 왜 대답 안 해?"

"아무 짓도 안 했다니까."

"어서 집에 가서 식사나 해."

녀석이 뒤로 물러서지만, 다시 붙잡는다. "그만해. 날 내버려 두라니까."

"대체 여기서 뭘 하는 거니? 날 훔쳐보려고 여기 있는 거지?"

"아냐. 아니라니까. 그만 가. 난 누나가 여기 있는 줄 몰랐어. 그만 놔."

녀석을 붙들고 고개 숙여 얼굴을 보니, 바더먼이 울고 있다. "어서 가자. 저녁 차려 놨어. 누나는 젖을 마저 짜고 갈 테니까, 남들이 다 먹기 전에 어서 올라가. 의사 선생님 말들이야 지들이 알아서 제퍼슨으로 돌아가겠지."

"그 사람이 엄마를 죽였어." 바더먼이 말한다. 그러면서 울기 시작한다.

"뚝."

"잘못한 것도 없는데 와서 엄마를 죽였다니까."

"그만." 바더먼이 꿈틀대지만 내가 붙잡는다.

"엄마를 죽였다고." 암소가 울면서 우리 뒤쪽으로 다가온다. 나는 다시금 바더먼을 흔들어 댄다.

"그만해. 이러다가 병나면 읍내도 못 가. 어서 집에 가서 밥 먹어."

"밥 먹기 싫어. 읍내도 가기 싫고."

"그러면 너 여기 두고 간다. 말 안 들으면 널 두고 간다고. 그러니 그 채소만 먹는 늙은 의사가 네 것까지 다 먹어 치우기 전에 어서 집에 가." 바더먼이 천천히 언덕 위로 사라진다. 언덕 끝, 나무들 그리고 지붕 모습이 하늘을 배경으로 서 있다. 암소가 울면서 나를 밀어 댄다. "기다리라니까. 너도 여자이긴 하지만 네 뱃속에 든 것은 내 뱃속에 있는 거에 비하면 아무것도 아니야." 암소가 울면서 나를 쫓는다. 생기 없는 뜨겁고 창백한 숨결이 다시금 내 얼굴을 스친다. 마음만 먹으면 선생님은 다 해 줄 수 있을 텐데. 그런데 그런 것도 모르셔. 알기만 하면 도와주실 수 있을 텐데. 암소가 울면서 내 등과 엉덩이에 따스하고 달콤한 거친 숨결을 불어 댄다. 하늘이 언덕 아래 비밀스러운 숲에 닿아 있다. 언덕 너머로 번갯불이 번쩍하더니 이내 사라진다. 생기 없는 바람이 생기 없는 대지를 눈에 보이는 저 너머까지 생기 없는 어둠으로 덮는다. 고요하고 포근한 바람이 옷 속 벗은 몸에 닿는다. 네가 애타는 게 뭔지 알기는 해. 나도 모른다고. 애를 태우는 건지 아닌 건지도 난 모른다니까. 애를 태운다는 걸 할 수 있는지도 모르고. 울 수 있는지도 모르겠어. 울려고 애써 본 적이 있는지도 모르겠고. 마치 뜨겁고 어두운 흙 속에 버려진 젖은 씨앗이 된 기분이다.

바더먼

 관이 완성되면 엄마를 그 안에 넣는다고 한다. 오랫동안 나는 그 말을 할 수 없었다. 어둠이 솟구치며 휘돌아 나가는 모습을 보았을 때 내가 말했다. "캐시, 캐시, 캐시, 엄마를 그 안에 넣고 못질하려는 거야?" 나는 아기 때 좁은 방 안에 갇힌 적이 있다. 새 문짝이 너무 무거워서 나올 수가 없었는데, 쥐들이 방 안 공기를 죄다 마셔 버려서 숨을 쉴 수가 없었다. 내가 물었다. "못질해서 닫아 버리려는 거야, 캐시? 못질을 한다고? 못질을?"

 아버지가 이리저리 거닌다. 피 흘리듯 톱밥이 흐르는 판자 위로, 캐시 형의 위아래로 움직이는 톱질 위로 아버지의 그림자가 따라다닌다.

 듀이 델이 바나나를 살 거라고 내게 말했다. 진열창 뒤 선로 위에 기차가 있다. 빨간색이다. 기차가 달리면 선로에 불이 들어왔다 나갔다 한다. 아빠는 밀가루와 설탕, 커피가 너무 비싸다고 한다. 나는 촌놈이다. 왜냐하면 읍내 아이들은. 자전거가 있다. 밀가루, 설탕, 커피는 왜 나 같은 촌놈한테는 비싼 걸까. "대신 바나나 먹을래?" 바나나는 이미 먹었는지 사라졌다. 기차가 달리면 선로에 불이 들어왔다 나갔다 한다. "아빠, 나는 왜 읍내에 못 살죠?" 내가 말했다. 하나님이 나를 만드셨지만, 나를 촌놈으로 만들어 달라고 한 적은 없다. 기차도 만드셨다면 모든 걸 다 읍내에서 만들 수 있게 하면 좋았을 텐데. 밀가루, 설탕, 커피가 너무 비싸니까. "대신 바나나 먹을래?"

아빠가 이리저리 거닐 때, 그림자도 같이 거닌다.

그건 엄마가 아니다. 내가 거기에서 다 보고 있었다. 난 분명히 봤다. 엄만 줄 알았지만 분명 내 엄마가 아니었다. 엄마가 어디론가 떠났을 때 다른 사람이 엄마의 이불을 덮고 누운 거다. 엄마는 그렇게 떠났다. "엄마는 읍내에 갔어요?" "읍내보다 더 멀리 갔어." "저 토끼와 주머니쥐도 읍내보다 멀리 간 거예요?" 하나님이 토끼와 주머니쥐를 만드셨고, 기차도 만드셨다. 엄마도 토끼와 다르지 않다면 하나님은 왜 각자 갈 곳을 만드신 걸까?

아빠가 이리저리 거닐 때, 그림자도 같이 거닌다. 톱은 잠든 듯 보인다.

캐시 형이 관에 못질을 했다면 엄마는 토끼가 아니다. 엄마가 토끼가 아니라면 나도 좁은 방에서 숨을 쉴 수가 없다. 캐시 형이 다 못질을 해 버릴 테니까. 못질하게 내버려 두었다면 그건 엄마일 수가 없다. 나는 안다. 거기에 있었기 때문에. 못질할 때 나는 엄마가 아니라는 걸 알았다. 내 눈으로 봤기 때문이다. 사람들은 엄마라고 생각하고, 캐시는 못질할 것이다.

  물고기도 엄마는 아니었다. 물고기는 저기 흙먼지 속에 있었기 때문이다. 이제 다 토막이 났다. 내가 토막 냈기 때문이다. 지금은 부엌에서 피 흘리며 요리 접시 위에 있을 것이다. 물고기가 토막 나 있지 않을 때 엄마는 살아 있었는데, 물고기가 토막 나니 더 이상 엄마는 엄마가 아니다. 내일 물고기를 요리해서 먹을 텐데 그러면 엄마는 의사 선생님과 아빠, 그리고 캐시와 듀이 델이 되는 거다. 관 속은 텅 비게 되고 엄마는 숨을 쉴 수 있게 된다. 물고기는 흙바닥에 놓여 있었다. 툴 아저씨를 불러오면 된다. 아저씨도 거기에 있었고 모든 걸 다 봤다. 그러니 우리 두 사람이 있으면 물고기는 살아 있는 거다. 그러다가 또 없어지겠지.

툴

 자정쯤 비가 내리기 시작할 때 녀석이 우리를 깨웠다. 폭풍우가 몰아치는 심란한 밤이었다. 가축을 다 먹이고 집에 와 저녁을 먹고는 잠자리에 들려고 하자 비가 내리기 시작했고, 땀에 흠뻑 젖은 피보디 선생의 말들이 부러진 마구를 질질 끌고 오른쪽 다리에 멍에가 걸려 있는 채로 집 앞에 서 있었다. "마침내 애디 번드런이 숨을 거뒀군요." 코라가 말한다.
 "의사 선생이 여기 많은 집 가운데 어디든 방문했겠지. 게다가 이게 그 양반 말이란 걸 어찌 안단 말이오?" 내가 말한다.
 "내 말이 맞다니까요." 코라가 말한다. "어서 준비나 하세요."
 "뭐하러?" 내가 말한다. "애디가 죽었다 한들 동이 틀 때까지 무슨 일을 할 수 있겠소. 게다가 폭우까지 내리잖소."
 "이건 내가 할 일이에요." 코라가 말한다. "말들이나 챙기세요."
 나는 할 마음이 없다. "우리가 필요하면 분명 사람을 보낼 거요. 게다가 애디가 죽었는지도 모르잖소."

"저게 피보디 선생님의 말인건 당신도 알잖아요? 아니라는 거예요? 뻔하잖아요." 하지만 난 가고 싶지 않다. 사람이 필요하면 부를 때까지 기다리는 게 상책이라는 걸 난 안다. "크리스천으로서 의무잖아요." 코라가 말한다. "기독교인으로서 할 일을 막는 건 아니겠죠?"

"원하면 내일 온종일 가 있으면 되지." 내가 말한다.

비가 퍼붓기 시작할 즈음 코라가 날 깨웠다. 램프를 들고 문앞에 서면 유리창에 불빛이 비쳐서 내가 나오는 게 훤히 보이는데도 누군가 계속 문을 두드리고 있었다. 세게 두드린 건 아니지만 계속 두드리는 걸 보니, 누군가 문을 두드리다가 잠에 빠진 건 아닌가 싶을 정도였다. 문을 열고 보니 아무도 없었다. 그제서야 누군가 문 아래쪽을 두드린다는 걸 알았다. 램프를 위로 치켜들자, 빗물이 램프를 때렸다. 코라가 안에서 "여보, 누구예요?" 하고 묻는다. 램프를 내려 문 아래쪽을 쳐다보고서야 누군지 알게 되었다.

멜빵바지 차림에 모자도 안 쓴 바더먼이 말 그대로 물에 빠진 강아지처럼 서 있었다. 진창길을 4마일이나 걸어 왔는지 무릎까지 온통 진흙투성이였다. "이런 제길." 내가 말한다.

"여보, 누구예요?" 코라가 묻는다.

마치 정면으로 빛을 맞은 올빼미처럼 녀석은 까만 눈동자를 똥그랗게 뜨고 나를 바라보았다. "물고기 기억하세요?" 그 애가 묻는다.

"우선 들어오너라." 내가 말한다. "어쩐 일이니? 네 엄마는······."

"여보." 코라가 부른다.

바더먼이 문 뒤쪽 어두운 곳에 서 있었다. 비가 램프를 마구 때리고 램프가 흔들리기에 혹여나 깨지지 않을까 겁이 날 정도였다. "아저씨도 거기 있었잖아요." 그 애가 말한다. "다 보셨구요."

코라가 문 앞으로 나온다. "비 맞을라, 어서 안으로 들어와." 코라가 나를 빤히 쳐다보고 있는 바더먼를 안으로 들인다. 홀딱 젖은 게 물에 빠진 강아지 모습이다. "제가 말했지요." 코라가 말한다. "뭔 일 일어났다니까요. 가서 마차나 준비하세요."

"애가 아직 아무 말도······." 내가 말한다.

바닥에 물방울을 떨구며 바더먼이 나를 쳐다본다. "바닥이 다 젖겠어요." 코라가 말한다. "애를 부엌에 데려갈 테니 당신은 마차 채비나 하세요."

"하지만 애가 아무 말도 안 하잖아······." 내가 말한다.

여전히 물방울을 떨구며 서 있는 바더먼이 주춤대다가 나를 쳐다본다. "거기 계실 때 보셨지요. 바닥에 누워 있는 거요. 캐시가 관에 있는 엄마한테 못질을 하려고 해요. 물고기가 바닥에 누워 있었고요. 보셨잖아요. 바닥에 자국이 있어요. 여기 올 때까진 비가 많이 안 왔어요. 그러니까 제때에 돌아갈 수 있을 거예요."

뭔 일이 벌어진 건지 모르겠지만, 정말이지 온몸에 소름이 돌았다. 하지만 코라는 알고 있었다. "빨리 마차 준비나 하세요." 코라가 말한다. "이 애는 지금 너무 걱정되고 마음이 아파 제정신이 아니에요."

진정으로 기분이 오싹했다. 누구든 이따금 이런 생각을 한다. 살면서 겪는 고통이나 상처는 마치 번개 치듯이 언제, 어디서든지 닥칠 수 있는 거고, 하나님에 대한 강한 믿음만이 이런 시련에서 우리를 지켜 줄 수 있는 거다. 가끔 코라는 좀 지나친 건 아닌가 싶을 때도 있다. 그 누구보다도 하나님과 가까이하고 싶은 나머지 다른 사람들을 밀쳐 내곤 하기 때문이다. 하지만 이런 일이 생길 때면 난 코라 말이 항상 맞다고 여기고 그녀를 따르게 된다. 코라 말대로 성스러운 마음으로 착하게 사는 코라를 부인으로 맞은 나는 정말 축복받은 거다.

사람들은 때때로 이런 생각에 빠지곤 하지만, 너무 자주는 좋지 않다. 하나님께서 너무 많은 시간 생각만 하지 말고 행동하라고 했기 때문이다. 사람들의 뇌는 기계처럼 작동하기에 너무 많이 쓰면 견뎌 내지 못한다. 늘상 하던 일은 계속하고, 어느 하나 필요 이상으로 하지 않는 게 상책이다. 전에도 말했고 지금도 말하지만, 그게 바로 달의 문제다. 그 앤 혼자 너무 많은 걸 생각하는 버릇이 있다. 달이 제대로 살려면 코라 말대로 그 애를 잡아 줄 짝이 있어야 한다. 내 생각에 결혼만이 해결책이란 말은 그런 사람은 거의 가망이 없다는 말과 같다. 코라 말대로 하나님께서 그나마 여자를 만들어 주신 이유는 여자가 없다면 남자들이 자기 장점조차 제대로 알지 못할 것이기 때문이다. 옳은 말이다.

마차를 이끌고 집에 오니 둘 다 부엌에 있었다. 코라는 머리에 숄을 두른 채 잠옷 위에다 옷을 껴입고 있었고, 우산과 기름종이로 싼 성경책을 들고 있었다. 바더먼은 코라가 시킨 대로 난로 함석판 위에 엎어 놓은 양동이에 앉아 있었다. "물고기 말고는 통 무슨 소리인지 모르겠어요." 코라가 말한다. "이 애를 통해 주님께서 앤스 번드런에게 징벌과 경고를 내린 거예요."

"제가 나올 땐 비가 안 왔어요." 바더먼이 말한다. "그 전에 출발했거든요. 오다가 비를 맞았어요. 그리고 물고기가 땅바닥에 있었어요. 아저씨도 봤잖아요. 캐시가 엄마를 관 속에 못질해 가두려고 해요. 하지만 아저씨도 봤잖아요."

우리가 앤스의 집에 도착할 즈음 비가 억수같이 쏟아지고 있었다. 바더먼은 코라가 숄로 감싸 우리 사이에 앉혔다. 아무 말 없이 앉아 있는 바더먼에게 코라가 우산을 씌워 주었다. 코라가 찬송을 흥얼대다가도 가끔 뭐라고 중얼거렸다. "앤스 번드런이 받는 심판이지. 이걸로 죄의 길로 들어선 자기 모습을 돌아봐야 하는데." 그러다가 다시 흥얼거렸다. 바더먼은 노새가 이끄는 게 너무 늦다고 여기는지 몸을 앞으로 기울인 채 앉아 있었다.

"저기 바닥에 있었어요." 바더먼이 말한다. "떠날 때 비가 왔어요. 캐시가 못질하기 전에 도착하면 창문부터 열어 놔야겠어요."

자정이 훨씬 지나서야 마지막 못질을 마쳤다. 집에 돌아와 마차에서 노새들을 풀고 자리에 누우니 어스름한 새벽 시간이 되었다. 코라는 취침용 모자를 쓰고 옆 베개에 머리를 뉘었다. 이 순간에도 홍얼대는 코라의 찬송가 소리가 들리는 것 같았고 노새보다 앞서가려는 듯 몸을 앞으로 기울이던 바더먼의 모습이 떠올랐다. 톱을 들고 왔다 갔다 하는 캐시의 모습과 허수아비처럼 마냥 서 있기만 하던 앤스의 모습도 떠올랐다. 앤스는 마치 연못에 무릎까지 빠져 꼼짝없이 서 있는 수송아지라도 된 듯, 누군가 연못에서 건져 내 가장자리에 올려놔도 꼼짝 않고 있을 것 같았다.

동틀 시간이 돼서야 마지막 못질을 끝내고 관을 집 안으로 들여놓았다. 애디는 창문이 열린 채로 침대에 누워 있었고 비바람이 애디의 얼굴을 때리고 있었다. 바더먼이 두 번이나 창문을 열어 놨고, 졸음에 허덕이는 바더먼의 모습에 코라는 애 얼굴이 마치 오랫동안 땅에 묻혀 있다가 꺼낸 크리스마스 가면 같다고 했다. 마침내 애디를 관에 옮긴 후 못질을 마치니 애디의 얼굴이 열린 창문으로 들어오는 비바람에 젖지 않았다. 이튿날 아침, 사람들은 자빠져 죽은 수소처럼 바닥에서 자고 있는 바더먼을 보았고, 관 뚜껑에는 구멍들이 송송 나 있는 걸 보았다. 캐시의 새 송곳이 부러진 채 마지막 구멍에 꽂혀 있었고, 관 뚜껑을 열고 보니 애디의 얼굴에도 이미 구멍이 두 개나 뚫려 있었다.

하나님이 내린 심판이라고 하기엔 좀 지나친 게 아닌가 싶었다. 하나님은 이런 일 말고도 하실 일이 많을 테니까 말이다.

앤스 번드런이 짊어진 유일한 짐은 자기 자신이다. 그래서 사람들이 그를 나쁘게 말해도 나는 앤스가 그 정도 저질은 아니라고 보았다. 그렇지 않다면 지금껏 살아남을 수가 없었을 테니까.

근데 이건 옳지 않다고 본다. 정말이다. 하나님은 고통받는 아이들에게 다 내게로 오라고 하셨는데 이런 일이 생기다니 이건 아니다 싶었다. 이런 내게 코라가 이렇게 말했다. "내가 낳은 아이들은 모두 하나님이 주신 거예요. 내 믿음 덕분에 두려움이나 공포심 없이 이를 다 받아들였고, 다 견뎌 낼 수 있었어요. 우리에게 아들이 없는 것도 하나님의 지혜 속에서 이루어진 일이지요. 하나님을 믿고 주신 것에 감사하기에 저는 하나님의 모든 자녀 앞에서 떳떳했고 지금도 그래요."

코라가 옳긴 하다. 하나님께 모든 것을 맡기고 마음 편히 지낼 수 있는 사람이 있다면 틀림없이 그건 코라일 거다. 하나님이 세상을 어떤 식으로 인도하시든 코라는 잘 적응해 나갈 거다. 그리고 난 이 모든 게 우리를 위한 거라고 생각한다. 최소한 우리는 잘 적응해 나가야 할 거고, 적어도 계속 그런 척하며 살아가야 하는 거다.

달

 나무 그루터기에 랜턴이 놓여 있다. 녹도 슬고, 기름때로 얼룩지고, 금 간 연통에서 나온 그을음 때문에 등피가 지저분하다. 희미하게 타오르는 랜턴 불빛은 가대와 널판, 그리고 주위 바닥을 비추고 있다. 어두운 바닥에 널브러져 있는 나무토막들은 까만 캔버스에 옅은 색 페인트를 마구 뿌린 것처럼 보이고, 널판들은 마치 납작하게 깔린 어둠 속에서 바닥에 찢어진 채로 널려 있는 부드러운 긴 천 조각처럼 보인다.
 캐시가 가대 주위를 오가며 작업한다. 널판을 들었다가 내려놓곤 하는 캐시의 모습이 보이고, 덜커덕하는 소리는 죽은 듯 고요한 대기 속으로 길게 퍼진다. 마치 눈에 보이지 않는 우물 밑바닥에서 널판을 꺼내 들었다가 다시 내려놓는 듯하다. 끊이지 않고 멈칫멈칫 들려오는 소리는 마치 작은 움직임에도 퍼지다가 주위 대기로부터 이탈할 듯하다. 캐시가 다시 톱질을 하자, 그의 팔꿈치가 서서히 번득이며 눈에 들어온다. 톱날을 따라 연한 불줄기가 일고, 톱날이 위아래로 연이어 움직일 때마다 사라졌다가 다시 나타나곤 한다. 그리고 마치 6피트 정도로 긴 톱날이 아무런 의미도 없고 초라해 보이는 아버지의 까만 그림자를 앞뒤로 관통하는 것처럼 보인다. "거기 널판 한 장 주세요." 캐시가 말한다. "아니, 그것 말고요." 캐시가 톱을 내려놓고 와서는 자기가 원하는 널판을 집어 간다. 흔들리며 빛을 발하는 균형 잡힌 긴 널판이 아버지의 그림자를 쓸고 지나간다.

대기에서 유황 냄새가 난다. 마치 사라지는 듯하다가도 한순간 응결되어 생각에 잠겨 버린 소리처럼, 보이지 않는 이 대기층에 마치 벽에 내건 그림들처럼 사람 그림자가 보인다. 한쪽 허벅지와 짝이 되어 일하는 가느다란 캐시의 팔이 희미한 빛 아래 반쯤 모습을 드러낸다. 쉴 틈 없이 움직이는 팔꿈치 위로 역동적이면서도 꼼짝 않고 작업에만 몰두해 있는 얼굴 모습이 빛 안으로 미끄러져 들어온다. 번갯불이 가볍게 번쩍이는 하늘을 배경으로 미동도 없이 서 있는 나무들이 마지막 잔가지까지 흔들며 부풀어 오른 것처럼 보이는데, 마치 막 임신이라도 한 듯한 버거운 모습이다.

비가 내리기 시작한다. 드문드문 내리던 세찬 빗방울들이 후드득 나무 이파리에 떨어진다. 마치 참기 힘든 긴장감에서 벗어나 안도의 긴 한숨을 내쉬듯이 땅바닥에 부딪힌다. 사냥용 산탄만큼이나 큼지막한 빗방울은 막 발사된 것처럼 따스하다. 랜턴에 부딪히자 칙칙 하는 소리가 요란하다. 입을 헤벌린 아버지가 얼굴을 들자, 잇몸 아랫부분에 달라붙은 입담배의 눅눅한 검은 테가 보인다. 입을 벌린 채 놀라워하는 아버지의 모습은 마치 시간을 초월한 본원적인 분노에 대해 생각하는 것처럼 보인다. 캐시가 하늘을 올려다보다가 다시 랜턴을 바라본다. 톱날이 여전히 피스톤처럼 움직이며 번뜩인다. "랜턴 덮을 것 좀 주세요." 캐시가 말한다.

아버지가 집으로 간다. 천둥소리나 어떤 징후도 없이 별안간 비가 몰아친다. 비가 막 쏟아질 즈음 아버지가 현관에 도착한다. 캐시는 한순간에 흠뻑 젖는다. 하지만 톱질은 멈추지 않는다. 실제가 아닌 상상 세계 속에서 쏟아지는 폭우라고 여기는 듯, 톱과 캐시의 팔은 멈추지 않고 여전히 움직인다. 그러다가 톱을 내려놓고 다가가 랜턴을 몸으로 가린다. 문득 걸쳐 입은 셔츠뿐 아니라 모든 게 안팎이 뒤집힌 듯 보이면서, 젖은 셔츠를 통해 캐시의 가늘고 여윈 등판이 드러난다.

아버지가 돌아온다. 주얼의 비옷을 걸친 채, 듀이 델의 비옷을 들고 온다. 랜턴 위로 몸을 구부린 캐시가 막대 네 개를 땅에 박고는 그 위에 듀이 델의 비옷을 덮어 빗물막이를 만든다. 아버지가 그런 캐시를 바라보다가 한마디 한다. "너는 어떻게 해야 되지? 달이 자기 코트를 갖고 갔으니 말이다."

"그냥 맞으면 되죠." 이렇게 말하면서 캐시가 다시 톱을 집어든다. 흠뻑 젖은 모습으로 아이인지 어른인지 구분이 안 가는 캐시의 여윈 몸이 서두름을 전혀 모르는 공간 속에서 끊임없이 움직이고, 톱날은 피스톤이 기름 속에서 움직이듯 위아래로 들락날락한다. 아버지가 눈을 끔뻑거리며 빗물에 젖은 캐시의 얼굴을 바라본다. 그러다가 특유의 멍청하면서도 화가 치민 듯한 표정과 함께 더 이상 바랄 게 없고 자신이 옳다는 당당한 표정을 지으며 하늘을 쳐다본다. 그리고 가끔은 빗물을 뚝뚝 흘리며 수척한 몸을 움직여 널판이나 연장을 들었다 놨다 한다. 툴 아저씨도 함께 있다. 코라 아주머니의 비옷을 입은 캐시는 아저씨와 함께 한참 동안 톱을 찾다가 아버지가 들고 있는 모습을 본다.

"비 맞지 말고 집에 가 계시지 그러세요?" 캐시가 말한다. 빗물이 서서히 흘러내리는 얼굴로 아버지가 캐시를 바라보는데, 그 얼굴이 마치 모든 걸 희화시키는 무자비한 조각가가 온갖 사별의 슬픔을 기괴하고 우스꽝스럽게 새겨 놓은 모습이다. "들어가세요." 캐시가 말한다. "아저씨와 함께 다 끝낼 수 있어요."

아버지가 두 사람을 쳐다본다. 아버지가 입은 주얼의 비옷 소매가 너무 짧다. 빗물이 차가운 글리세린처럼 아버지의 얼굴을 타고 흐른다. "네 엄마를 위한 일인데 젖는 것쯤은 괜찮아." 다시 움직여 널판을 나르기라도 하려는 듯 들었다가, 널판이 유리라도 되는 듯 조심스럽게 내려놓는다. 랜턴 쪽으로 가던 아버지가 랜턴 빗물막이용 비옷을 잘못 건드려 쓰러뜨린다. 캐시가 가서 다시 세워 놓는다.

"들어가시라니까요." 캐시가 말한다. 캐시가 아버지를 안으로 모신 후 비옷을 갖고 와 접더니 랜턴 빗물막이 밑에 놓는다. 작업 중이던 툴 아저씨가 톱질을 멈추고 고개를 든다.

"처음부터 그랬어야지." 아저씨가 말한다. "비가 쏟아질 걸 알고 있었잖니."

"아버지가 흥분한 탓이에요." 캐시가 말하며 널판을 바라본다.

"그래," 아저씨가 말한다. "어차피 너희 아버지가 올 줄 알고 있었잖니."

캐시가 실눈을 뜨고 널판을 살핀다. 계속 내리는 엄청난 빗줄기가 널판 옆면에 부딪히며 물방울이 튄다. "비스듬히 잘라야겠어요." 캐시가 말한다.

"시간이 더 걸리겠는걸." 아저씨가 말한다. 캐시가 널판을 옆으로 세우자, 아저씨가 한동안 캐시를 바라보다가 대패를 건넨다.

캐시가 보석 다듬듯 끈질기고도 면밀하게 널판을 다듬는 동안 아저씨는 널판이 흔들리지 않게 붙잡는다. 코라 아주머니가 현관 끝까지 와서 아저씨를 부른다. "거의 돼 가나요?" 아주머니가 말한다.

아저씨가 고개를 돌리지 않은 채로 말한다. "거의 됐소. 조금만 더하면 끝나요."

아주머니는 널판 위에 몸을 굽히고 있는 캐시를 쳐다본다. 캐시가 움직일 때마다 부푼 듯 보이는 황량한 랜턴 불빛이 캐시의 비옷 위에 번들거린다. "내려가서 헛간에서 널판 몇 개 더 챙긴 다음 마무리하고, 비 그만 맞고 어서 들어와요." 아주머니가 말한다. "그러다가 둘 다 죽을병에 걸리겠어요." 아저씨는 꿈쩍도 하지 않는다. "여보." 아주머니가 부른다.

"곧 끝난다니까." 아저씨가 말한다. "조금만 있음 끝나요." 한참을 지켜보던 아주머니는 다시 집 안으로 들어간다.

"모자라면 가서 널판 몇 개 더 가져올 수 있어." 아저씨가 말한다. "내가 도와줄게."

캐시가 대패질을 멈추고 널판 면을 비스듬히 살피면서 손바닥으로 널판을 닦는다. "다음 널판 주세요." 캐시가 말한다.

동틀 무렵이 되자 비가 멈춘다. 아직 날이 밝기 전 캐시는 마지막 못질을 마치고 허리를 편 후 완성된 관을 내려다본다. 다들 그런 캐시를 바라본다. 랜턴 불빛 아래 캐시가 흡족한 듯 차분한 표정을 짓는다. 그리고 차분하면서 침착한 모습으로 마침내 끝났다는 제스처와 함께 비옷을 걸친 허벅지를 천천히 두드린다. 캐시, 아버지, 툴 아저씨, 피보디 선생님이 관을 어깨에 짊어지고 집으로 향한다. 무겁진 않지만 서서히, 그리고 비어 있긴 하지만 조심스럽게 관을 옮긴다. 마치 살아 있는 관이 잠시 잠에 빠졌다가 혹 깨어나기라도 할까 봐 네 사람 모두 숨죽여 경계하듯이 조심스레 관을 옮긴다. 마치 오랜만에 바닥 위를 걷는 사람들처럼 어두운 마룻바닥을 조심스레 딛는 모습이 어색하기만 하다.

침대 옆에 관을 내려놓으며, 피보디 선생님이 나직이 말한다. "날이 다 밝았으니, 뭐 좀 먹고 합시다. 캐시는 어디 있지?"

가대로 돌아간 캐시가 랜턴의 흐린 불빛 아래서 몸을 숙이고는 연장을 모아 조심스레 천으로 닦는다. 그리고 어깨에 메는

가죽끈이 달린 연장통에 넣은 후, 랜턴과 비옷을 챙겨 집으로 돌아온다. 여명에 물든 동녘을 배경으로 계단을 올라가는 그의 뒷모습이 보인다.

  낯선 방에서 잠을 청하려면 자신을 비워야 한다. 잠들기 위해 자신을 비우기 전에는 그저 자기 자신인 것이다. 잠이 들 정도로 자신을 비우면 더 이상 자신은 존재하지 않는다. 자기가 무엇인지도 모르고, 존재하는지조차 모르게 된다. 주얼은 자신이 존재한다고 생각하는데, 존재하는지 아닌지 스스로 모른다는 사실 자체도 모르고 있기 때문이다. 자신의 존재에 대해 모르고, 생각하는 존재도 아니기 때문에 잠들려고 자신을 비울 수 없다. 불 꺼진 벽 너머로 비가 마차에 몰아치는 소리가 들린다. 톱에 잘려 쓰러진 나무는 더 이상 그들 것이 아니다. 그것을 산 사람들 것도, 그리고 우리 마차에 실려 있지만 우리 것도 아니다. 비와 바람이 나무에 부딪는 소리는 잠들지 않은 주얼과 나만 듣는다. 잠은 비존재고, 비와 바람은 *존재*했기에 나무는 우리 것이 아니다. 하지만 마차는 *존재*한다. 왜냐하면 애디 번드런의 시신을 운반해 갈 것이기 때문이다. 마차가 사라져 *과거의 존재*라면 애디 번드런 역시 존재하지 않을 것이다. 주얼이 *존재*하기에 애디 번드런도 존재하는 것이다. 나 역시 존재해야 한다. 그렇기에 나 자신은 이 낯선 방에서 잠 때문에 나를 비울 수 없는 것이다. 나를 비우지 않았다면 나는 *존재*하는 것이다.

  낯선 지붕 아래서 비를 맞으며 집 생각을 하며 지낸 날들이 얼마나 많았던가.

캐시

관을 비스듬히 둔각으로 만들었다.

1. 못으로 고정하는 면이 더 많다.

2. 이음매를 고정하는 면이 두 배가 된다.

3. 비스듬하면 물이 미끄러지듯 흐른다. 물은 위아래로 흐르거나 가로질러 흐르기 때문이다.

4. 사람들은 집 안에서 하루의 3분의 2를 서서 보낸다. 따라서 이음매나 연결부는 수직으로 되어 있다. 수직으로 무게 압력을 받기 때문이다.

5. 사람들이 누워 지내는 침대의 경우 이음매와 연결부가 수평으로 되어 있다. 수평으로 압력을 받기 때문이다.

6. 예외도 있다.

7. 사람의 몸은 침목처럼 사각형이 아니다.

8. 동물적 자력.

9. 시신의 동물적 자력은 압력이 비스듬히 작용한다. 그래서

이음매와 연결부는 둔각으로 비스듬하게 만든다.

10. 오래된 무덤의 경우 흙이 비스듬하게 내려앉는 것을 보게 된다.

11. 한편 자연 발생적인 굴의 경우 수직으로 압력이 가해지기 때문에 가운데부터 가라앉는다.

12. 그래서 비스듬히 둔각으로 만들었다.

13. 그게 더 깔끔하다.

바더먼

엄마는 물고기다.

툴

 피보디 선생의 말들을 마차에 묶어 번드런 집에 도착한 건 아침 열 시였다. 샘물가에서 약 1마일 떨어진 도랑에 피보디 선생의 사륜마차가 거꾸로 처박혀 있는 걸 퀵이 발견해 사람들이 도랑에서 끌어올렸다. 여러 대의 마차가 와 있었고, 사륜마차는 샘물 부근 길가에 올려져 있었다. 퀵의 말에 따르면, 강물이 불어 계속 수위가 올라가고, 교각에 표시된 수위 표시가 이미 역대 최고 높이를 경신했다고 한다. "그렇게 많은 수량을 다리가 견뎌 낼 수 있을까?" 내가 물었다. "앤스에게 이 소식을 전해 주긴 했나?"

 "내가 말해 줬네." 퀵이 말했다. "아이들이 이 소식을 안다면 짐을 내려놓고 집으로 돌아올 거라고 하면서, 그래도 관을 싣고 다리는 건널 수 있을 거라고 하더군."

 "뉴호프에 매장하는 게 나을 텐데 말이지." 암스티드가 말했다. "너무 오래된 다리라, 나 같으면 바보짓은 안 할 텐데."

"앤스는 애디를 제퍼슨에 데려갈 생각밖에 없네." 퀵이 말했다.

"그러면 어서 출발해야 할걸세." 암스티드가 말했다.

앤스가 문 앞에서 우리를 맞는다. 면도는 했지만 별로 좋아 보이지 않는다. 게다가 턱에는 칼에 베인 자국도 보인다. 외출용 바지에 목까지 단추를 채운 하얀 셔츠 차림이다. 하얀 셔츠가 등에 난 혹을 말끔하게 가려 주긴 했지만, 하얀 셔츠가 보통 그렇듯 혹이 유달리 커 보인다. 평소와는 달리, 위엄 있는 표정으로 사람들을 대하는데, 처량해 보이면서도 평온한 모습이다. 현관에 올라 신발을 털자 앤스가 악수를 청했고, 외출복에 익숙치 않아 불편한 데다가 외출복에서 나는 바스락 소리 때문인지 사람들이 앤스의 시선도 피한 채 악수를 나눴다.

"하나님의 위로가 있기를 빕니다." 우리가 말한다.

"하나님의 위로가 있기를 빕니다."

바더먼이 안 보였다. 코라가 부엌에서 물고기로 요리하는 걸 보고 악써 가며 기어오르고 할퀴기까지 해서 듀이 델이 헛간으로 데려갔다고 피보디 선생이 전했다. "내 말은 안전한가?" 선생이 말한다.

"잘 있어요." 그에게 말한다. "오늘 아침에 꼴을 먹였고, 마차도 괜찮아요. 망가지진 않았어요."

"누가 한 짓인지도 모른다고?" 의사가 말한다. "내 말들이 달아났을 때 그 꼬마 놈이 어디 있었는지 아는 사람에게 돈을 주겠어."

"망가진 데가 있으면 제가 고쳐드리죠." 내가 말한다.

여자들이 집으로 들어간다. 떠드는 소리가 들리고, 휙, 휙 하는 부채질 소리가 들린다. 여자들 떠드는 소리가 마치 물동이 안에서 벌들이 웅웅거리는 소리처럼 들린다. 남자들은 시선을 서로 피하면서 현관에 서서 몇 마디 대화를 나눈다.

"여어, 버넌." 사람들이 말한다. "잘 있었는가?"

"비가 더 올 것 같지."

"분명 더 올 거야."

"맞아. 더 내릴 거야."

"금방 쏟아질 듯한데."

"오래 내릴 것 같아. 확실하네."

집 뒤로 돌아가니, 캐시가 바더먼이 관 뚜껑에 뚫어 놓은 구멍을 메우고 있다. 젖은 나무를 힘들게 깎아 구멍 마개를 하나씩 준비하고 있다. 깡통 뚜껑을 잘라 막아 버려도 알아차릴 사람도 없건만. 쐐기 하나 깎는데도 유리 작업이나 되는 듯 캐시가 한 시간 이상 몰두하는 걸 본 적이 있다. 주변 작대기 몇 개 주워 막아도 될 텐데.

위로 인사를 마친 후 우리는 다시 집 앞으로 간다. 남자들은 집에서 약간 떨어진 곳으로 가 몇몇은 어젯밤에 만들어 놓은 널판 끄트머리나 톱질 받침대에 앉아 있고, 몇몇은 바닥에 쭈그리고 앉아 있다. 휫필드 목사는 아직 도착하지 않았다.

사람들이 궁금해하는 눈빛으로 나를 바라본다.

"거의 다 됐어." 내가 말한다. "못질할 준비가 됐다고."

사람들이 일어날 즈음, 앤스가 문 앞에 나와 우리를 바라본다. 우리는 현관 쪽으로 돌아간다. 우리는 다시 한번 구두를 비벼 닦고 서로 조심하면서 먼저 들어갈 수 있게 비켜선다. 문간이 약간 혼잡스러워진다. 진지하고 평온한 자세로 방 안에 서 있던 앤스는 손짓과 함께 우리를 안으로 인도한다.

애디가 관 안에 거꾸로 누워 있다. 캐시가 관을 벽시계 모양(◁▷)으로 만들어 모든 접합부와 이음매가 둔각이 되게 하고, 대패로 정리해서 북처럼 탄탄하고 반짇고리처럼 깔끔한 모양이다. 발이 놓일 곳에 머리가 오게 안치한 건 애디의 수의로 고른 결혼 예복 드레스 하단을 구겨지지 않게 펼칠 수 있도록 하기 위해서란다. 얼굴은 모기장으로 만든 베일을 씌워 송곳 자국이 보이지 않게 했다.

우리가 방에서 나올 즈음 휫필드 목사가 들어온다. 흠뻑 젖은 데다가 허리까지 진흙투성이다. "하나님의 위로가 이 가정에 함께하시길." 목사가 말한다. "다리가 떠내려간 통에 늦었습니다. 할 수 없이 여울까지 내려가 겨우 말을 건넬 수 있었지요. 하나님의 보호하심 덕분입니다. 하나님의 은총이 이 집에도 함께하시길."

가대가 있는 곳으로 돌아가서 우리는 다시 널판 끄트머리에 앉거나 쭈그려 앉는다.

"다리가 쓸려 갈 줄 알았네." 암스티드가 말한다.

"꽤나 낡은 다리지." 퀵이 말한다.

"하나님께서 지켜 주신 덕분이야." 빌리 아저씨가 말한다.

"지난 25년간 망치 한번 대 본 적이 없었다니까."

"아저씨, 얼마나 오래전인지 아세요?" 퀵이 말한다.

"세워진 게, 글쎄다, 1888년일 게다." 빌리 아저씨가 말한다. "조디가 태어나 피보디 선생이 오실 때 처음 그 다리를 건넌 거로 기억한다."

"빌리, 당신 부인이 애를 낳을 때마다 내가 다리를 건넜다면 아마도 그 다리는 오래전에 다 사라져 없어졌을 걸세." 피보디 선생이 말한다.

한순간 모두 크게 웃음을 터뜨렸다가 다시 조용해졌다. 모두 마주 보는 눈길을 피한다.

"이 다리를 건넜던 사람들 중에 이제는 더 이상 못 건너게 된 분도 많아." 휴스턴이 말한다.

"그렇지." 리틀존이 말한다. "그렇다니까."

"그럴 사람이 하나 더 늘었어." 암스티드가 말한다. "마차 타고 읍내에 가려면 이삼일 더 걸릴 거야. 애디를 싣고 제퍼슨까지 다녀오는 데만 일주일은 걸리겠어."

"대체 앤스는 왜 애디를 제퍼슨까지 데려가지 못해 안달인 거야?" 휴스턴이 말한다.

"애디에게 약속했다나 봐." 내가 말한다. "애디가 원하기도 했고. 그곳 출신이잖아. 그래서 죽기 전에 이미 마음을 굳혔다던데."

"마음 정한 건 앤스도 마찬가지야." 퀵이 말한다.

"그렇군." 빌리 아저씨가 말한다. "매사에 그랬듯이, 다른 사람들 힘들게 만드는 일을 해 놓고선 나 몰라라 하는 사람이니까."

"앤스가 강을 건널 수 있을지는 하나님만이 아시지." 피보디 선생이 말한다. "앤스의 능력 밖이야."

"하나님이 도와주시겠죠." 큌이 말한다. "오랫동안 앤스를 봐주셨잖아요."

"그건 맞아." 리틀존이 말한다.

"이제 와서 손을 놓진 않으시겠지." 암스티드가 말한다.

"하나님도 여기 있는 우리 마음과 같으신 거야." 빌리 아저씨가 말한다. "오랫동안 봐주셨기에 이제 와서 손을 뗄 순 없는 거니까."

캐시가 밖으로 나온다. 깨끗한 셔츠를 입고, 페인트칠을 한 듯 축축해진 머리가 이마까지 곱게 빗겨져 있다. 우리 가운데로 와서는 뻣뻣한 자세로 웅크리고 앉는다.

"자네는 오늘 날씨가 어떨지 알 수 있지?" 암스티드가 묻는다.

캐시가 아무 말도 하지 않는다.

"다친 뼈는 다 느낀다지." 리틀존이 말한다. "뼈가 부러진 친구가 있는데, 날씨가 바뀌는 걸 다 느낀다고 하던데."

"운이 좋아서 한쪽 다리만 부러진 거네." 암스티드가 말한다. "하마터면 평생 누워 있을 뻔했어. 얼마나 높은 곳에서 떨어진 거지?"

"28피트 4와 2분의 1인치 정도였어요." 캐시가 말할 때 내가 캐시 옆으로 자리를 옮긴다.

"젖은 널판에서는 누구라도 미끄러지기 십상이지." 퀵이 말한다. "안됐지만, 별도리가 없었어." 내가 말한다.

"빌어먹을 여자들 때문이에요." 캐시가 말한다. "관은 엄마 치수에 맞게 만들었어요. 엄마 키와 몸무게에 맞게 짰거든요."

사람들이 젖은 널판 때문에 떨어져 다친다면 이번 비가 그치기 전에 많은 사람이 떨어지겠네.

"자네도 어쩔 수 없었던 거야." 내가 말한다.

사람들 떨어지는 건 관심 없다. 내가 걱정하는 건 목화와 옥수수뿐이다.

사람들 떨어지는 게 관심 밖인 건 피보디 선생도 마찬가지다. 선생, 내 말 맞죠?

이건 사실이다. 모두 다 깡그리 쓸려 나갈 것이다. 폭우가 오면 목화와 옥수수에겐 언제나 큰 변고가 있게 마련이다.

물론이다. 그래서 그 정도 값이 나가는 거겠지. 아무 일도 없이 사람들이 그저 수확만 잘 한다면 값이 오를 리가 없다.

내가 땀 흘려 일한 수확물이 쓸려 나간다면 아마도 죽고 싶은 심정이 되겠지.

이것도 사실이다. 혹 비를 제 마음대로 부릴 수만 있다면 제 수확물이 비에 쓸려 가도 별 상관이 없을 거다.

그렇게 할 수 있는 사람이 어디 있겠어? 그런 사람은 어떤 눈빛일까?

그래. 하나님께서 다 키우시는 거다. 쓸려 가게 하는 것도 다

하나님 마음에 달려 있다.

"어쩔 수 없는 일이었어." 내가 말한다.

"빌어먹을 여자들 때문이에요." 캐시가 말한다.

여자들이 집 안에서 찬송을 부른다. 찬송이 시작되고 음이 잡히면서 소리가 점점 커진다. 우리는 일어나서 모자를 벗고 씹던 담배를 뱉고는 문 쪽으로 이동한다. 하지만 안으로 들어가진 않고, 앞이나 등 뒤로 느슨하게 모은 손으로 모자를 든 채, 문 앞에 모여 서 있다. 그리고 한쪽 발을 앞으로 내밀고 고개 숙인 채 서로 눈길을 피하거나, 손에 든 모자나 바닥을 보거나, 가끔은 하늘을 바라보다가 차분하고 엄숙한 서로의 얼굴을 힐끔 쳐다보기도 한다.

성량이 커지다가 점차 낮게 잦아지며 찬송이 끝나자, 휫필드 목사가 설교를 시작한다. 체구보다 목소리가 더 크다고나 할까. 마치 목소리와 사람이 다른 것 같다. 말을 타고 여울을 건너 목소리와 사람, 둘이 나란히 집으로 들어오는데 하나는 진흙투성이, 다른 하나는 비 한 방울도 묻지 않은 듯이 보인다. 그리고 하나는 의기양양해 보이고 하나는 슬퍼 보인다. 집 안에서 누군가 울기 시작하는데, 눈길이나 목소리가 모두 자기 내부를 향한다. 우리는 다른 쪽 다리로 무게 중심을 이동한 채 서 있다가 서로들 눈길이 마주쳐도 못 본 척한다.

마침내 휫필드 목사의 설교가 끝난다. 여자들은 다시 찬송을 시작하고, 무겁게 깔린 대기를 통해 흘러나온 듯 들리는 여자들의 목소리가 애잔하면서도 슬픔을 위로하는 선율을 타고 흐른다. 노래가 멈춘 후에도 사라지지 않고 다시 대기 속으로 들어간 듯해, 풀어내면 애잔하면서도 위로하는 선율이 다시금 주위로 퍼져 나갈 것 같다. 노래가 끝나자 우리는 다시 모자를 쓴다. 마치 처음 모자를 쓰기라도 하듯 동작들이 무겁다.

집으로 오는 중에도 코라는 찬송을 부른다. "하나님께 보상받으러 앞으로 나아갑니다." 비가 멈췄는데도 우산을 쓰고 어깨에 숄을 두른 코라가 마차에서 부르는 찬송가다.

"애디도 보상받았을 거요." 내가 말한다. "어디를 간다고 해도 앤스 번드런에게서 벗어나는 거 자체가 보상 아니겠소." 집으로 돌아온 달과 주얼이 새 바퀴를 가지고 다시 도랑에 빠진 마차로 돌아간 사흘간 애디는 꼼짝없이 관 속에 누워 있었다. 앤스, 내 마차를 가져가게. 내가 말했다.

우리 마차가 오면 가겠네. 앤스가 말했다. 애디가 그걸 원할 거야. 항상 세심하게 신경 썼던 여자니까.

사흘째 되던 날 애들이 돌아왔다. 그러고는 관을 마차에 싣고 출발했지만 이미 때가 늦어 버렸다. 저 아래 샘슨 다리까지 가서 돌아가야 할 거네. 거기 가는 데만 하루가 걸릴 거고. 그리고 제퍼슨까지 40마일을 더 가야 하고. 앤스, 내 마차를 타고 가게.

우리 마차를 기다리겠네. 애디도 그걸 원하고.

집에서 1마일쯤 떨어진 늪지대에 바더먼이 앉아 있었다. 내가 아는 한 거기는 물고기가 한 마리도 없는 곳이다. 지저분한 얼굴에, 낚싯대를 무릎에 걸쳐 놓은 녀석이 똥그랗고 차분한 눈으로 우리를 돌아본다. 코라는 여전히 찬송을 부른다.

"낚시하기엔 좋은 날씨가 아니지." 내가 말했다. "나랑 같이 집에 갔다가 내일 아침 눈뜨자마자 강가로 와서 고기를 잡으면 어떻겠니."

"여기 한 마리 있어요." 바더먼이 말했다. "듀이 델 누나가 봤대요."

"우리와 같이 가자니까. 낚시하기엔 강이 최고야."

"여기 있어요." 바더먼이 말했다. "듀이 델 누나가 봤다니까요."

"하나님께 보상받으러 앞으로 나아갑니다." 코라가 찬송을 부른다.

달

"주얼, 죽은 건 네 말이 아니라니까." 내가 말한다. 주얼은 상체를 앞으로 내민 채 마치 나무처럼 등을 곧추세운 채 앉아 있다. 흠뻑 젖은 모자챙이 두 군데나 찢어져 아래로 처지는 바람에 나무처럼 무표정한 주얼의 얼굴을 가린다. 고개 숙인 주얼은 마치 투구 쓴 사람이 면갑을 통해 앞을 보듯이, 골짜기를 가로질러 절벽에 기대 서 있는 외양간을 바라보며 안에 있는 말을 생각한다. "보여?" 내가 묻는다. 집 위쪽으로 두터운 하늘을 배경으로 작은 원을 그리며 말똥가리들이 날고 있다. 땅에서 올려다보니 그저 점처럼 작게 보이지만 무자비하고 끈질기고 왠지 불길해 보인다. "죽은 건 네 말이 아니야."

"빌어먹을." 주얼이 말한다.

나는 엄마가 없기에 엄마를 사랑할 수 없다. 주얼의 엄마는 말이다.

커다란 말똥가리가 날갯짓 없이 저 높은 하늘에서 떠돈다.

지나가는 구름 때문인지 마치 뒤로 날아가는 것 같다.

나무처럼 등을 곧추세우고, 나무처럼 무표정한 주얼이 마치 갈고리 모양으로 날개를 펼친 매처럼 상체를 뻣뻣이 세우고 꼼짝도 하지 않은 채 자기 말만 생각한다. 운구 준비를 마친 사람들이 우리를, 아니 주얼을 기다리고 있다. 외양간으로 들어간 주얼은 말이 자신에게 발길질하기를 기다리다가, 그 틈에 슬쩍 여물통 위로 올라가 외양간 천장을 가로질러 텅 빈 길 쪽을 내다본다. 그리고 다락으로 간다.

"젠장."

캐시

"균형이 안 맞아. 균형을 유지하면서 관을 마차로 옮기려면……."

"들어 올려. 빌어먹을, 어서 들어 올리라고."

"누차 말하잖아, 균형을 안 맞추고 들어 올리면 안된다니까……."

"들어 올려! 들어 올리라니까, 빌어먹을 멍청한 놈아, 어서 들어 올려!"

균형이 잡히지 않는다. 균형을 유지하며 옮기려면…….

달

 네 명의 운구 행렬에 주얼이 끼여 관 위로 몸을 숙인다. 얼굴에는 핏기가 파도치듯 오르락내리락한다. 살갗은 푸르게 보이는데, 마치 암소가 되새김질한 여물처럼 곱고 진하면서도 연한 푸른빛이다. 숨이 막힌 듯한 얼굴에 화가 난 듯한 표정, 그리고 입술은 이빨 위로 들려 있다. "어서 들라니까," 그가 말한다. "멍청한 사람들 같으니, 빨리 들라고요!"
 주얼이 별안간 몸을 일으켜 한쪽을 드는 바람에 관이 뒤집힐 뻔하자, 균형을 잡고자 모두 함께 들어 올렸다. 순간 관이 스스로 버티는 듯 보였는데, 마치 관 속에 있는 엄마의 깡마른 시신이 망가진 몸이야 어쩔 수 없지만 더럽혀진 옷이라도 감추고자 최소한의 예의를 지키려는 듯, 안간힘을 쓰는 모양새였다. 일단 들어 올리자, 이제는 여윈 엄마의 몸이 널판에 부력을 더해준 듯, 아니면 옷이 찢겨 나가기라도 할까 봐 처음의 바람과 소망을 아예 저버리기라도 하려는 듯, 관이 바닥에서 어렵지 않게 올려졌다. 주얼의 안색은 이제 완전히 파랗게 질렸고, 숨을 내쉴 때 이 악무는 소리가 들렸다.

복도를 따라 발을 질질 끌며 문밖으로 관을 옮기는데, 바닥에서 나는 사람들의 발소리가 귀에 거슬리고 불안하기만 하다.

"잠깐만 멈춰." 문을 나서면서 아버지가 말한다. 그러곤 돌아서서 문을 닫은 후 열쇠를 채운다. 하지만 주얼은 멈추지 않고 앞으로 나간다.

"잠깐만." 숨이 찬 듯 허덕이며 아버지가 말한다. "잠깐 있으라니까."

무언가 진정 소중한 것을 다루기라도 하듯 조심스레 바닥에 관을 내려놓으면서도, 사람들은 얼굴을 돌리고 냄새를 맡지 않으려고 이를 꽉 문 채 숨을 내쉰다. 운구 행렬이 내리막으로 향한다.

"잠깐만 기다려요." 캐시가 말한다. "균형이 흐트러졌어요. 그리고 저 언덕에서는 한 사람이 더 필요해요."

"손 놔." 주얼이 말한다. 주얼은 멈추려 들지 않는다. 캐시가 뒤처지기 시작한다. 숨을 몰아쉬며 따라잡으려 뛰어 보지만, 거리가 점점 멀어지면서 앞부분 운구는 주얼 혼자 도맡게 된다. 경사진 도로에 이르자 마치 보이지 않는 눈 위로 썰매가 달리듯 미끄러져 나간다. 관이 아직 대기 가운데 있는 듯한 기분인데, 어느새 관은 대기를 매끄럽게 빠져나간다.

"주얼, 기다려." 내가 말한다. 하지만 그는 멈추지 않는다. 이제 캐시를 뒤에 남겨 두고 거의 달려가는 모양새다. 주얼의 절망감으로 넘실대는 성난 물결 위를 떠가는 지푸라기처럼 관이 미끄러져 갈 때, 나 홀로 맡고 있는 뒷부분은 이제 아무런 무게가 느껴지지 않는다. 주얼은 돌아서서 관을 머리 위로 얹어 올리다가 이내 멈춰 마차 안으로 밀어 넣고는 나를 돌아본다. 얼굴은 분노와 절망감으로 차 있다.
"빌어먹을, 빌어먹을."

바더먼

이제 읍내로 갈 거다. 듀이 델이 장난감 기차가 산타 할아버지 거라 다시 가져갔기 때문에 팔 수 없다고 하면서 내년 크리스마스 때 살 수 있다고 한다. 다시 진열장에 비치돼 살 사람을 기다리고 있을 거란다.

아버지와 캐시가 언덕을 따라 내려오지만, 주얼은 외양간으로 간다. "주얼," 아버지가 말한다. 하지만 주얼은 멈추지 않는다. "어디 가는 거야?" 아버지가 묻는다. 주얼은 계속 간다. "말은 여기 놔둬야 한다." 아버지가 말한다. 주얼이 걸음을 멈추고 아버지를 바라본다. 주얼의 눈은 구슬처럼 반짝인다. "말은 놔두라니까." 아버지가 말한다. "엄마가 원하던 대로 우리 모두 마차를 타고 갈 거다."

하지만 내 엄마는 물고기다. 거기 있던 툴 아저씨도 그걸 봤다.

"주얼의 엄마는 말이야." 달이 말했다.

"그러면 엄마는 물고기인 게 맞지?" 내가 말했다.

그런데 주얼은 내 형이다.

"그러면 내 엄마도 말이어야 되는 거네." 내가 말했다.

"왜?" 달이 말했다. "아빠가 네 아빤데, 주얼의 엄마가 말이라고 해서 네 엄마도 말이 되라는 법이 어디 있어."

"왜 그런 거지?" 내가 물었다. "달, 왜 그런 거야?"

달은 내 형이다.

"그러면 형, 엄마는 뭐야?" 내가 물었다.

"나는 엄마가 없어." 달이 말했다. "있다고 해도 그건 *있었던* 거니까 지금은 *있다*가 아니지. 안 그래?"

"맞아." 내가 말했다.

"그러면 나도 없는 거야. 그렇지 않니?" 달이 말했다.

"맞아." 내가 말했다.

나는 지금 있다. 그리고 달은 내 형이다.

"하지만 형은 지금 있는 거잖아." 내가 말했다.

"나도 알아." 달이 말했다. "그래서 지금은 있는 게 아냐. 여럿이 *있다*고 하기엔 한 여자가 낳은 아이가 너무 많아."

아버지가 자기 연장통을 챙겨 가는 캐시를 바라본다. "오다가 툴 아저씨네 들를 거예요." 캐시가 말한다. "헛간 지붕을 고쳐야 하거든요."

"예의에 벗어나는 짓이다." 아버지가 말한다. "고의로 엄마와 나를 모독하는 거야."

"그러면 캐시 형더러 집에 돌아왔다가 다 짊어지고 다시 아저씨 댁으로 가란 말이에요?" 달이 말한다. 아버지가 연신 담배를 씹어 가며 달을 쳐다본다. 엄마가 물고기이기에 아버지는 매일 면도를 한다.

"옳지 않아." 아버지가 말한다.

듀이 델은 손에 꾸러미를 들고 있다. 저녁 먹거리를 담은 바구니도 들고 있다.

"그건 뭐니?" 아버지가 묻는다.

"툴 아주머니의 케이크예요." 마차에 올라타던 듀이 델이 말한다. "읍내에 가서 대신 팔려고요."

"옳지 않구나." 아버지가 말한다. "죽은 네 엄마를 모독하는 거지."

기차는 거기 그대로 있을 거다. 크리스마스가 되면 선로 위에서 반짝거리며 있을 거라고 듀이 델이 말한다. 주인이 읍내 애들한테는 절대 팔지 않을 거란다.

달

 주얼이 외양간으로 간다. 나무처럼 뻣뻣한 모습으로 들어간다.
 듀이 델은 한쪽 팔로는 바구니를, 다른 팔로는 신문지로 가지런하게 싼 무언가를 들고 있다. 차분하지만 어두워 보이는 얼굴과 뭔가 골똘하게 생각하는 듯하면서도 경계하는 듯한 눈빛이다. 그 눈동자에서 나는 골무 두 개에 담긴 두 개의 동그란 콩처럼 보이는 피보디 선생의 등을 본다. 어쩌면 그 안에 몰래 꾸준히 안팎으로 움직이는 두 마리 벌레가 있을지 모른다. 자는 사람을 갑자기 깨우는 바람에 걱정스럽고 놀란 표정을 짓게 하는 벌레 말이다. 듀이 델이 바구니를 마차에 싣고 올라탄다. 꼭 끼는 옷 아래 두 다리가 길게 뻗어 있다. 세상을 움직이는 지렛대이자 삶의 폭과 길이를 재는 도구 중 하나다. 듀이 델이 바더먼 옆에 자리를 잡고는 무릎 위에 꾸러미를 놓는다.
 그때 주얼이 뒤도 돌아보지 않은 채 외양간으로 들어간다.

"옳지 않아." 아버지가 말한다. "엄마를 위해 그 정도는 해야지."

"가죠." 캐시가 말한다. "주얼은 자기 원하는 대로 내버려두세요. 여기 있으면 괜찮을 거예요. 툴 아저씨네 가서 지낼지도 모르고요."

"우릴 따라올 거예요." 내가 말한다. "지름길로 오다가 아저씨네 길 앞에서 만나게 될 거예요."

"저 말도 타고 가면 안 되지." 아버지가 말한다. "내가 말리지 않아도 그렇게 해야지. 퓨마보다 더 날뛰는 빌어먹을 얼룩말 말이다. 엄마와 나를 부러 욕보이려는 거지."

마차가 출발한다. 노새들 귀가 위아래로 움직인다. 뒤쪽 집 위쪽으로 하늘 높이 큼지막한 원을 그리며 날던 말똥가리들이 점점 작아지더니 시야에서 사라진다.

앤스

 죽은 제 엄마를 위해서라도 적어도 그놈의 말은 타고 오면 안 된다고 주얼에게 말했다. 애디는 자기가 낳은 자식들이 함께 마차에 타고 가길 원했는데, 주얼이 곡마단 말 타듯 하며 마차를 따라오는 건 옳지 않기 때문이다. 게다가 버넌 집 근처를 지날 땐가 갑자기 달이 웃기 시작했다. 발치에 제 엄마 관을 두고 캐시와 함께 널판에 앉아 있던 녀석이 웃기 시작한 것이다. 그런 짓을 하면 사람들이 제정신이 아니라고 수군댄다고 내가 수만 번 일렀는데도 말이다. 달이란 놈은 남들 하는 말 같은 건 신경 안 쓴다고 하지만, 내 자식들 갖고 수군대는 건 신경에 거슬린다. 내가 정말로 자식들을 제대로 키우지 못했다고 해도 그건 마찬가지다. 달한테는 그렇게 막 웃고 다니고, 사람들이 이를 두고 수군대면 그건 내가 아닌 엄마에 대한 비난이라고도 말해 줬다. 나야 남자니까 견뎌 내겠지만 여자들은 그렇지 않으니, 엄마와 네 여동생을 위해 신경 좀 쓰라고도 말해 줬다. 하지만 고개 돌려 녀석을 쳐다봐도 녀석은 계속 웃기만 한다.

"네가 날 존경하는 건 기대하지도 않지만, 네 엄마가 아직 몸도 식지 않는 채 관 속에 누워 있다는 건 생각해야 한다." 내가 말한다.

"저기 보세요." 캐시가 고개 돌려 길 쪽을 보며 말한다. 아직 상당히 멀리 있지만 꽤나 빠르게 말이 달려오고 있다. 그게 누구인지는 뻔하다. 난 계속 웃고 있는 달을 바라볼 뿐이다.

"난 최선을 다했다. 네 엄마가 원하는 대로 다 했으니, 하나님께서 나를 용서해 주실 거고, 너희들이 하는 짓도 다 용서해 주실 거라 믿는다." 제 엄마 관 바로 위에 놓인 널판에 앉아 있는 달이 계속 웃고만 있다.

달

좁은 길을 따라 주얼이 빠르게 올라온다. 주얼이 큰길로 나올 무렵 우리는 벌써 3백 야드나 앞서 있다. 말발굽이 바닥을 칠 때마다 진흙이 튄다. 진흙 길을 종종걸음으로 경쾌하게 달리는 말 위에 가볍게 허리를 세우고 앉은 주얼은 속도를 조금 줄인다.

집 공터에 있던 툴 아저씨가 손을 흔들며 우리를 쳐다본다. 삐걱대는 소리, 바퀴에서 진흙 튀기는 소리와 함께 마차가 나아간다. 마차보다 3백 야드 뒤에서 무릎을 가볍게 치켜든 말이 경쾌하게 달려오고, 집 앞을 지나쳐 가는 주얼의 모습을 툴 아저씨가 지켜본다. 마차는 앞으로 움직이는 것도 모를 정도로 몽환적이고 최면에 빠진 듯 나아간다. 우리와 주얼 간에 줄어드는 것은 공간적 거리라기보다 시간적 거리가 아닌가 싶다.

오른쪽 길로 들어서자, 지난 일요일의 바큇자국이 지워져 보이지 않았다. 반반한 붉은빛 돌길이 이제 소나무 숲으로 휘어져 있다. 허연 표지판에는 색 바랜 글자로 뉴호프교회까지 3마일이라고 적혀 있다. 표지판은 마치 황량한 너른 바다 수면 위로 내민 손처럼 길 위로 미끄러진다. 표지판 너머로 바큇살처럼 펼쳐져 있는 붉은 돌길을 엄마 애디 번드런이 감싸안고 있다. 아무도 없는 길은 홈집도 없이 굴러 돌아가고, 허연 표지판은 아무런 말 없이 자취를 감춘다. 캐시가 마치 올빼미 쳐다보듯 고개를 돌려 표지판을 보다가 말없이 차분한 표정으로 다시 길을 올려다본다. 아버지는 등을 구부린 채 앞을 보고 있다. 듀이 델 역시 앞을 주시한다. 그러다가 경계하듯 거부하는 눈길을 내게 던지는데, 잠시나마 뭔가 궁금해 내게 던지는 캐시의 눈빛과 사뭇 다르다. 표지판이 지나가고 말끔한 길이 계속 이어진다. 듀이 델이 고개를 돌린다. 마차는 연신 삐걱대며 나아간다.

캐시가 바퀴에다 침을 뱉으며 말한다. "한 이틀 정도 지나면 냄새가 나겠는걸."

"주얼에게 말해 줘." 내가 말한다.

갈림길에서 주얼이 말을 세우고 서 있다. 마치 항복하듯 말없이 서 있는 흰색 표지판처럼 말 위에 뻣뻣이 선 채 우리를 물끄러미 바라본다.

"길은 먼데 균형이 잘 맞지 않아." 캐시가 말한다.

"그것도 주얼에게 말해 줘." 내가 말한다. 마차는 삐걱대며 나아간다.

1마일 정도 더 가자 주얼이 우리를 앞지른다. 활처럼 목을 젖힌 주얼의 말이 고삐를 당길 때마다 재빠르게 내달린다. 굳은 표정을 한 주얼은 허리를 세워 균형을 잡고 안장에 앉아 있다. 망가진 모자가 멋 부리듯 기울어져 있다. 그는 우리에게 눈길도 주지 않은 채 진흙을 튀기며 재빨리 달린다. 뒤로 튄 진흙 덩어리가 관 위에 떨어진다. 캐시가 허리를 굽혀 연장통에서 도구를 꺼내고는 조심스레 진흙을 제거한다. 화이트리프강을 가로질러 갈 때 캐시가 휘어져 내린 버드나무 가지를 꺾어 축축한 나뭇잎으로 나머지 진흙을 닦아 낸다.

앤스

 남자들에겐 너무 혹독한 땅이다. 일하기 쉽지 않다. 하나님께서 땀 흘려 일하라고 하신 이 땅 위에서 애써 가며 일군 8마일이나 되는 땅이 다 쓸려 내려갔다. 죄 많은 땅에서는 열심히 정직하게 일한 사람도 아무런 보답을 못 받는다. 읍내에서 가게나 하며 땀 한 방울 흘리지 않고 사는 사람들은 땀 흘리며 사는 사람들 덕으로 사는 거다. 가끔씩 우린 왜 이렇게 농사지으며 살아가야 하는 건지 의문이 들긴 하지만, 적어도 하늘나라에서는 우리에게 보상을 내려 주실 거라고 생각한다. 그곳에는 자동차 같은 것을 가져갈 수 없을 거고, 모두가 평등한 세상일 테니 하나님께서 저들이 가진 것을 못 가진 자들에게 나눠 주실 것이라 믿는다.

 하지만 한참을 견뎌 내야만 할 것 같다. 박복한 운인지 죽어라 일해 놓고도 나와 죽은 아내까지 무시당하게 되니 말이다. 온종일 달려 해 질 무렵에 겨우 샘슨네 도착했는데, 이 다리마

저 쓸려 내려갔다. 이 정도 수위는 본 적이 없는데, 비는 아직도 그치지 않는다. 동네 노인들도 평생 이런 경우는 처음이라고 한다. 하나님께서 나를 사랑하시어 선택하셨기에 시련을 안겨 주시는 거라고 나는 믿는다. 하나님께서는 진정 오묘한 방법으로 이를 보여 주신다. 아니, 그러시는 것 같다.

하여간 이제 난 의치를 해 넣을 수 있을 거다. 그거로 위로받을 것이고.

샘슨

 해 지기 직전이었다. 현관에 앉아 있는데 길을 따라 올라오는 마차 한 대가 보였다. 다섯 명이 마차에 타고 있었고 뒤이어 한 명이 말을 타고 따라오고 있었다. 그중 한 사람이 손을 들었지만, 나머지는 멈추지 않고 가게를 지나쳐 갔다.
 "누구지?" 맥캘럼이 말한다. 이 친구 이름이 생각 나지 않지만, 레이프의 쌍둥이 형제인 건 안다.
 "뉴호프 너머 아랫동네 사는 번드런 가족이네요." 퀵이 말한다. "주얼이 타고 있는 건 스노프네 말이고요."
 "스노프네 말이 아직도 있는지 몰랐네." 맥캘럼이 말한다. "그 집안 말들 다 처리한 줄 알았는데."
 "가서 저 말을 한번 구해 보시던가요." 퀵이 말한다. 마차는 계속 나아간다.
 "론이 주얼에게 그냥 줄 리가 없을 텐데." 내가 말한다.
 "준 게 아니고, 주얼이 아버지한테 산 겁니다." 마차가 계속 달린다. "그나저나 다리 소식을 못 들었을 거예요." 퀵이 말한다.

"대체 여기서 뭘 하려는 거지?" 맥캘럼이 말한다.

"아내 장례 치르고 어디 여행 가나 봅니다." 퀵이 말한다. "툴네 다리가 쓸려 내려갔으니 읍내로 가는가 본데, 여기 다리가 잠긴 걸 모르면 더 늦겠지."

"이제 날아갈 수밖에 없겠는걸. 여기서부터 이샤타와 입구까지 다리가 없지 않은가." 내가 말한다.

마차 안에 무언가 있는 것 같았다. 사흘 전에 퀵이 장례식에 다녀왔기에, 우리는 단지 이들이 꽤 늦게 집을 떠났고, 다리에 대해 아무것도 들은 바가 없을 거라고만 생각했다. "알려 주는 게 낫겠어." 맥캘럼이 말한다. 빌어먹을, 성은 알겠는데 아직도 이 친구 이름이 안 떠오른다. 결국 퀵이 이들을 불러 세운 후 다가가 소식을 전해 주었다.

퀵이 그들을 데리고 돌아왔다. "제퍼슨에 가는 중이랍니다." 퀵이 말한다. "툴 아저씨네 근처 다리도 쓸려 갔다는군요." 우리가 그걸 몰랐던 것처럼 말하는 그의 얼굴은 특히 콧구멍 언저리가 우스꽝스러워 보였다. 마차에는 번드런과 여자애, 의자에 앉은 꼬마, 그리고 널판에 걸터앉은 캐시와 사람들 입에 오르내리는 녀석이 있었고, 마지막으로 얼룩말을 타고 온 녀석이 있었다. 다리 소식은 이미 다 알고 있는지, 캐시에게 뉴호프 쪽으로 다시 가야 하고 좀 더 나은 걸 말해 줘도, "갈 수 있을 거예요."라고 무심하게 대꾸한다.

난 일에 끼어드는 걸 별로 좋아하지 않고, 자기 식대로 일하게 놔두는 걸 선호한다. 하지만 레이철한테는 벌써 7월인데 제대로 된 장의사가 시신을 처리하지 않으면 필경 사단이 날 거라고 말한 후, 헛간으로 내려가 번드런과 얘기했다.

"아내랑 약속한 게 있다네." 번드런이 말한다. "아내도 이미 그렇게 결정했고."

진정 움직이는 걸 싫어하는 게으른 사람도 일단 한번 움직이기 시작하면 계속한다는 걸 난 그때 알았다. 머무는 것도 마찬가지다. 움직이는 것보다는 멈췄다가 다시 출발하는 걸 더 싫어하는 거다. 그리고 무엇이든 움직이거나 머무는 걸 어려워 보이게 만드는 게 있으면 자랑스럽게 생각한다. 눈을 껌뻑이며 마차에 쭈그리고 앉아 있는 앤스에게 다리가 얼마나 빨리 쓸려 갔는지, 그리고 수위가 얼마나 빨리 올라갔는지 전해 주자, 마치 자기가 강물을 붇게 한 듯 자랑스러워하는 눈치다.

"여태껏 본 것 중 최고의 수위란 말이지?" 앤스가 물었다. "하늘의 뜻이지요. 아침까지 물이 줄어들지 않을 것 같네요." 앤스가 말한다.

"오늘은 여기서 묵고 내일 아침 일찍 뉴호프로 출발하는 게 낫겠소." 내가 말한다. 뼈만 앙상하게 남은 노새가 불쌍했다. 레이철에게 말했다. "집에서 8마일이나 떨어진 곳에 사는 사람들을 이 어두운 밤에 돌려보낼 수는 없지. 딴 방도가 없어. 하룻밤만 헛간에서 묵고 내일 아침 동트면 떠나게 합시다." 그리고 번드런에게 말한다. "오늘 밤 여기 묵고 내일 일찍 뉴호프로 출발해요. 연장은 충분히 있으니 저녁 식사 후 원한다면 애들이 바닥만 정리하면 될 것 같소." 그때 한 소녀가 나를 뚫어지게 쏘아보고 있다는 걸 알았다. 눈초리가 총알이었다면 나는 이미 저승 사람이 되었을 법한 매서운 눈초리였다. 나 때문에 화가 난 모습이었다. 헛간에 내려갔을 때 우연히도 그 애가 말하는 걸 듣게 되었다.

"엄마에게 약속했잖아요." 그 애가 말한다. "약속을 지킬 때까지 엄마가 살아 버티실 거예요. 엄마는 아빠에게 모든 걸 맡긴다고 생각했는데. 약속을 안 지키면 엄마에게는 저주나 다름없어요."

"내가 약속을 지키지 않을 거라고 누가 말하던?" 번드런이 말한다. "어느 누구 앞에서도 난 떳떳하단다."

"떳떳하건 말건 전 관심 없어요." 그녀가 마치 속삭이듯 하면서도 빨리 말한다. "약속했으니 지켜야죠. 아빠가……" 그러다가 나를 보곤 말을 멈춘다. 그 애의 매서운 시선이 총알이었다면 난 지금쯤 총에 맞아 말도 못 했을 거다. 내가 번드런에게 무슨 일인지 묻자, 그가 이렇게 말한다.

"아내에게 약속했소. 아내도 마음을 정했고."

"하지만 애들은 엄마를 가까이 모시길 원치 않을까. 그래야……"

"내가 약속을 한 건 내 아낼세." 앤스가 말한다. "아내도 확고했고."

다시 비가 올 것 같아서 결국 마차를 헛간으로 들이라고 했다. 저녁 준비가 됐지만 이들은 안으로 들어오길 꺼렸다.

"고맙지만," 번드런이 말한다. "불편을 끼치고 싶지 않네. 준비한 바구니에 먹을 게 조금 있으니, 우리가 알아서 하겠네."

"자네가 여자 식구들에게 각별하듯, 나도 마찬가지네. 식사 시간에 손님들이 왔는데 식탁에 앉지 않으면 내 아내도 모욕당했다고 느낄 걸세." 내가 말한다.

결국 여자애가 레이철을 돕는다고 부엌으로 왔다. 그때 주얼이 내게 왔다.

"물론이지. 외양간 다락에서 마음대로 꺼내 먹이고, 노새들 여물 먹일 때 말도 먹이게나." 내가 말한다.

"돈을 드릴게요." 주얼이 말한다.

"됐다." 내가 말한다. "말먹이 준다고 뭐라 하지 않아."

"낼게요." 주얼이 말한다. 나는 주얼이 별도로 생각하는 게 있다고 보았다.

"뭐 다른 거 필요한 게 있니?" 내가 말한다. "건초와 옥수수 말고 필요한 거?"

"여물을 더 주세요." 주얼이 말한다. "좀 많이 먹이거든요. 남한테 신세 지고 싶지도 않고요."

"돈으로 사려 들진 말아라." 내가 말한다. "다락에 있는 거 다 먹으면 아침에 헛간에 있는 거 마차에 싣고 가고."

"제 말이 신세 지는 걸 원치 않아요." 그가 말한다. "차라리 돈을 낼게요."

나도 너처럼 '차라리'라는 말을 썼다면, 너희는 여기 있지도 못했을 거라고 말하고 싶었지만, 그저 이렇게 말했다. "그럼 저 말은 지금이라도 여길 떠나야 할 게다. 더 이상 네게 팔 건초가 없거든."

　레이철이 저녁상을 차린 후, 여자애와 함께 이들을 위한 잠자리를 준비했다. 하지만 아무도 안으로 들어오려 하지 않았다. "고인이 된 지도 꽤 지났으니 더 이상 부질없는 짓 하면 안 되는데." 내가 말한다. 나도 여느 사람처럼 고인에 대한 예를 차리지만, 고인 자체도 존중해 줄 필요가 있는 거다. 관에 누운 지 나흘이나 된 사람에 대한 최고의 예우는 되도록 빨리 땅에 눕게 해 주는 거다. 한데 그들은 그럴 의사가 전혀 없어 보인다.

　"그건 옳지 않네." 번드런이 말한다. "애들이 안에 들어가 잔다고 해도 나는 아내와 같이 있겠네. 그래도 난 괜찮아."

　다시 그들이 있는 곳으로 가니 모두 마차 둘레에 쭈그려 앉아 있었다. "저 작은 녀석은 안에서 재우지. 그리고 너도 들어오는 게 낫겠구나." 내가 여자애에게 말한다. 간섭하려는 의도는 없었고, 내가 아는 한 그 애한테 해 끼칠 일을 한 적도 없다.

　"애는 벌써 잠들었네." 번드런이 말한다. 이들은 외양간 빈 여물통에 이미 그 애를 뉘었다.

　"그러면 너만 들어오너라." 내가 여자애한테 말한다. 하지만 아무런 말도 없다. 모두 말없이 웅크려 앉아 있기 때문인지 잘 보이지도 않는다. "너희 장정들은 어떻게 생각하니?" 내가 말한다. "너희들 내일 온종일 고생해야 하잖아." 조금 뒤에 캐시가 말한다.

"고맙지만 우리가 알아서 할게요."

"호의는 고맙지만, 신세 지고 싶지 않네." 번드런이 말한다.

결국 그냥 웅크려 앉아 있게 내버려두었다. 사흘 동안 저렇게 지내다 보니 저런 생활에 익숙해졌겠지, 하는 생각이 들었다. 하지만 레이철은 이 모든 게 낯설었다.

"말도 안 돼요." 그녀가 말한다. "죽은 사람에 대한 모욕이라고요."

"대체 번드런이 무슨 짓을 했다고 그래요?" 내가 말한다. "약속을 지킨다잖소."

"저 남자에게 말하는 게 아녜요." 그녀가 말한다. "저런 인간은 관심도 없어요." 그녀가 울면서 말한다. "평생 우리 여자들을 고문하다가 죽어서까지 조롱하고, 저렇게 끌고 다니는 사내들, 당신이나 저 사람 같은 이 세상 남자들 모두……."

"자, 자, 흥분하지 말고." 내가 말한다.

"건들지 말아요!" 레이철이 말한다. "건들지 말라니까요."

남자들은 여자에 대해 아는 게 없다. 한 여자와 15년을 같이 살았지만 그건 불가능하다. 우리 사이에 이런저런 일이 많았지만, 나흘이 지난 시신 때문에, 그것도 여자 시신 때문에 이렇게 될 줄은 꿈에도 몰랐다. 여자들은 남자들과 달리 무슨 일이든 있는 그대로 받아들이지 못하고 스스로 어렵게 만든다.

비가 내리기 시작하는 소리가 들리자, 관 옆에 웅크리고 앉은 사람들이 생각났고, 레이철이 잠자리에 들었지만, 흐느끼는 소리가 아직도 들리는 것 같았다. 또한 냄새가 날 리 없다고 생각했지만, 냄새가 나는 것도 같았다. 대체 냄새가 나긴 하는지 도통 알 수가 없었고, 내가 그 냄새라고 알고 있기에 그렇게 생각하는 건지도 도통 가늠할 수 없었다.

  이튿날 아침 나는 그자들 있는 곳에 가 보지도 않았다. 말을 매는 소리를 듣고는 이제 떠날 준비가 됐나 보다 생각했다. 마차가 집 마당을 벗어나는 소리가 들리고 뉴호프로 돌아 나갈 즈음 난 집을 나가 다리 쪽으로 향했다. 집에 돌아오자, 내가 없는 통에 사람들을 아침 식사에 부르지도 못했노라고 레이철이 성을 냈다. 대체 여자들 마음은 도무지 알 길이 없다. 여자들 말을 알아들었다고 마음먹은 순간 어느새 다시 마음을 바꿔야 하고, 그래서 그렇겠거니 짐작이라도 하려 들면 자기 맘대로 그랬다고 다시 비난을 받게 된다.

  아직도 냄새가 나는 것 같았지만, 실제로 냄새가 나기보다는 관이 거기에 있었다는 사실 때문에 착각하는 거라고 판단했다. 하지만 헛간에 가서 보니 그게 아니란 걸 알게 되었다. 입구에 들어서자, 무언가 웅크리고 있는 게 보였다. 혹 번드런네가 놓고 간 게 있나 싶어 확인해 보니, 놀랍게도 말똥가리였다. 주위를 둘러보던 말똥가리는 나를 보자 날개를 접은 채 두 다리를 벌리고 중앙 통로를 따라 나갔다. 마치 머리 벗겨진 노인네가 어깨 너머로 쳐다보듯 이리저리 나를 쳐다보다가 헛간 밖으로 나가자마자 이내 날갯짓을 한다. 말똥가리는 그렇게 한참 만에야 빗기운으로 가득 찬 칙칙하고 탁한 하늘로 높이 솟구쳐 올랐다.

제퍼슨으로 갈 목적이라면 맥캘럼이 말했듯이, 버논산으로 돌아가는 편이 나을지 모른다. 모레쯤이면 맥캘럼이 말을 타고 돌아올 거다. 그 길로 가면 읍내까지 18마일 정도 걸린다. 하지만 어쩌면 떠내려간 다리 덕분에 맥캘럼이 하나님의 통찰력과 판단력을 얻게 된 걸 수도 있다.

맥캘럼, 이 친구. 나와는 12년 동안 뜨문뜨문 거래를 해 왔다. 어린 시절부터 알고 지냈고, 마치 내 이름처럼 친숙한 이름이지만, 성만 알고 이름이 떠오르지 않는다.

듀이 델

 표지판이 눈에 들어온다. 표지판이 길을 내다보고 있는 건 우리를 기다리고 있기 때문이다. 뉴호프 3마일. 3마일이라고 말하고 있다. 뉴호프 3마일. 그리고 나무숲 안으로 휘어지고 기다림으로 텅 빈 채 길은 다시 시작될 것이다. 뉴호프 3마일.
 엄마가 돌아가셨다고 한다. 좀 더 있다가 돌아가셨으면 했는데. 시간이 더 있기를 바랐다. 이 황량하고 난폭한 땅에 나를 두고 너무 빨리, 너무나 빨리 떠나셨다. 내가 원치 않거나 내가 원한다고 되는 건 아니지만, 너무 일찍 가셨다.
 표지판이 말하기 시작한다. 뉴호프까지 3마일 남았다고. *시간의 자궁이 지닌 의미가 바로 그거다. 벌어진 뼈에서 오는 고통과 절망, 그리고 단단한 테두리에 담겨 있는 사건들이 남긴 더럽혀진 내장.* 가까이 갈수록 창백하고 무표정하고 애잔하고도 침착한, 그리고 뭔가를 캐묻는 듯한 캐시의 얼굴이 벌겋고 황량한 굽은 길을 좇는다. 말에 올라탄 주얼은 마차 뒷바퀴를 따라 앞만 바라보며 따라온다.

달의 시선이 땅을 벗어나 초점 없이 흔들린다. 내 발을 보던 달의 시선이 몸을 따라 얼굴로 올라오면 나는 벗은 몸이 된다. 서둘지 않는 노새가 이끄는 느린 마차 위에서 벗은 채 의자에 맨몸으로 앉아 있다. *내가 고개를 돌리라고 하면 그는 그렇게 할 거야. 내가 말하면 그가 그렇게 해 줄 걸 너도 알잖니?* 한번은 내 안에서 뭔가 시키먼 게 밀려드는 느낌에 잠을 깬 적이 있다. 볼 수는 없었다. 바더먼이 일어나 창문으로 가더니 물고기를 칼로 내리치는 모습이 보였다. 마치 뜨거운 김이 새어 나듯 피가 솟구치는 소리가 났지만 보이지는 않았다. *그는 내가 시키는 대로 할 거야. 항상 그랬거든. 다 설득할 수 있다고. 내가 할 수 있다는 걸 너도 알잖아. 여기 좀 봐 하고 내가 말한다면.* 바로 그때가 내가 죽는 순간이었다. *그렇다고 치자. 우린 뉴호프로 갈 거다. 읍내로 갈 필요는 없어.* 나는 벌떡 일어나 계속 쉬익 소리를 내며 피를 내뿜는 물고기에 꽂혀 있는 칼을 뽑아 달을 죽였다.

바더먼과 같이 잠을 잘 때 나는 악몽을 꾸곤 했다 한번은 깨어 있는 줄 알았는데 볼 수도 느낄 수도 없었다 누워 있는 침대도 느낄 수 없었고 내가 누군지 생각도 나지 않고 내 이름도 그리고 내가 여자애인지도 생각나지 않았다 아무런 생각조차 할 수 없었고 깨어 나고 싶다고 바랄 수도 없었고 깨어 있음의 반대가 뭔지도 기억할 수 없었다 무언가 지나갔지만 시간조차 생각할 수 없었다 문득 그게 무언지 알았고 그건 내 위로 불어 대

는 바람이라는 걸 알았다 바람이 원래 있던 곳에서 내게 불어와 나를 날려 버리려는 것 같았다 내가 방에다 바람을 불어 넣고 있던 건 아니었다 바더먼은 잠들어 있고 바람이 다시 내 밑에서 차가운 비단 조각 지나가듯 내 벗은 다리를 스쳐 지나간다.

소나무 숲에서 시원한 바람이 여전히 슬픈 소리를 내며 불어온다. 뉴호프. 3마일 남았다. 3마일 남았다. 나는 하나님을 믿는다. 하나님을 믿는다고.

"아버지, 왜 뉴호프로 안 가요?" 바더먼이 묻는다. "샘슨 아저씨가 가라고 했는데 방금 그 길을 지나쳤어요."

달이 말한다. "주얼, 보라니까." 하지만 주얼은 날 쳐다보지 않는다. 그저 하늘만 바라볼 뿐이다. 말똥가리는 고정된 듯 우리 위쪽 한 곳에서 날고 있다.

우리는 툴 아저씨 댁 앞길 쪽으로 들어선다. 헛간을 지나쳐 계속 가는데, 바퀴가 진흙탕에서 소리를 낸다. 황량한 대지 위 푸른 목화밭을 지날 때 길 건너로 쟁기를 끄는 툴 아저씨가 보인다. 우리가 지나가는 모습에 손을 들고는 한참 동안 우리를 보고 서 있다.

"주얼, 보라고." 달이 말한다. 말에 올라 앞만 쳐다보는 주얼이 마치 나무토막처럼 보인다.

나는 하나님을 믿는다, 하나님을. 하나님을 나는 믿는다.

툴

 번드런 가족이 집 앞을 지나간 후 나는 봇줄을 동그랗게 꼬아 노새의 등에 메고는 이들을 따라갔다. 강둑 끝 근처에서 겨우 이들을 따라잡을 수 있었다. 앤스가 수면 아래로 가라앉아 양 끝만 보이는 다리를 물끄러미 바라보고 있었다. 다리가 가라앉았다고 한 마을 사람들의 말을 못 믿겠고, 다리가 원래 자리에 있었으면 하는 심정으로 강물을 내려다본다. 정장 바지 차림의 앤스는 놀란 표정이긴 하나 언짢아 보이진 않는다. 빗질도 하지 않은 채 이것저것 장식을 한 말 같다고나 할까. 나도 잘 모르겠다.
 바더먼 역시 다리를 보고 있다. 가운데가 물에 잠긴 다리 위로 통나무나 잡동사니가 떠내려간다. 한순간 다 쓸려 갈 것 같다. 바더먼이 서커스 장면 구경하듯 놀란 표정으로 바라보고 있다. 듀이 델도 마찬가지다. 듀이 델은 둑 위로 올라서는 나를 보더니 내가 자기 몸을 만지려 드는 사람이나 되는 듯이 눈을 부라리며 쳐다본다. 그러곤 앤스를 바라보다가 다시금 강물을 내려다본다.

강 양쪽 다 강물이 둑까지 올라와 있다. 우리가 올라서 있는 혓바닥만 한 땅을 빼고는 모두 물에 잠겨 있다. 다리와 길의 예전 모습을 알지 못했다면 어디가 강이고 어디가 길인지도 알 수 없는 정도다. 황토물로 뒤범벅된 채, 강둑이라고 해 봤자 칼등보다 좁은 수준이었고, 그 위로 우리를 태운 마차, 말, 노새가 있는 셈이다.

달이 나를 쳐다보자, 캐시도 고개 돌려 나를 쳐다보았다. 마치 그날 밤 널판이 관에 맞는지를 가늠하며 나를 쳐다보던 그런 시선이다. 남의 의견을 묻지도 않은 채 마음속으로만 가늠하고, 의견을 묻지도 않고 듣고 있지 않은 척하면서도 다 듣고 있는 듯한 눈빛이었다. 주얼은 앞으로 몸을 내민 채 말 위에 미동도 없이 앉아 있는데, 여전히 어제 달과 함께 엄마의 시신을 싣기 위해 돌아오다가 내 집 앞을 지날 때 봤던 표정을 하고 있다.

"다리가 보이면 마차로 건널 수 있을 텐데." 앤스가 말한다. "그 위로 건널 수 있었을 거야."

가끔 뒤엉켜 떠내려온 것들 위로 통나무가 걸렸다가 다시 구르고 뒤집히면서 떠내려가다가 여울이 있던 곳으로 흘러갔다. 속도가 줄고 좌우로 소용돌이치다가 잠시 떠 있는 걸로 보아 여울이 있던 자리임이 분명하다.

"하지만 그것만 가지고는 알 수 없어." 내가 말한다. "모래톱이 쌓인 것일 수도 있지." 우리는 통나무를 바라본다. 그때 듀이 델이 다시 나를 보며 말한다.

"휫필드 목사님도 건너셨어요."

"그야 말을 타고 건너신 거지." 내가 말한다. "그건 사흘 전이고, 지금은 5피트나 불었어."

"다리만 멀쩡했다면……." 앤스가 말한다.

통나무가 불쑥 솟더니 다시 떠내려간다. 쓰레기와 거품으로 가득 찬 강물이 흘러내려 가는 소리가 귓전에 들린다.

"그런데 다리가 무너졌어." 앤스가 말한다.

캐시가 말한다. "조심스레 건너면 널판과 통나무 위로 갈 수 있을 것 같아요."

"하지만 아무것도 들고 갈 수 없잖니." 내가 말한다. "저 쓰레기 더미에 발을 딛는 순간 다 사라지는 거지. 달, 네 생각은 어떠냐?"

달이 아무 말 없이 나를 쳐다보는데, 사람들 입에 오르내리게 하는 그런 이상한 눈빛이다. 항상 말하지만, 달은 자기가 한 짓거리나 말보다는 남을 바라보는 눈빛 때문에 사람들 입에 오르내리곤 한다. 꼭 남의 마음을 들여다보는 듯한 그런 눈빛이다. 마치 눈으로 내 마음과 몸을 들여다보는 것 같다. 그때 문득 듀이 델의 시선이 눈에 들어온다. 마치 내가 자기 몸에 손을 대기나 한 듯이 나를 쳐다본다. 그러다가 앤스에게 뭐라고 말한다. "……휫필드 목사님은……"

"나도 하나님 앞에서 너희들 엄마에게 약속했으니, 걱정하지 않게끔 다 잘될 거다." 앤스가 말한다.

하지만 아직도 노새를 출발시키지 못하고 있다. 우리는 그저 강물 위에 멈춰 서 있을 뿐이다. 통나무 하나가 불쑥 솟더니 다시 떠내려간다. 장애물에 걸려 움찔하고 여울이 있던 곳에서 한 바퀴 돌고는 내려간다.

"오늘 밤부터 빗물이 줄지 몰라." 내가 말한다. "하루 더 있다가 가면 어떨까?"

그 말에 여태껏 가만히 있던 주얼이 고개를 돌려 나를 쳐다본다. 푸른색을 띠던 낯빛이 벌게지나 싶더니 다시 푸른빛을 띠며 내게 말한다. "제길, 돌아가서 밭 작업이나 하세요. 뭐 땜에 저희를 따라오는 거예요."

"부담 주려는 게 아니다." 내가 말한다.

"입 닥쳐, 주얼." 캐시가 말한다. 주얼은 붉으락푸르락 달아오른 얼굴로 이를 악문 채 강물만 바라본다. 잠시 후 캐시가 묻는다. "대체 네가 원하는 게 뭔데?"

앤스는 한마디도 하지 않고 구부정하게 앉아서는 입만 우물거린다. 그러다가 한마디 건넨다. "다리만 괜찮다면 건널 수 있을 텐데."

"갑시다." 주얼이 말을 이끌며 말한다.

"기다려." 캐시가 다리를 바라보며 말한다. 강물을 주시하던 앤스와 듀이 델만 빼고 모두 캐시를 바라본다. "듀이 델과 바더먼, 그리고 아버지는 다리로 건너가는 게 낫겠어요." 캐시가 말한다.

"아저씨가 도와주세요." 주얼이 말한다. "먼저 아저씨 노새부터 끌고 건너 보지요."

"내 노새를 물에 들여보낼 순 없어." 내가 말한다.

주얼이 깨진 접시 조각 같은 시선으로 나를 쳐다본다. "그놈의 노새값은 제가 내지요. 당장 살게요."

"내 노새들은 물속으로 들어가지 않을 걸세." 내가 말한다.

"주얼이 자기 말부터 물에 넣으면 되잖아." 달이 말한다. "아저씨 노새들은 물에 넣으면 안 되나요?"

"달, 입 닥쳐." 캐시가 말한다. "너희들 둘 다 조용해."

"내 노새는 강물로 안 들일 걸세." 내가 말한다.

달

 주얼이 말을 탄 채 툴 아저씨를 노려보고 있다. 깡마른 얼굴이 창백해 보이고 움직임이 없는 눈동자까지 온통 벌겋게 상기되어 있다. 열다섯 되던 해 주얼은 마치 잠에 홀린 듯 지낸 적이 있었다. 어느 날 아침인가 노새 먹이를 주러 갔다가 암소들이 아직 외양간에 있는 걸 보았다. 그러자 아버지는 집으로 돌아가 주얼을 찾았다. 아침 식사를 하려고 집에 돌아가다가 우유 담을 양동이를 들고 우리 곁을 지나가는 주얼을 보게 되었는데, 꼭 술에 취한 사람처럼 비척대며 걷고 있었다. 노새를 외양간에 넣은 후 소젖을 짜고 있는 주얼을 남겨 두고 우리는 들판으로 향했다. 한 시간 정도 들판에 있었지만 주얼이 나타나지 않자, 아버지는 점심을 들고 온 듀이 델에게 집에 가 주얼을 찾아보라고 했고, 결국 외양간 의자에 앉아 잠에 빠져 있는 주얼을 찾게 되었다.
 그 일이 있은 후, 아버지는 매일 아침 직접 가서 주얼을 깨우시곤 했다. 주얼은 저녁 식사 중 식탁에서 잔 적도 있고 식사가 끝나자마자 침대에 눕기도 했다. 한번은 침대에 가 봤더니 마치 죽은 사람처럼 꼼짝 않고 누워 자고 있었다. 그런데도 아침에 아버지가 잠을 깨워야 할 정도였고, 결국 일어나긴 해도 정신이 없어 보였다. 주얼은 아버지의 잔소리와 불만 섞인 소리에도 대꾸 한마디 없이 우유 양동이를 들고 외양간으로 가곤 했다. 그러다가 한번은 반쯤 찬 양동이에 손목을 담근 채, 암소 옆구리에 머리를 박고 자고 있는 모습을 보기도 했다.

그런 일이 있은 후 젖 짜는 일은 듀이 델이 맡았다. 하지만 여전히 아버지가 깨워야 일어났고, 그렇게 멍한 상태로 일을 했다. 맡은 일을 열심히 하려는 것 같아 보였고, 우리가 그랬듯이 자신도 당황스러워하는 것 같았다.

"몸이 안 좋니? 괜찮은 거니?" 엄마가 말했다.

"네, 다 괜찮아요." 주얼이 말했다.

"날 괴롭히려고 게으름을 피우는 거겠지." 서 있기는 하지만 여느 때처럼 졸린 상태로 있는 주얼을 두고 아버지가 말했다. "그렇지?" 졸고 있는 주얼을 깨우면서 아버지가 물었다.

"아니에요." 주얼이 말했다.

"오늘은 집에서 쉬거라." 엄마가 말했다.

"경작해야 할 땅이 얼마나 많은데." 아버지가 말했다. "아픈 게 아니라면 대체 무슨 일이야?"

"아무 일 없어요." 주얼이 말했다. "저 다 괜찮아요."

"괜찮다고?" 아버지가 말했다. "지금도 서서 졸고 있는데."

"아뇨." 주얼이 말했다. "괜찮다니까요."

"저 애는 오늘은 집에 있었으면 해요." 엄마가 말했다.

"내가 필요하단 말이요." 아버지가 말했다. "할 일이 너무 많아서 모두 함께 일해도 벅찰 지경이요."

"캐시와 달이 최선을 다해 열심히 하면 되잖아요." 엄마가 말했다. "하여튼 저 애는 오늘 집에 남게 해 줘요."

하지만 주얼은 일을 하고 싶다고 했다. "저 괜찮다니까요." 그렇지만 괜찮지 않다는 건 누가 봐도 알 수 있었다. 살도 빠지는 데다가 면화를 솎아 내는 속도도 느려졌고, 괭이질도 점점 느려져 동작이 점점 작아지다가 멈추곤 했다. 마침내는 뜨거운 여름 태양 밑에서 괭이에 기댄 채 꼼짝 않고 있는 모습을 보곤 했다.

엄마는 의사한테 보이자고 했지만, 아버지는 그런 데다가 돈 쓸 필요 없다고 했다. 실상 주얼은 살 빠지는 것과 아무 때고 조는 것 말고는 모든 게 다 멀쩡해 보였다. 접시 앞에서 빵을 반쯤 물고는 계속 씹어 대며 조는 것 빼고는 식사도 제법 잘했다. 여하튼 주얼 자신은 괜찮다고 했다.

엄마는 젖 짜는 일을 듀이 델에게 맡기고 이럭저럭 용돈을 주었고, 저녁 식사 전까지 주얼이 도맡아 하던 일들도 듀이 델과 바더먼이 대신하게 했다. 아버지가 안 계실 때는 엄마가 몸소 일을 맡아 하기도 했다. 주얼을 위해 특별한 음식을 만들고, 숨겨 놓기까지 했다. 엄마가 무언가를 감추고 있다는 걸 알게 된 건 아마 그때쯤이었을 거다. 엄마는 세상에서 뭔가를 숨기

거나 속이는 것보다 더 나쁜 게 없고, 오히려 가난보다 더 나쁘다고 가르쳐 왔다. 잠자러 방에 들어갈 때, 나는 잠들어 있는 주얼 옆에 엄마가 앉아 있는 모습을 종종 보곤 했다. 나는 엄마가 남을 속이는 자신의 모습을 싫어하고, 주얼을 사랑하면서도 남을 속일 수밖에 없었기에 그를 미워한다는 걸 알게 되었다.

엄마가 몸져누운 어느 날 밤 노새를 마차에 매고 툴 아저씨네 가려고 헛간에 들어갔다. 한데 랜턴을 찾을 수 없었다. 전날 밤 못에 걸어 두었는데 사라진 것이다. 결국 어둠 속에서 마차를 타고 가서는 이튿날 해가 뜬 후에 툴 아주머니를 모시고 돌아왔는데, 전날 밤 랜턴을 찾지 못했던 못 자리에 랜턴이 다시 걸려 있었다. 어느 날 아침, 동이 트기 전 듀이 델이 젖을 짜고 있었는데 외양간 뒷벽에 난 구멍으로 주얼이 손에 랜턴을 들고 들어왔다.

나는 캐시에게 이 사실을 말했고, 우리 둘 다 어리둥절한 표정으로 마주 봤다.

"바람이 난 거지." 캐시가 말했다.

"그런가 보네. 그런데 랜턴은 왜, 그것도 매일 밤 가져가지? 살 빠지는 게 당연하네. 걔한테 뭐라고 말 좀 해 줄 거야?" 내가 말했다.

"그래 봤자 아무 소용 없어." 캐시가 말했다.

"지금 걔가 하는 짓도 아무 소용 없는 거잖아." 내가 말했다.

"나도 알아. 하지만 자기 스스로 깨달아야지. 앞으로도 할 기회가 많으니 나중을 위해 좀 미뤄 둬야 한다는 걸 깨달아야 해.

곧 괜찮아질 거야. 아무한테도 말하지 않는 게 좋을 것 같아."

"나도 말 안 할 거야. 듀이 델한테도 말하지 말라고 했어. 엄마한테 절대 말하지 말라고." 내가 말했다.

"엄마한텐 절대 안 돼."

그러고 보니 정말 우스꽝스러웠다. 콩대처럼 수척한 모습으로 남을 속여 가며 졸음에 겨운 척하면서 식구들을 감쪽같이 속이다니 말이다. 대체 그 여자가 누구인지 궁금했다. 아는 여자애들을 다 생각해 봤지만, 확신이 가는 애가 없었다.

"처녀는 아닐 거야." 캐시가 말했다. "유부녀가 맞지. 젊은 애가 그렇게 겁 없이 지낼 수 있겠어. 그 점이 맘에 안 들어."

"왜 그런데?" 내가 말했다. "처녀보다 유부녀가 더 안전한 거 아냐. 현명한 거지."

눈을 끔뻑대며 나를 바라보던 캐시가 더듬대며 내게 말했다. "이 세상에 안전한 게 항상 좋은 건……."

"안전한 게 최고는 아니라는 거지?"

"맞아. 가장 좋은 건 아니지. 젊은 애한테 좋지 않다는 거야. 누군가의 진흙탕에 빠져서 허우적대는 모습은 꼴불견이거든." 캐시는 이 점을 말하고 싶었던 거다. 무언가 새롭고 어렵고 멋진 것은 그저 안전한 것보다 더 좋은 뭔가가 있다는 것이다. 그저 안전한 일만 하게 되면 점차 낡은 게 되고 결국 전에 누구도 해 본 적이 없고, 앞으로 그 누구도 해낼 수 없을 거라고 말할 수 없게 되고 마는 거다.

얼마 후 이제는 집에 돌아와 밤새 침대에서 잠을 잔 척할 시간조차 없었는지 별안간 들판에 나타나 우리 곁에서 일하기 시작할 때까지도 우리는 아무에게도 말하지 않았다. 엄마에게는 배가 안 고파서 아침을 거른다고 하거나 말 준비시킬 때 빵 한 조각 먹었다고 말하곤 했다. 나와 캐시는 녀석이 밤새 밖에 있다가 우리가 들판에 나갈 즈음 숲에서 나온다는 것을 알고 있었지만 모른 척해 주었다. 여름이 거의 끝나 가고 있었고, 밤공기가 선선해지기 시작하자 우리는 주얼은 몰라도 여자 쪽에서 이제 끝낼 거라고 보았다.

하지만 가을이 오고 밤 시간이 길어져도 별반 변화가 없었다. 바뀐 거라고는 이젠 아버지가 깨울 때까지도 침대에 자빠져 있었고, 멍한 상태로 일어나기긴 해도 밤새 밖에서 자고 올 때보다 더 비몽사몽인 상태로 있다는 것이다.

"정말 끈질긴 여자네." 내가 말했다. "감탄하곤 했지만, 이제는 존경할 만하네."

"여자가 아니야." 캐시가 말했다.

"그럼 대체 뭔데." 이렇게 묻는 나를 쳐다보며 캐시가 말했다.

"내가 알아내고 말 거야."

"그렇다고 밤새 숲속에서 녀석을 뒤쫓을 순 없잖아." 내가 말했다. "난 그렇게 못 해."

"뒤쫓자는 게 아냐." 캐시가 말했다.

"그게 아니면 뭔데?"

"뒤를 쫓자는 게 아니라고." 캐시가 말했다.

며칠 후 나는 주얼이 일어나 창문을 통해 기어 나가는 모습을 보았고 다시 캐시가 일어나 따라나서는 모습을 보았다. 다음 날 외양간으로 가니 캐시가 벌써 나와 노새를 먹이고 듀이 델을 도와 암소 젖을 짜고 있었다. 캐시를 보는 순간 나는 캐시가 무슨 일인지 알아냈다는 걸 직감했다. 그리고 가끔 주얼을 이상한 눈빛으로 바라보는 캐시의 모습이 눈에 들어왔다. 주얼이 어디 가는지, 무슨 짓을 하는지 알게 된 게 캐시에게 뭔가 진지하게 생각할 거리를 준 듯 보였다. 하지만 주얼 대신 일하며 보여 주던 걱정 어린 표정은 아니었다. 아버지는 여전히 주얼이 맡아 한다고 생각하고 있었고, 엄마는 듀이 델이 대신한다고 생각했었다. 나는 캐시에게 아무것도 묻지 않았고 언젠가 마음속으로 다 받아들일 때가 되면 내게 말해 줄 거라 생각했다. 하지만 그 후로도 아무 말도 하지 않았다.

그런 일이 시작된 후 다섯 달이 지난 11월경 어느 날 아침인가 주얼이 침대에도 없고 들판에도 나오지 않았다. 이때 처음으로 무슨 일이 벌어지고 있다는 걸 눈치챈 엄마는 바더먼을 시켜 형의 소재를 알아보게 했다. 얼마 후에는 엄마가 직접 들판에 나왔다. 우리는 이런 주얼의 이중 행동이 아무런 일 없이 조용히 진행되기만 한다면 겁이 나기도 하지만 모른 척하며 속아 주기로 했다. 어차피 사람들은 겁도 나고 해서 배신을 택하게 되는 거고 그렇게 하는 게 무난하게 보이기 때문이다. 하지만 우리가 인정하는 두려움이란 감정이 서로 통하기 때문인지 마치 침대보 들추어내듯 모든 걸 드러내고 서로를 마주하며 밝히는 때가 오게 된다. "진실은 말이야, 주얼이 집에 돌아오지 않았다는 거고, 분명 뭔 일이 있다는 거야. 그리고 우리는 그냥 내버려둔 거고."

그때 주얼이 나타났다. 말을 탄 채 도랑을 따라 올라오더니 곧장 들판을 가로질러 오고 있었다. 말은 마치 털가죽에 얼룩무늬를 만들어 내기라도 하려는 듯이 갈기와 꼬리를 흔들어 댔다. 모자도 안 쓴 채로 안장도 없이 밧줄로 된 고삐만을 잡은 주얼은 마치 큼지막한 바람개비에 올라탄 모습이었다. 플렘 스놉스가 25년 전 여기로 데려와 마리당 2달러로 경매에 넘긴 텍사스 조랑말의 후손이었다. 론 퀵 노인만 길들일 수 있었기에 포기하지 않고 아직 몇 마리를 소유하고 있었던 거다.

뒤꿈치를 말 옆구리에 붙인 채 달리던 주얼이 멈춰 섰다. 말의 갈기와 꼬리가 휘날리면서 함께 춤을 추는 듯했고, 털가죽의 얼룩무늬는 말의 뼈와 살과 따로 움직이는 듯 보였다. 주얼이 말 위에 앉아 우리를 쳐다보았다.

"그 말 어디서 났어?" 아버지가 말했다.

"샀어요." 주얼이 답했다. "퀵 어르신한테서요."

"샀다고?" 아버지가 말했다. "무슨 돈으로? 내 이름 대고 외상으로 샀니?"

"제 돈이에요." 주얼이 말했다. "내가 벌었다고요. 아버지는 걱정 안 하셔도 돼요."

"주얼." 엄마가 말했다.

"괜찮아요," 캐시가 말했다. "주얼이 벌었어요. 퀵 어르신이 지난봄 잡은 터에서 40에이커나 되는 땅을 밤에 랜턴을 밝히고 혼자 다 정리했어요. 제 눈으로 봤어요. 주얼이 번 돈으로 산 거니 걱정하실 필요 없어요."

"주얼." 엄마가 말했다. "당장 집에 가서 눈부터 붙이거라."

"아직은요." 주얼이 말했다. "시간이 없어요. 안장이랑 고삐부터 구해야 해요. 퀵 어르신께서……"

"주얼." 엄마가 주얼을 쳐다보며 말한다. "내가 줄게, 내가 줄 테니……" 그러곤 울기 시작한다. 색 바랜 실내복 차림의 엄마는 그런 주얼을 보고, 다시 말을 탄 주얼을 보고, 얼굴을 드러낸 채 통곡하기 시작했다. 말을 탄 주얼은 그런 엄마를 내려다보다가 얼굴이 차갑게 변하더니 약간 짜증스러운 표정을 지으며 고개를 홱 돌렸다. 캐시가 다가와 엄마를 달랬다.

"집으로 돌아가세요. 바닥이 너무 축축해요, 어서 가세요." 캐시가 말했다. 그러자 엄마는 손으로 얼굴을 가리고는, 조금 뒤 쟁기로 파 울퉁불퉁한 땅을 따라 비틀거리며 걸어 나갔다. 하지만 이내 몸을 곧추세우고는 뒤를 돌아보지도 않고 집으로 향했다. 도랑에 이르자 엄마는 바더먼을 불렀다. 바더먼은 말 옆에서 춤이라도 추듯 위아래로 움직이며 말을 쳐다보고 있었다.

"주얼 형, 나도 한 번 타게 해 줘." 바더먼이 말했다. "한 번만 타 보자고."

주얼이 그런 바더먼을 바라보다가 말고삐를 돌려 저 멀리로 시선을 돌렸다.

"그래 말을 샀다고." 아버지가 말했다. "나도 모르게 말을 샀구나. 내 상의도 없이 말이다. 우리가 돈 때문에 얼마나 힘든지 알면서 내가 먹일 말을 샀단 말이지. 네 몸뚱어리로 해야 할 일은 안 하고 대신 말을 산 거야."

주얼이 이전보다 더 차가운 표정으로 아버지를 바라보며 말했다. "아버지 말 여물은 절대 안 먹일 겁니다. 한 입도 안 먹일 거고, 먹기만 하면 제가 죽여 버릴 거예요. 그러니 그런 생각 마세요. 절대로요."

"형, 나 좀 태워 줘." 바더먼이 꼭 풀 속 새끼 귀뚜라미 울 듯 보챈다. "한 번만."

그날 밤 엄마는 어둠 속에서 잠이 든 주얼의 침대 옆에 앉아 계셨다. 남몰래 우느라 더욱 심하게 흐느끼고 있었다. 어쩌면 우는 것도 남을 속이는 것과 마찬가지로 느꼈기 때문일 것이다. 엄마는 그런 자신을 미워했고, 그렇기에 더욱더 주얼을 미워했다. 난 그때 모든 걸 알았다는 사실을 알게 되었다. 듀이 델이 애기를 가진 사실을 알아차리게 된 것처럼 주얼에 대해서도 다 알게 된 것이다.

툴

 모두 앤스한테 어떻게 할지 정하라고 했고, 결국 듀이 델, 바더먼, 앤스가 마차에서 내렸다. 하지만 다리 위에 있을 때조차 앤스는 계속 뒤를 돌아보았다. 마치 마차에서 내리는 순간 모든 게 다 원점으로 돌아가서 자신은 들판에 다시 나가 일하고 애디는 침대에 누워 죽기만 기다리게 되던 때로 돌아가 모든 걸 다시 시작하게 될지 모른다고 생각한 모양이다.
 "자네 노새도 같이 끌고 갈 수 있게 해 주게." 앤스가 말한다. 발밑에서 좌우로 흔들리는 다리는 흙탕물 속으로 가라앉아 땅속으로 사라진 듯 보였다. 건너편으로 다리가 솟아 있었지만, 둘은 전혀 같은 다리로 보이지 않았고, 마치 바닥에서 다리가 새로 솟구쳐 올라온 듯 보였다. 하지만 둘은 서로 연결되어 있다는 걸 알 수 있다. 이쪽 다리가 흔들려도 솟구친 건너편 다리는 전혀 흔들리지 않는 듯 보이지만, 마치 큼지막한 벽시계에서 같이 반응하는 시침과 분침처럼 건너편 둑이나 주위 나무들이 앞뒤로 천천히 출렁이며 움직이기 때문이다. 다리가 꺼진 곳에서는 떠내려가던 통나무가 서로 스치고 부딪히다가 위로 솟구치기도 하면서, 여울 쪽으로 떠내려간다. 여울에 잠시 멈춰 선 통나무들은 마치 미끄러지듯 빙빙 돌며 거품을 일으킨다.

"노새는 어디에 쓰려고 그러나?" 내가 말한다. "자네 노새들이 여울도 못 찾고 마차도 제대로 못 끄는 마당에 노새 열 마리가 있어 봤자 뭐에 쓸 수 있겠나?"

"꼭 도와달라는 건 아닐세." 앤스가 말한다. "나는 내 가족을 위한 일이라면 언제든 할 수 있네. 자네 노새까지 위태롭게 하자는 건 아닐세. 자네 쪽 시신은 아니니 자넬 책망하진 않겠네."

"돌아가서 내일까지 기다리는 게 나을 거네." 내가 말한다. 강물이 차갑고, 마치 녹다 만 얼음처럼 질척거렸고, 살아 꿈틀대는 듯했다. 분명한 건 오랜 시간 내내 같은 다리 아래로 흘러내리던 바로 그 강물이라는 점이다. 그 강물 위로 통나무가 솟구쳐 올라올땐 마치 고였다가 위협적으로 흘러가는 강물의 일부 같았기에 놀라지 않았다.

내가 놀란 건 다리를 건너 우리가 다시금 단단한 땅을 밟을 수 있게 되었다는 사실인데, 실은 다리가 건너편 강둑까지 이어질 거라고 기대하지 않았고, 우리가 익히 알던 단단한 땅을 다시 밟게 될 걸 기대하지 않았기 때문이다. 나라면 방금 내가 한 짓보다 현명하게 처신했을 거라는 생각이 들자, 지금 서 있는 내가 과연 내가 맞는가 하는 생각까지 들었다. 방금 건너온

쪽 둑이 보이고 내가 있던 곳에 서 있는 노새가 보이자, 저 강물을 어떻게든 다시 건너야겠지만 해낼 수 있겠나 싶었다. 아무리 생각해도 내가 어떻게 저 강물을 건널 수 있었는지 알 수 없었다. 하지만 난 여기 강 건너에 있다. 하지만 나보고 다시 가라고 하면, 이제 다시는 저 다리를 건널 수 없을 것 같았고, 코라가 하라고 해도 도저히 할 수 없을 것 같았다.

"자, 내 손을 꼭 붙잡거라." 바더먼에게 말하자, 녀석이 기다리다가 내 손을 잡았다. 아니 오히려 녀석이 돌아와 나를 꽉 붙잡아 준 느낌이 들었다. 위험하지 않은 곳이니 걱정하지 마시라고 말해 주는 것 같았다. 추수 감사절과 크리스마스가 찾아오고 겨울, 봄, 여름 내내 지속되는 그런 훌륭한 곳이며, 자기와 함께 있으면 아무런 일 없을 거라고 말해 주는 듯했다.

건너편에 있는 내 노새들을 바라보니, 노새가 망원경이라도 된 듯 그 뒤로 드넓은 대지와 그 위에 땀 흘려 세운 내 집이 보였다. 마치 땀을 흘리면 흘릴수록 대지도 넓어지고 집도 더욱 단단해지는 것 같았다. 내게는 마치 샘물에 잠겨 있는 우유병을 상하지 않게 해 주듯이, 코라를 지켜 줄 견고한 집이 필요하다. 그러려면 우유병이 단단하거나 샘물이 철철 흘러넘쳐야 한다. 샘만 널찍하다면 단단하고 견고한 우유병을 갖고 싶다는 동기가 생긴다. 당신의 우유이기 때문이다. 상했건 안 상했건 사람이기에, 우리는 상하지 않을 우유보다 상할 수 있는 우유를 마시길 원한다.

날 움켜쥔 바더먼의 손은 뜨겁고 자신감이 넘쳐 보였다. 그래서 이렇게 말하고 싶었다. 자, 저기 노새가 보이지? 녀석은 여기에는 아무런 관심이 없는 데다가, 단지 노새일 뿐이기에 이리 오려고 하지 않아. 가끔 아이들이 어른보다 지혜롭기도 한 거나 마찬가지야. 하지만 아이들은 커서 수염이 날 때까지 이런 사실을 받아들이려고 하지 않지. 수염이 날 때가 되면 너무 바쁜 나머지 수염 나기 전의 지혜롭던 상태를 회복할 수 있을지 생각할 틈도 없지. 그때가 되면 다들 마찬가지로 걱정할 가치도 없는 것을 가지고 걱정하고 있을 테니 이런 사실을 털어놓고 말해도 거리낄 게 없게 되는 거야.

강을 건넌 후 우리는 마차를 돌리는 캐시를 바라보며 서 있었다. 그들은 길을 따라 제방 아래 쪽으로 꺾이는 지점으로 마차를 몰고 있었다. 한참 후 마차가 시야에서 사라졌다.

"저기 여울 쪽으로 내려가서 도울 준비를 하는 게 낫겠네." 내가 말했다.

"아내에게 약속했다네." 앤스가 말했다. "신성한 약속이네. 자네가 불만스러워하는 걸 알겠지만, 아마도 아내가 저 하늘에서 자네를 축복해 줄 걸세."

"건너기 전에 우선 물속부터 살펴야 할 거네." 내가 말했다.

"그건 뒤로 물러서는 걸세." 앤스가 말했다. "물러서면 불행해지는 거네."

앤스는 등을 굽힌 채 슬픈 표정으로 좌우로 흔들리는 다리 너머 텅 빈 길을 응시하며 서 있다. 그리고 듀이 델은 그저 읍내로 가는 것에만 온 신경을 곤두세우곤, 한 손에는 점심 바구니를 다른 한 손에는 보따리를 들고 서 있다. 바나나 한 자루를 얻기 위해 모두 불이나 대지, 강물도 무릅쓰고 읍내로 가려 할 거다. "하루 묵고 가는 게 좋을 텐데." 내가 말했다. "아침이면 비가 줄어들 거네. 밤새 비가 멈추면 수위도 내려갈 테고."

"약속했다네. 애디도 그걸 믿고 있을 테고." 앤스가 말했다.

달

 우리 앞에 질척대며 시꺼먼 강물이 흐른다. 그 강물은 끊임없이 무수한 말을 속삭이며 흘러간다. 누런 빛깔을 띤 수면은 잔물결을 이루다가 순간 기괴하게 움푹 들어간 소용돌이 속으로 사라졌다가 무슨 꿍꿍이라도 있는 듯 조용히 다시 흘러간다. 마치 수면 아래 무언가 꿈틀대는 거대한 생명체가 잠시 깨었다가 다시 가벼운 낮잠에 빠져드는 모양새다. 물살은 마차바퀴살과 노새의 무릎 주위에서 칭얼대며 소곤거린다. 마치 달리다 지친 말들이 흘린 땀이나 입에 문 거품처럼 누런 잡동사니와 더러운 거품 덩어리가 떠 있다. 덤불 사이로 흐르는 강물은 구슬픈 소리를 내며 지나간다. 옅은 바람에 흔들리는 갈대나 어린 나무들은 마치 보이지 않는 철선으로 높은 나뭇가지에 연결된 것처럼 아무런 그림자도 없이 수면 위에서 흔들리고 있다. 끝없이 펼쳐진 수면 위에는 바닥에서 뿌리째 뽑힌 나무나 갈대, 넝쿨들이 쓰레기와 애처로운 울음소리로 넘치고, 끝이 있는 듯 없는 듯 펼쳐진 황폐한 풍경 위로 흉측한 모습을 드러낸 채 떠 있다.

캐시와 나는 마차에 앉아 있고, 말을 탄 주얼은 마차 뒷바퀴에서 조금 떨어져 따라온다. 겁에 질린 말의 길쭉한 얼굴엔 당황한 기운이 역력하고, 엷은 푸른빛 눈알을 이리저리 굴리며, 헐떡거리며 신음하듯 코를 벌름거린다. 똑바로 균형을 잡은 채 말에 올라 탄 주얼은 아무런 말 없이 이곳저곳을 연이어 재빠르게 둘러본다. 긴장을 늦추지 않은 표정에, 창백하지만 차분한 얼굴이다. 캐시 역시 엄숙하면서도 차분한 표정이다. 캐시와 나는 마치 서로를 탐색이라도 하듯 오랫동안 시선을 마주하다가 곧바로 저 밑 비밀 공간까지 비집고 들어간다. 순간 캐시와 나는 모든 지난 두려움과 예감에도 불구하고 긴장을 유지하며 은밀하게 그리고 태연하게 웅크려 앉아 있다. 우리의 대화 역시 조용하고 무심하게 들린다.

"내 생각엔 아직도 길 위인 것 같아."

"툴 아저씨가 저기 큰 떡갈나무 두 그루를 베어 버렸지. 수위가 높아지면 예전에는 저 나무를 보고 여울목을 알아냈다는데."

"아저씨가 2년 전에 통나무를 만들려고 나무들을 베어 버렸어. 이 여울목을 다시 쓸 거라는 생각은 못 하셨던 거지."

"아마 그랬을 거야. 그땐 그렇게 생각했겠지. 그러니까 나무를 벤 거고. 그걸로 융자금을 갚았다고 들었어."

"맞아. 나도 그렇게 생각해. 툴 아저씨는 그랬을 수도 있지."

"사실이라니까. 이 지역에서 통나무 작업을 하는 사람들은 제재소를 운영하기 위해 좋은 농장을 가질 필요가 있거든. 아니면 가게라도 말이지. 툴 아저씨도 그랬을 것 같아."

"나도 그렇다고 생각해. 아저씨는 대단한 사람이지."

"그래. 역시 툴 아저씨야. 그리고 여울목이 이 부근에 있을 거야. 아저씨가 낡은 도로를 정비해 놓지 않았으면 통나무들을 나를 수 없었을 거야. 우린 아직 길 위에 있는 것 같아." 캐시가 나무 위치를 가늠하면서 말없이 이리저리 몸을 기울이며 살핀다. 그리고 나무를 베어 버렸기에 마치 바닥없이 허공에 높이 떠 있는 듯 보이는 길을 되돌아본다. 땅에서 떨어져 나가 물에 잠겨 둥둥 떠 있는 듯 보이는 길은 유령 같은 흔적을 남기면서 지금 마차가 위치한 곳보다 더 황량함을 갖게 하지만, 과거의 멀쩡했던 모습과 그 시절의 이런저런 일에 대해 전해 준다. 주얼이 캐시를 보고 다시 나를 쳐다보더니, 고개 돌려 말없이 주위를 살핀다. 말은 주얼의 두 무릎 사이에서 여전히 떨고 있다.

"주얼이 천천히 가면서 바닥을 살필 수 있을 거야." 내가 말한다.

"그래." 캐시가 나를 보지 않고 말한다. 앞으로 나아가는 주얼의 모습을 바라보는 캐시의 옆얼굴이 보인다.

"주얼이 강을 제대로 볼 거야." 내가 말한다. "50야드 앞 정도는 볼 수 있겠지."

내게 시선을 맞추지 않은 캐시의 옆얼굴이 보인다. 그가 말한다. "이렇게 될 줄 알았으면 지난주에 미리 와서 봤어야 하는 건데."

"그때는 다리가 수면 위에 있었거든." 내가 말한다. 캐시는 나를 보지 않는다.

"휫필드 목사님도 말을 타고 건너셨고."

주얼이 다시 우리를 쳐다본다. 냉정하고 침착하지만 경계심이 있는 표정이다. 그가 차분한 목소리로 말한다. "내가 어떻게 하길 바래?"

"지난주에 와서 한번 보고 갔어야 했어." 캐시가 말한다.

"우리도 이럴 줄 몰랐잖아." 내가 말한다. "우리가 어떻게 미리 알 수가 있겠어."

"내가 앞서서 가 볼게." 주얼이 말한다. "나를 따라와." 주얼이 말고삐를 당기자, 말이 움츠리며 머리를 숙인다. 주얼이 말에 기대어 무언가 말하며 고삐를 당기자, 말이 거친 숨을 몰아쉬며 조심스레 앞으로 나아간다. "자," 주얼이 말한다. "아무 일 없을 테니까, 어서 가자."

"주얼." 캐시가 부른다. 하지만 주얼은 뒤돌아보지 않은 채 앞으로 말을 몬다.

"주얼은 수영할 줄 알잖아." 내가 말한다. "말에게 시간만 주면, 어쨌든……." 주얼은 태어날 때 힘든 시간을 보냈다. 엄마가 등불 아래 앉아 무릎에 베개를 놓고 그 위에 주얼을 눕히곤 했는데, 가끔 자다가 깨서 보면 엄마는 적막한 가운데 주얼을 무릎 위에 누인 채 앉아 있었다.

"주얼이 베개보다 작았었지." 캐시가 말하며, 몸을 앞으로 내민다. "지난주에 와서 봤어야 했다니까. 그랬어야 했어."

"맞아," 내가 말한다. "발과 머리가 베개 끝에 닿지도 않았어. 어쨌든 이렇게 될 거라는 걸 미리 알 방법은 없었어."

"미리 왔어야 했는데……." 캐시가 말한다. 고삐를 당기자, 노새들이 주얼이 간 길을 따라나선다. 바퀴가 살아 있는 듯 물속에서 속삭인다. 캐시가 고개를 돌려 관을 내려다본다. "균형이 안 맞아."

마침내 나무들이 길을 연다. 주얼이 앞길이 트인 강물을 거스르며 배 높이까지 물이 찬 말 위에 앉아 반쯤 몸을 돌린다. 강 건너로 툴 아저씨, 아버지, 바더먼과 듀이 델이 보인다. 아저씨가 손을 흔들며 하류 쪽으로 내려가라고 신호를 보낸다.

"우리가 너무 위쪽에 있나 봐." 캐시가 말한다. 아저씨가 계속 뭐라고 소리치지만, 강물 소리 때문에 알아들을 수가 없다. 한층 깊어진 강물이 아무런 움직임 없이 연이어 흘러가는 가운데, 어디선가 통나무 하나가 서서히 떠내려오기 시작한다. "조심해!" 캐시가 말한다. 잠시 제자리에 서니 멈춰 있는 통나무가 보인다. 통나무 뒤 물결이 순간 큰 파도로 일자 통나무가 잠시 물속으로 사라진다. 그러다가 이내 치솟았다가 떨어진다.

"저기 보이네." 내가 말한다.

"그래," 캐시가 말한다. "바로 저기야." 우리는 아저씨를 다시 쳐다본다. 아저씨가 우리를 향해 위아래로 팔을 흔들어 댄다. 우리는 아저씨를 보면서 천천히 조심스럽게 아래쪽으로 내려간다. 아저씨가 손을 내리자, 캐시가 말한다. "바로 여기야."

"제길, 자 이제 강물을 건너가자고." 이렇게 말하며 주얼이 말을 몬다.

"기다려." 캐시가 말한다. 주얼이 다시 멈춘다.

"자, 그런데……" 캐시가 이렇게 말하며 강물을 바라보다가, 다시 뒤쪽의 관을 향해 시선을 돌린다. "균형이 맞지 않아."

"그럼 다시 돌아가서 저 다리로 건너오라고." 주얼이 말한다. "두 사람 다 말이야. 마차는 내가 몰게."

이 말에 전혀 개의치 않으며 캐시가 다시 말한다. "균형이 안 맞는다고. 그래, 조심해야겠어."

"빌어먹을, 조심하라니." 주얼이 말한다. "그렇게 마차 모는 게 두려우면 내가 할 테니 형은 마차에서 내려." 주얼의 두 눈이 마치 얼굴 양쪽에 난 상처 자국처럼 파리해 보인다. 캐시가 주얼을 바라본다.

"건널 수 있을 거야." 캐시가 말한다. "네가 할 일은 말을 타고 다리를 건넜다가 둑 따라 내려와서 우리에게 밧줄을 전해 주는 거야. 대신 아저씨가 네 말을 집에 데려가 우리가 돌아올 때까지 보살펴 주시면 돼."

"젠장할." 주얼이 말한다.

"어서 밧줄을 잡고 강둑으로 내려와서 준비하라니까." 캐시가 말한다. "셋이 있어 봤자 도움이 안 돼. 우리 둘이, 하나는 마차를 몰고 하나는 관을 잡고 있으면 된다고."

"젠장할." 주얼이 말한다.

"주얼이 밧줄 한쪽을 잡고 상류 쪽으로 건너가서 붙잡아 매면 돼." 내가 말한다. "주얼, 그럴 수 있겠어?"

주얼이 나를 뚫어지게 쳐다본다. 그러다가 캐시를 힐끔 쳐다보곤, 다시 나를 쳐다본다. 차갑고 경계하는 눈빛이다. "난 상관없어. 뭔가 해야 한다고. 그런데 이렇게 꼼짝 않고 있으니……."

"캐시, 시작하자고." 내가 말한다.

"시작하자." 캐시가 말한다.

강폭은 1백 야드가 채 안 된다. 오른쪽에서 왼쪽으로 약간 경사진 무시무시한 폐허가 보이는 단조로운 모습을 깨뜨리며, 유일하게 눈에 보이는 건 아버지와 툴 아저씨, 그리고 바더먼과 듀이 델의 모습이다. 우리는 마치 마지막 낭떠러지를 앞에 두고 황폐한 세상이 갑자기 달려가는 그런 지점에 도달한 것 같다. 하지만 모두 아주 왜소해 보이고, 서로가 공간적으로 떨어져 있다기보다 시간적으로 떨어져 있는 느낌이다. 되돌릴 수 없는 시간이며, 점점 사라지면서 앞으로 달리는 시간이 아니라 평행하게 달리다가 동그란 선처럼 다시 합쳐지는 듯하다. 결국 둘 사이의 거리가 아니라, 시간이 실의 길이가 두 배로 늘어난 것같이 느껴지는 거리감이다. 마차를 끄는 노새들은 서 있기는 하지만 이미 앞부분이 조금 기울어져 엉덩이가 높이 들린 상태고, 신음하듯 거친 숨만 내쉬고 있다. 머리를 돌려 우리를 향한 노새의 눈빛에는 거칠고도 슬픈, 그리고 절망스러운 기운이 감돈다. 마치 흙탕물 속에서 우리는 알 수 없고, 그들은 우리에게 알려 줄 수 없는 재앙이 닥친다는 걸 이미 본 것 같은 눈빛이다.

캐시가 다시 마차 안을 돌아보더니, 관을 약간 흔들어 본다. 아래쪽을 살피는 캐시가 차분하면서도 무언가 가늠해 보며 걱정스러운 표정을 짓는다. 캐시가 연장통을 들어 의자 밑에 끼워 넣는다. 둘이 함께 연장통과 마차 바닥 사이에 관을 밀어 넣는다. 캐시가 나를 쳐다본다.

"안 되겠어. 내가 남을게. 이러다가 둘 다 쓸려 나간다고." 내가 말한다.

캐시가 연장통에서 밧줄을 꺼내 의자 기둥에 두 번 감고는 묶지 않은 채로 한끝을 내게 넘겨 준 다음, 다른 쪽 끝은 주얼에게 준다. 주얼이 안장 머리 부분에 밧줄을 돌려 맨다.

이제 말을 이끌고 강물로 들어가야 한다. 말은 무릎을 위로 들고 목을 숙인 채 억지로 나아간다. 주얼이 가볍게 앞으로 숙이며 무릎을 약간 들어 올린다. 차분하면서도 민첩하고 기민한 그의 시선이 다시금 우리를 스치며 지나간다. 위안이라도 하는 듯 말에게 뭐라고 속삭이면서 주얼이 말을 물속으로 이끈다. 말이 미끄러지고 안장까지 물에 잠기면서, 주얼의 허벅지까지 물이 찬다.

"조심해." 캐시가 소리친다.

"여기가 여울목인가 보네." 주얼이 말한다. "이제 앞으로 가면 돼."

캐시가 말고삐를 잡고는 천천히 능숙하게 마차를 물속으로 이끈다.

우리를 덮칠 듯이 물살이 흐르는 걸 보니 여울목이 맞는 것 같다. 곁을 스치고 지나가는 물살 덕에 우리가 움직이고 있다는 사실을 깨닫게 된다. 조금 전 평온했던 수면이 이제는 연신 들쭉날쭉하며 우리를 들었다 놨다 하고, 바닥에 단단한 게 있다고 느낀 순간 가볍고 나른한 감촉으로 우리를 놀린다. 캐시가 뒤돌아 나를 바라보는 순간 나는 모든 게 끝났다는 걸 알았다. 통나무를 보고서야 비로소 밧줄이 필요하다는 걸 알았다. 물에서 솟구친 통나무는 마치 예수님이 물 위에 서 계셨던 것처럼 한순간 꿈틀대는 황량한 광경 위에 꼿꼿하게 서 있다. 마차에서 내려. 물살을 따라 강물이 굽이쳐 흐르는 데까지 내려가면 괜찮을 거야. 캐시가 말했다. 안 돼, 내가 말했다. 그냥 여기 이대로 있을 거야.

마치 강바닥에서 별안간 솟은 듯이 통나무가 파고가 높은 물결 사이에서 튀어나온다. 통나무 한쪽 끝에는 꼭 노인의 수염, 아니 염소 수염 같은 긴 거품 덩어리가 묻어 있다. 내게 조심하라고 말할 때부터 캐시는 이미 통나무를 계속 보고 있었던 것이다. 캐시는 통나무뿐 아니라 10피트 앞에 가고 있던 주얼도 보고 있었다. "밧줄 놓으라고." 이렇게 말하며, 한 손으로는 마차 의자 기둥에 두 번 감아 두었던 밧줄을 고정시킨다. "주얼, 계속 가. 통나무가 내려오기 전에 우리를 끌 수 있나 보라고."

주얼이 말에게 소리치며, 다시금 무릎으로 말을 세우려는 듯 보인다. 겨우 여울에서 벗어나자, 말은 물에서 반쯤 빠져나온 상태로 바닥에 무언가 발붙일 만한 것이 있는지 찾으며 젖은 몸통을 앞으로 내밀며 계속 나아간다. 믿을 수 없을 정도로 빨리 가는 걸 본 주얼은 이내 밧줄이 풀렸다는 걸 알게 된다. 주얼이 팔을 뻗어 고삐를 톱질하듯 거머쥐며 고개를 돌리는 순간 우리 사이로 통나무가 서서히 솟구치더니 노새들을 덮친다. 노새들이 이를 알아차린다. 물 밖으로 거무튀튀한 몸뚱이를 드러내던 노새 중 한 마리가 하류로 떠내려가면서 다른 한 마리마저 끌고 내려간다. 통나무가 덮치자 마차는 여울목 한가운데에서 방향이 틀어져 기울고 만다. 반쯤 몸을 돌린 캐시가 한 손으로는 고삐를 단단히 잡고 다른 손으로는 마차 벽에다 관을 밀어붙이며 물속으로 가라앉는다. "어서 뛰어내려." 캐시가 차분하게 말한다. "노새한테서 떨어지고 물살에 맡겨. 그러면 저기 휘어지는 곳까지 떠내려갈 거야."

"형도 내려." 내가 말한다. 툴 아저씨와 바더먼이 둑을 따라 달리고, 바구니와 보따리를 품에 안고 있는 듀이 델과 아버지는 우리를 지켜보고 서 있다. 주얼이 말 머리를 돌리려고 애쓴다. 놀란 눈을 한 채 떠내려가는 노새 머리가 보인다. 잠시 우리를 보면서 마치 사람과 같은 소리를 내더니 이내 물속으로 사라진다.

"주얼, 돌아가." 캐시가 소리친다. "돌아가라니까." 캐시가 기울어지는 마차에 기댄 채 관과 연장을 붙들고 있다. 수염 같은 흰 거품이 묻은 통나무가 선 채로 다시 마차를 덮친다. 저 너머로 말을 일으켜 세우려는 주얼이 주먹으로 말 머리를 때리며 방향을 돌리려고 하는 모습이 보인다. 마차에서 뛰어내린 나는 하류 물살을 탄다. 두 언덕 사이로 다시 한번 노새가 떠오른다. 연신 물에서 벗어나려 하지만 결국 바닥에서 뜬 채로 완전히 뒤집혀 두 다리만 물 위로 떠 있다.

바더먼

 캐시가 노력했지만 결국 관은 강물로 떨어지고 말았고 마차에서 뛰어내린 달이 물속으로 뛰어들어 갔다. 관을 붙잡으라고 캐시가 소리쳤고 나도 소리를 지르며 달려갔다. 듀이 델이 바더먼, 바더먼, 하면서 소리를 질러 댔다. 관이 떠오르는 걸 본 툴 아저씨가 나를 앞질러 달려갔지만, 관은 다시 물속으로 들어갔고 달은 여전히 관을 구하지 못했다.

 물 밖으로 나온 달에게 엄마부터 구해, 엄마부터 구하라고 내가 소리쳤다. 엄마가 너무 무거운지 달이 엄마를 구해 오지 못했다. 나는 계속 엄마를 잡아야 해, 꼭, 하고 소리만 질러 댔다. 왜냐하면 물속에서는 엄마가 누구보다 빠르기 때문이다. 물속을 더듬는 한이 있더라도 달이 엄마를 찾아야만 한다. 달이 잘 해내리라는 걸 나는 안다. 왜냐하면 달은 노새들이 방해해도 정말 잘 잡기 때문이다. 노새들의 뻣뻣한 다리가 강물 아래위로 들락거리며 흘러가고 가끔 노새 등이 들락거리는 게 보인다. 물속에서는 엄마가 누구보다 빠르기에 달이 다시 한번 붙잡아야 한다. 나는 툴 아저씨보다 앞서서 달린다. 아저씨는 물에 들어가지 않을 거고 달을 도와 엄마를 구하지도 않을 거다. 구할 수 있어도 절대 돕진 않을 거다.

노새들이 다리를 뻗은 채 서서히 수면 위로 떠오른다. 나는 달에게 소리친다. 엄마를 잡아, 엄마를 붙잡고 둑으로 모셔 와. 아저씨는 돕지 않을 거다. 달이 떠다니는 노새를 피해 엄마를 붙잡아 둑으로 끌고 온다. 엄마가 물에서 안 나오려고 하는 통에 서서히 끌고 나온다. 달은 힘이 세니까 둑으로 천천히 나오면서 엄마를 끌고 나온다. 나도 물가로 가서 도왔고 소리 지르는 걸 멈출 수 없었다. 엄마가 아무리 버틴다고 해도 힘이 센 달이 엄마를 붙잡고 절대 놔주지 않을 거다. 달이 나를 바라본다. 이제 됐다. 이제 됐어.

달이 물 밖으로 나온다. 천천히 밖으로 나온 후에야 손이 나온다. 엄마를 밖으로 끌어내야 한다. 그래야 내가 견딜 수 있다. 드디어 손이 밖으로 나온다. 하지만 난 참을 수가 없다. 내가 끌어내 올 시간도 없다. 울지는 않을 거다. 하지만 달이 빈손으로 물에서 나온다.

"엄마는?" 내가 말했다. "엄마를 잡지도 못했잖아. 물고기인 줄 알면서도 도망치게 놔둔 거야. 달, 엄마를 잡지도 못했지." 둑을 따라 내가 달린다. 노새가 물 밖에서 서서히 들락날락하는 걸 본다.

툴

 달이 어떻게 물로 뛰어들었는지, 캐시가 마차에 남아 어떻게 뒤집힌 마차를 구하고자 했는지, 그리고 거의 둑까지 갔던 주얼이 제멋대로 하는 말을 되돌리려 얼마나 애썼는지 코라에게 설명하자 그녀는 이렇게 말한다. "당신도 달이 이상하고 똑똑하지 않다고 여기는 사람 중 하나지만, 그래도 마차에서 뛰어내릴 정도의 판단력이 있는 건 달뿐이에요. 영악스러운 앤스는 마차에 타고 있을 리도 없을 테지요."

 "남아 있어 봤자 별 도움도 안 됐을 거요." 내가 말했다. "제대로 해내고 있었어요. 그놈의 통나무만 아니었으면 다 잘됐을 텐데."

 "통나무 때문이라고요. 말도 안 돼요." 코라가 말했다. "모든 건 다 하나님의 뜻이에요."

 "그런데 당신은 뭐가 어리석다는 거요? 하나님의 심판을 거역할 수는 없지 않소. 거역하면 그건 신성 모독이 되는 거니까."

내가 말했다.

"그 사람들은 왜 하나님에게 맞서려는 거지요? 말해 봐요."
코라가 말했다.

"앤스는 그런 적이 없어요." 내가 말했다. "당신은 앤스가 그랬다고 비난하잖소."

"앤스가 남아 있을 자리는 마차였어요." 코라가 말했다. "남자라면 자기도 안 할 짓을 아들들한테 맡기는 짓은 안 했어야죠."

"대체 무슨 말인지 모르겠소." 내가 말했다. "앤스네가 하나님에게 맞서려고 했다고 뭐라 했다가 지금은 앤스가 아들들과 같이 남아 있지 않았다고 책망하고 있으니." 코라는 마치 이제는 사람들을 포기해 버렸고, 그들의 어리석음에 대해 두 손 다 들었고, 그들보다 앞서 하늘나라를 향해 나아가겠다는 듯한 표정을 지었다. 그런 다음 다시 빨래를 하며 흥얼거리기 시작했다.

마차는 물살이 마차를 들어 올려 여울목에서 벗어나게 할 때까지 한동안 떠 있었다. 캐시는 마차가 뒤집어져 관이 미끄러져 떨어질까 봐 마차에 기댄 채 타고 있었다. 마차가 상당히 기울어 물길에 휩싸이면 끝장날 것 같게 된 즈음, 통나무가 떠내려왔고, 마치 목표물을 향해 돌진하는 사람처럼 마차를 향해 달려왔다. 그리고 마치 일을 마치고 제 갈 길 가는 듯 흘러내려 갔다.

노새들이 마차에서 떨어져 나가자 잠시나마 캐시가 마차를 원

위치시켜 놓은 듯 보였다. 마차나 캐시나 전혀 움직임이 없어 보였고, 주얼만이 죽을 힘을 다해 마차 곁으로 말을 몰고 있었다. 나를 지나쳐 달려가던 막내 녀석은 달에게 소리를 질러 댔고 듀이 델이 녀석 뒤를 쫓고 있었다. 그때 노새들이 서서히 물 밖으로 모습을 드러냈다. 뒤로 벌렁 누워 꼼짝 않겠다는 듯이 하늘을 향해 두 다리를 뻗고 있었고, 이내 물에 잠겨 떠내려갔다.

마침내 마차가 뒤집혔고 주얼과 말도 뒤엉켜 함께 떠내려갔다. 말이 앞으로 곤두박질치면서 사방에 물을 튀기는 통에 아무것도 볼 수 없었고 관을 붙들고 있던 캐시의 모습도 사라지고 말았다. 캐시가 관을 놓치고 물속에서 관을 찾아 나선 게 아닌가 하는 생각에 나는 주얼에게 어서 말 타고 돌아오라고 소리쳤다. 하지만 별안간 말과 함께 주얼도 물속으로 사라지고 말자 나는 모든 게 끝장났다고 생각했다. 여울목에서 벗어나 떠내려가는 말과 함께 마차와 연장통까지 다 물에 잠기는 끔찍한 모습이 눈에 들어왔다. 무릎까지 물에 잠긴 채 서 있던 나는 뒤에 서 있는 앤스에게 고함을 질러 댔다. "자네가 한 짓이 뭔지 아나? 무슨 짓을 한 건지 아냐고?"

말이 다시 수면 위로 떠올랐다. 물 밖으로 머리를 내민 채 둑을 향해 오고 있었다. 그리고 누군가 말안장을 붙잡고 하류 쪽으로 흘러가는 모습이 보였다. 혹 헤엄도 칠 줄 모르는 캐시가 아닌가 싶어 난 강둑을 따라 달리기 시작했다. 그리고 저 아래 강둑에서 아직도 달에게 소리를 질러 대는 바더먼처럼, 정신 나간 바보처럼 캐시가 보인다고 주얼에게 고함을 질렀다.

그런 다음 바닥에 진흙이 있어 버틸 수 있는 곳까지 들어갔을 때 주얼의 모습이 보였다. 반쯤 물에 잠긴 채 상류 쪽으로 몸을 버티면서 여울목에 서 있는 모양이었다. 밧줄이 보였고 여울목 바닥에 처박혀 있는 마차를 주얼이 붙잡고 있다는 걸 알았다. 그곳 물살이 거세지고 있었다.

첨벙대며 둑을 향해 걸어 나오는 말을 신음 소리를 내며 붙잡고 있는 건 다름 아닌 캐시였다. 안장을 붙들고 있는 캐시에게서 벗어나려고 말은 발버둥을 치며 발길질을 해 댔다. 잠시 얼굴을 드러낸 캐시는 이내 물속으로 미끄러져 들어갔다. 잿빛 얼굴에는 진흙이 길게 묻어 있었고, 두 눈이 감긴 채 물살을 따라 밀려가는 게 마치 둑에 부딪히며 위아래로 휩쓸리는 빨래더미 같았고, 물속에 얼굴을 묻고 바닥을 보면서 위아래로 흔들리며 누워 있는 것처럼 보였다.

밧줄이 갑자기 물속으로 빨려 들어갔다. 게으름 피우듯 머뭇대다가 튀어 나간 쇠막대처럼 팽팽한 상태로 물속으로 사라졌고 육중한 마차의 무게가 느껴졌다. 마치 뜨거운 쇠막대가 식듯이 쉬 하는 소리까지 들렸다. 바닥까지 연결된 쭉 뻗은 쇠막대 한쪽 끝을 우리가 잡고 있는 것 같았다. 위아래로 흔들리던 마차는 우리를 밀고 당기다가 어느새 우리 뒤로 돌아가 서 있는 것 같았다. 론 퀵네 마크가 찍힌 새끼 돼지 한 마리가 풍선처럼 부푼 모습으로 우리 옆을 지나갔다. 돼지는 쇠막대 같은 밧줄에 부딪히더니 그냥 떠내려갔다. 우리는 밧줄이 점차 비스듬히 물속으로 사라지는 것을 보았다.

달

 옷을 말아 만든 베개를 베고 맨바닥에 등을 댄 채 캐시가 누워 있다. 잿빛 얼굴에 두 눈은 감겨 있고 이마에는 붓으로 그리기라도 한 듯 머리카락이 매끄럽게 붙어 있다. 얼굴은 조금 홀쭉해졌고 눈언저리도 움푹 들어갔다. 코와 잇몸이 처진 듯했고 단단하고 팽팽했던 얼굴은 탄력을 잃은 것처럼 보인다. 잇몸도 파리해졌고 이는 말없이 미소라도 짓는 것처럼 약간 벌어져 있다. 온몸이 젖은 채로 작대기처럼 누워 있는 그는 고개를 빨리 돌릴 수도 젖힐 수도 없는 듯하다. 입에서 흘러나온 토사물이 볼까지 타고 흐른 자국이 있고, 머리맡에는 토해 놓은 토사물이 흥건히 쌓여 있다. 듀이 델이 옆에 앉아 치맛단으로 토한 자국을 씻어 준다.
 주얼이 다가와 대패를 보여 주며 말한다. "툴 아저씨가 방금 곱자도 찾았어." 그는 물을 뚝뚝 떨어뜨리며 캐시를 내려다본다. "아직 아무 말 못 해?"

"톱과 망치, 분필과 자가 있었어. 그건 내가 잘 알아." 내가 말한다.

주얼이 바닥에 곱자를 내려놓는다. 아버지가 주얼을 보며 말한다. "멀리 가지 않고, 다 같이 모여 있을 거다. 불쌍한 녀석 같으니라고."

주얼은 아버지를 쳐다보지 않은 채 말한다. "바더먼을 여기로 다시 불러오는 게 낫겠어요." 캐시를 바라보다가 주얼이 몸을 돌려 자리를 뜬다. "어서 말할 수 있게 해 보세요. 그래야 연장통에 뭐가 더 있었는지 알 수 있죠."

우리는 강으로 돌아온다. 뭍으로 끌어올린 마차 바퀴에는 굄목을 갖다 댔다. 모두 온 정성을 다해 조심스레 일했다. 낡고 잘 굴러가지 않는 모습이 익숙한 마차지만, 어느 한구석에는 채 한 시간도 지나기 전 그것을 끌었던 노새를 죽인 폭력이 잠복해 있다가 갑자기 뛰쳐나올 것만 같았다. 관은 마차 바닥에 의미심장한 모습으로 놓여 있고 여린 빛을 띤 긴 널판들은 젖어서 약간 바랬지만, 두 곳에 길게 묻어 있는 진흙 때만 빼면 마치 수면 속에 가라앉아 있는 금덩어리처럼 노랗게 보였다. 우리는 마차를 지나쳐 강둑으로 향한다.

밧줄 한끝은 나무에 단단히 묶여 있다. 무릎 깊이 물가에서 바더먼이 몸을 약간 숙인 채 넋 빠진 듯 아저씨를 바라보고 서 있다. 소리 질러 대는 것을 멈췄지만 겨드랑이까지 흠뻑 젖어 있다. 밧줄 반대 끝에서 어깨까지 물에 잠긴 채 아저씨가 바더먼을 돌아보며 말한다. "더 안으로 가렴. 나무 옆에 가서 밧줄을 꼭 잡고 있어. 그래야 안 미끄러진다."

바더먼이 밧줄을 따라 나무 있는 곳으로 물러선다. 아저씨만 바라보며 마치 넋 나간 듯 움직인다. 우리가 다가가자, 바더먼이 약간 놀란 듯 동그랗게 눈을 뜨고 우리를 쳐다본다. 그러더니 다시금 기민한 눈빛으로 아저씨 쪽으로 시선을 돌린다.

"망치도 찾았어." 아저씨가 말한다. "분필도 찾았어야 했는데. 떠내려갔을 거야."

"깨끗이 쓸려 갔나 봐요." 주얼이 말한다. "못 찾을 것 같아요. 하지만 톱은 찾아야 해요."

"맞네." 아저씨가 물을 내려다보며 말한다. "분필도, 그 외 어떤 연장을 가져왔지?"

"캐시가 아직 말을 못 해요." 물속으로 들어가며 주얼이 말한다. 그러다가 나를 보며 말한다. "형이 가서 깨워서 말 좀 하게 해 봐."

"아버지가 곁에 계셔." 내가 말한다. 주얼을 따라 밧줄을 잡고 나도 물속으로 들어간다. 밧줄이 늘어지기도 하고 소리가 울리는 활처럼 불룩해지기도 하면서 내 손 안에서 살아 움직이는 듯했다. 아저씨가 나를 본다.

"자네가 가 보게. 둑에 가 있는 게 좋을 거야."

"다 쓸려 바닥에 가라앉기 전에 구할 수 있는 것부터 찾아봐야지요." 내가 말한다.

강물이 우리 어깨 언저리에서 소용돌이치며 잔물결을 일으키는 가운데 우리는 밧줄을 잡고 있다. 겉으로 보이는 온화한 물결 아래로 강력한 물살이 서서히 우리를 밀고 있다. 7월의 강물이 이렇게 차가울 줄 몰랐었다. 손 마디마디까지 건드리며 바늘로 찌르는 것 같다. 아저씨는 연신 둑을 향해 고개를 돌린다.

"이놈의 밧줄이 우리를 버텨 줄까?" 아저씨가 말한다. 우리 모두 물에서 나무까지 쇠 작대기처럼 뻗쳐 있는 밧줄을 돌아본다. 바더먼이 나무 옆에 쭈그린 채 앉아 우리 쪽을 바라보고 있다. "내 노새가 집으로 도망쳐 가지 말아야 할 텐데." 아저씨가 말한다.

"자, 이제 그만 물에서 나가지요." 주얼이 말한다.

우리는 밧줄에 지탱해 번갈아 물에 들어갔다. 차가운 강물이 발밑의 미끄러지는 진흙을 뒤로 밀어 위쪽으로 보내며 물에 떠 있는 우리는 차가운 바닥을 찾아 헤맨다. 진흙도 가만히 있지 않는다. 바닥을 차갑게 훑고 지나가 마치 강바닥이 움직이는 느낌이다. 우리는 뻗은 팔을 서로 더듬어 잡으면서 밧줄에 기대 조심스럽게 움직인다. 둘 중 한 사람이 바닥을 더듬는 동안 다른 한 사람은 서서 물살이 빨려 들어가며 거품을 일으키는 모습을 지켜본다. 아버지는 강기슭에 서서 우리를 보고 있다.

툴 아저씨가 물 밖으로 나온다. 얼굴 전체가 오므라져 숨을 내쉬는 입안으로 미끄러져 들어간 느낌이다. 입술은 낡은 고무 고리처럼 시퍼렇다. 그리고 손에는 자를 들고 있다.

"캐시가 좋아하겠어요." 내가 말한다. "새 거예요. 카탈로그를 보고 지난달에 샀어요."

"대체 뭐가 더 있는 줄 알아야 말이지." 어깨 너머로 주얼이 물속으로 사라지는 모습을 보며 아저씨가 말한다. "나보다 앞서 들어가지 않았니?"

"모르겠어요." 내가 말한다. "그런 것 같아요. 맞아요. 그랬네요."

우리는 나선형 모양으로 서서히 굽이치며 흐르는 강물을 바라본다.

"주얼이 잡고 있는 밧줄을 당겨 봐." 아저씨가 말한다.

"아저씨 밧줄을 잡고 있어요." 내가 말한다.

"내 쪽 끝엔 아무도 없어." 아저씨가 말한다.

"당겨 보세요." 내가 말한다. 아저씨는 물 위로 밧줄을 잡고 한 번 끌어당겼다. 그 순간 주얼의 모습이 보인다. 10야드 떨어진 곳에서 올라와 고개 돌려 긴 머리를 뒤로 젖히며 숨을 내쉰다. 그는 우리를 바라보다가 방향을 돌려 둑을 바라보더니 크게 숨을 들이켠다.

"주얼," 아저씨가 비록 큰 소리는 아니지만, 수면을 따라 들리는 분명하고 꽉 찬 목소리로 부른다. 상황에 맞는 단호한 톤이다. "뒤쪽일 거야. 돌아오는 게 좋겠어."

주얼이 다시 잠수한다. 우리는 물살을 버티며 서서 주얼이 사라진 곳을 바라본다. 아저씨와 내가 쓸모가 없어진 밧줄을 들고 있는 모습이 마치 소방 호스를 잡고 물이 나오기만 기다리는 사람들 같아 보인다. 듀이 델이 어느새 강으로 와 우리 뒤에 섰다. "주얼한테 돌아오라고 해요." 그녀가 말한다. "주얼!"

주얼이 눈을 덮은 머리카락을 뒤로 젖히며 다시 수면 위로 올라온다. 그러고는 하류 쪽으로 떠밀리는 물살을 거슬러 둑을 향해 헤엄쳐 나간다. 우리는 밧줄을 잡고 서서 둑에 도착해 기어 올라가는 주얼을 바라본다. 주얼이 강물에서 완전히 빠져나오자 허리를 숙이고 무언가를 집어 든다. 분필을 찾아낸 것이다. 우리가 서 있는 반대편으로 주얼이 다가오더니 무언가 찾는지 주위를 둘러본다. 아버지가 둑 아래로 내려온다. 아버지는 강물이 굽어 도는 구역의 물살이 약한 곳에서 둥둥 뜬 채로 퉁퉁한 몸뚱이를 서로 부딪고 있는 노새들을 보러 간다.

"아저씨, 망치는 어떻게 하셨어요?" 주얼이 말한다.

"바더먼에게 줬어." 아저씨가 바더먼에게 고개를 돌리며 말한다. 아버지를 보고 있던 바더먼이 주얼을 바라본다. "자도 함께." 아저씨가 주얼을 보고 있다가 듀이 델과 나를 지나쳐서 둑으로 향한다.

"너는 여기에서 나가." 내가 말하지만, 듀이 델이 아무런 대꾸 없이 주얼과 아저씨를 바라본다.

"망치 어디 있니?" 주얼이 말한다. 바더먼이 급히 둑으로 가 망치를 가져온다.

"망치가 톱보다 무거운데." 아저씨가 말한다. 주얼이 분필 줄을 망치 손잡이에 묶는다.

"망치에 나무로 된 부분이 제일 많아요." 주얼이 말한다. 주얼의 손을 쳐다보며 아저씨가 주얼과 마주 본다.

"더 평평하기도 해." 아저씨가 말한다. "셋 중 하나는 물에 뜰 거야. 대패도 찾아보자."

 주얼이 아저씨를 쳐다본다. 아저씨도 키가 크고, 길쭉하고 마른 편이다. 두 사람은 젖은 옷을 입은 채 서로를 마주 본다. 론 퀵은 구름 낀 하늘만 보고도 10분 오차 이내에서 시간을 맞출 수 있다. 내 말은 아들 론 말고 아버지 론이 그렇단 말이다.

 "물에서 왜 안 나오니?" 내가 말한다.

 "대패는 톱처럼 뜨진 않을 거야." 주얼이 말한다.

 "망치까진 아니더라도 톱 정도까진 뜰 거다." 아저씨가 말한다.

 "내기해요." 주얼이 말한다.

 "난 내기 같은 건 안 해." 아저씨가 말한다.

 꼼짝 않고 있는 주얼의 손을 쳐다보며 두 사람이 서 있다.

 "제길, 그럼 대패나 찾아보죠." 주얼이 말한다.

 두 사람은 결국 대패를 찾아 분필 선에 묶고는 다시 잠수한다. 아버지가 둑길을 따라 다가오더니, 잠시 멈춘다. 몸을 굽혀 슬픈 표정으로 우리를 바라보는데, 그 모습이 늙어 빠진 수소 같기도 하고, 늙어 빠진 수탉 같기도 하다.

 아저씨와 주얼이 물살을 거슬러 돌아온다. "저리 비켜." 주얼이 듀이 델에게 말한다. "물 밖으로 나가란 말야."

 듀이 델이 나를 옆으로 밀치며 두 사람이 지나갈 수 있게 한다. 주얼은 마치 대패가 자칫하면 없어질 물건이라도 되는 양 높이 치켜든다. 어깨 너머로 분필 줄이 걸려 있다. 주얼과 아저씨가 우리 곁을 지나다가 멈춰서서는 마차가 엎어졌던 곳이 어디쯤이었는지 조용히 얘기를 나눈다.

"달은 알 거야." 아저씨가 말하자, 두 사람이 나를 바라본다.

"저도 몰라요." 내가 말한다. "그곳에 오래 서 있지 않았거든요."

"빌어먹을." 주얼이 말한다. 두 사람이 여울 바닥을 발로 짚으면서 조심스레 물살을 거슬러 나아간다.

"밧줄은 잡고 있니?" 아저씨가 묻자, 주얼은 아무런 대답도 하지 않는다. 대신 거리 계산이라도 하는 양 강기슭을 바라보다가 다시 강물을 바라보곤 한다. 주얼이 대패를 앞으로 던진다. 줄이 손가락 사이로 빠져나가면서 스친 부분이 파랗게 변한다. 줄이 멈추자, 아저씨에게 줄을 넘긴다.

"이번엔 내가 해 보지." 아저씨가 말한다. 이번에도 주얼은 말이 없다. 우리는 수면 아래로 잠수하는 주얼을 지켜볼 뿐이다.

"주얼." 듀이 델이 훌쩍이며 말한다.

"여긴 별로 깊지 않아." 아저씨가 말한다. 아저씨는 뒤를 돌아보지 않고 주얼이 잠수한 곳만 주시한다.

주얼이 손에 톱을 들고 수면 위로 올라온다.

우리가 마차 옆을 지날 즈음 나무 이파리를 한 움큼 쥐고 마차에 묻은 진흙을 닦고 있는 아버지의 모습이 보인다. 숲을 뒤로 한 채 서 있는 주얼의 말이 마치 빨랫줄에 내걸린 누더기 이불처럼 보인다.

캐시는 아직 아무런 움직임이 없다. 우리는 대패, 톱, 망치,

곱자, 자, 분필을 들고 바닥에 누워 있는 캐시를 내려다본다. 바닥에 앉은 듀이 델이 캐시의 머리를 들어 주며 말한다. "캐시, 캐시."

캐시가 눈을 뜨더니 위에서 내려다보는 우리 얼굴을 심오한 표정으로 올려다본다.

"저렇게 불쌍한 녀석이 또 있을까." 아버지가 말한다.

"캐시, 한번 봐봐. 이것들 말고도 더 있어?" 연장을 보여 주며 우리가 묻는다.

캐시가 눈을 감은 채 머리를 들고 대답하려 한다.

"캐시, 자, 캐시." 우리가 말한다.

캐시는 토하기 위해 머리를 돌린 것뿐이다. 듀이 델이 치맛단으로 입 주위를 닦아 주자, 캐시가 말을 할 수 있게 된다.

"톱이 세트로 있어요." 주얼이 말한다. "자 살 때 같이 새로 샀거든요." 주얼이 돌아서 강으로 향한다. 웅크리고 앉아 있던 아저씨가 주얼을 올려다보다가 일어나 주얼을 따라 강으로 간다.

"세상에나 저렇게 불쌍한 녀석이 있다니." 아버지가 말한다. 웅크리고 앉은 우리 위로 우뚝 서 있는 아버지 모습은 마치 술에 취한 풍자 화가가 거친 나무로 어설프게 조각한 듯한 모습이다. "우리에겐 시련이다." 아버지가 말한다. "하지만 네 엄마를 원망하진 않아. 그 누구도 내가 너희 엄마를 원망한다곤 못할 거다." 듀이 델이 베개 삼아 말아 놓은 외투에 캐시의 머리를 누이고는 토하는 걸 돕기 위해 머리를 약간 돌려놓는다. 옆에는 캐시의 연장이 놓여 있다. "그놈의 교회 지붕에서 떨어질 때 부러진 다리가 다시 부러졌으니 그나마 다행이야." 아버지가 말한다. "하지만 네 엄마를 원망하진 않아."

　주얼과 아저씨가 다시 강물 속에 있다. 여기에서 보면 잠수하면서 수면을 가르며 들어가기보다는, 오히려 두 동강이 난 몸뚱이의 상반신 두 개만 조심스럽게 수면 위에 떠 있는 것처럼 보인다. 기계가 작동하는 모습을 오랫동안 보고 듣다 보면 마침내 고요하게 보이 듯이 이제는 강물도 평화로워 보인다. 마치 몸뚱이라는 덩어리가 원래의 수많은 입자로 용해되어 더 이상 들을 수도 볼 수도 없게 되는 식이다. 화 역시 삭이게 되면 잠잠해지기 마련이다. 웅크리고 앉은 듀이 델의 젖은 옷은 세 남자의 눈먼 시야에 대지의 지평선이자 계곡을, 아니 포유동물이 지닌 우스꽝스런 모습을 형상화한다.

캐시

 균형이 맞지 않았어. 내가 말했다고, 균형을 유지하면서 마차로 운반하려면, 그들이…….

코라

언젠가 애디와 말을 나눈 적이 있다. 그해 여름 교회 모임 이후에도 애디는 한 번도 독실한 신자였던 적이 없었다. 모임에서 휫필드 목사님은 애디를 지목해 그녀의 마음속 허영심 문제를 해결하고 그녀의 영혼을 구하기 위해 분투하셨다. 나도 애디에게 여러 차례 말했다. "하나님이 애디에게 자식을 주신 것은 척박한 인간의 운명을 위로하면서 하나님이 겪으신 고통과 사랑을 보여 주는 징표랍니다. 그래서 애디가 사랑 안에서 애들을 품고 키운 거예요." 애디가 하나님의 사랑과 하나님에 대한 의무를 너무 당연한 것으로 받아들이기에 내가 한 말이고, 그러한 태도는 하나님을 기쁘게 하지 못한다고 말해 줬다. "하나님을 향한 끝없는 찬양에 더 큰 목소리를 낼 수 있게끔 우리에게 선물을 주신 거죠." 죄짓지 않은 의인 백 명보다 죄지은 한 명을 하나님께서 더욱 사랑하신다고 내가 말했다. 그러자 애디가 이렇게 대답했다. "저는 매일 죄를 깨닫고 속죄하고 있습니다." 그래서 내가 말했다. "당신이 죄가 뭔지 어찌 판단할 수 있나요? 판단은 하나님이 하십니다. 우리는 그저 하나님의 자비와 그분의 거룩하신 이름을 찬양할 뿐이고요." 왜냐하면 하나님만이 인간의 마음을 꿰뚫어 보실 수 있기 때문이다. 인간 시각에서 여자의 삶이 아무리 올바르게 보였다고 해도 하나님께 자기의 마음을 열고 그분의 은총을 받지 않고서는 마음에 죄가 없다고 할 수 없는 거다. 내가 말했다. "아무리 정숙한 부인으로 살았다고 해도 마음에 죄가 없다고 할 순 없는 거예요. 그리고 아무리 힘든 삶을 살았다고 해도 그게 하나님의 은혜가 당신 죄를 사해 주셨다는 표시도 아니고요." 그러자 애디가 말했다. "나는 내 죄를 알아요. 나는 벌을 받아야 마땅한 여자고요. 그걸 원망하지도 않는답니다." 내가 말했다. "하나님의 위치에서 죄와 구원을 판단하는 건 당신의 허영심에서 비롯된 겁니다. 죄를 판단하시고 시련과 고난 속에서 우리를 구원해 주시는 하나님을 소리 높여 찬양하며 고통을 감내하는 것은 우리 인간들의 몫이지요. 아멘. 하나님의 숨결을 느껴 보신 경건한 우리 횟필드 목사님께서 당신을 위해 기도하고 애쓰셨는데 아직도 그렇게 생각하세요?" 내가 말했다.

우리 죄를 판단하는 거나 하나님의 시선에서 무엇이 죄가 되는지를 인지하는 것은 우리 몫이 아니다. 애디가 힘든 삶을 겪은 건 맞지만, 다른 여자들 역시 마찬가지다. 애디가 말하는 걸 듣다 보면 심지어 하나님보다, 아니 이 인간 세상에서 죄로 인해 고생한 그 누구보다도 자기가 죄와 구원에 대해 잘 알고 있다고 생각하는 것처럼 들린다. 애디가 범한 유일한 죄는 사람들 눈에 이상하게 보이지만 실은 엄마를 진정 사랑하고 하나님께서도 사랑의 손길을 뻗은 달은 놔두고 주얼만 편애했다는 거다. 하지만 정작 녀석은 엄마를 사랑하지 않는다. 그게 바로 애디가 받는 징벌이다. 내가 말했다. "그게 당신이 범한 죄이자 징벌이지요. 주얼을 통해 징벌하시는 거예요. 하지만 구원은 어디서 옵니까? 인생은 영원한 은혜를 받아들이기에는 너무 짧답니다. 그리고 하나님은 질투하는 하나님이세요. 은혜를 베풀고 판단하는 건 애디 당신이 아닌 하나님이 하신답니다." 내가 말했다.

"저도 알아요." 애디가 말했다. "저는……." 말을 멈추기에 내가 물었다. "뭘 안다는 거예요?"

"아무것도 아니에요." 애디가 말했다. "주얼이 내게는 십자가요 내 구원이 될 거예요. 주얼이 나를 물과 불에서 구원해 줄 거예요. 내가 삶을 포기한다 해도 그 애가 날 구해 줄 거고요."

"하나님을 향한 마음 문도 닫고 찬양의 목소리도 높이지 않으면서 뭘 안단 말이에요?" 내가 말했다. 그때 나는 깨달았다. 애디가 하나님에 대해 말하는 게 아니고, 다만 자기 마음의 허영심 때문에 신을 모독하고 있다는 것을. 나는 그 자리에서 즉시 무릎을 꿇었다. 그리고 애디에게 제발 무릎 꿇고 앉아 마음을 열고 허영심이라는 마귀를 버리고 하나님의 자비 안에 거하라고 간청했다. 하지만 애디는 고집을 피웠다. 허영심과 자만에 빠져 하나님에게 등을 돌리고 대신 그 자리에 이기심 많은 인간인 그 녀석을 앉힌 것이다. 나는 무릎을 꿇고 애디를 위해 기도했다. 나는 이 불쌍한 눈먼 여자를 위해, 이제까지 나와 내 가족을 위해서도 해 본 적 없는 간절한 기도를 올렸다.

애디

 학교가 파하고 마지막 학생이 작고 더러운 코를 훌쩍이며 학교를 떠날 때 나는 집에 가는 대신 언덕 너머 샘가로 가 혼자 조용히 애들을 미워하곤 했다. 샘물이 솟아 흘러내리고, 햇살이 나무들 사이로 말없이 비추고, 축축하게 썩어 가는 나뭇잎 냄새와 새롭게 살아나는 대지의 냄새가 나는 곳이었다. 특히 이른 봄에 냄새가 가장 심했다.

 우리가 살아가는 이유는 영원히 죽은 상태로 있게 될 때를 준비하기 위한 거라는 아버지 말씀을 선명하게 기억한다. 매일 각자 비밀스럽고 이기적인 생각을 하고, 서로 다르고 나와도 다른 피를 가진 애들을 대하며, 이것만이 내가 죽음을 준비하는 유일한 방법 같다는 생각이 들 때, 나는 이런 생각을 갖게 한 아버지를 미워하곤 했다. 난 애들을 매질하기 위해 녀석들이 실수하기를 늘 기다렸다. 회초리를 휘두를 때마다 마치 내 살에 닿는 아픔을 느꼈고, 맞은 맨살에서 흐르는 게 내 피라고 생각했다. 그래서 매번 회초리를 휘두를 때마다 이런 생각이 들었다. 자 이제야 네가 나를 알아주는구나! 너의 비밀스럽고 이기적인 삶 속에 내가 의미 있는 존재가 되었고, 네 핏속에 영원히 내 흔적을 남기는구나.

그래서 나는 앤스와 결혼했다. 학교 앞을 지나가는 걸 서너 번 본 적이 있는데, 알고 보니 학교에 들러 가려고 4마일이나 돌아간다는 거였다. 젊고 훤칠한 앤스지만 추운 날씨에 웅크리고 있는 덩치 큰 새처럼 이미 등이 굽어 있었다. 그는 삐꺽거리는 마차를 타고 서서히 학교 앞을 지나가곤 했는데 학교 앞을 지날 때면 느긋하게 고개를 돌려 정문을 바라보았다. 그러다가 모퉁이를 돌아 시야에서 사라졌다. 하루는 그가 지나갈 무렵 내가 정문에 나가 서 있었다. 그는 그런 나를 보고는 급하게 시선을 돌리더니 다시는 뒤돌아보지 않았다.

이른 봄이 최악이었다. 한밤중에 침대에 누워 있는데 북쪽으로 날아가는 기러기들 울음소리가 거친 어둠 속 저 높은 곳에서 희미하면서도 격하게 들려올 때면 더 이상 참지 못할 것 같다는 생각이 들곤 했다. 낮에는 어서 샘가로 가려고 마지막 애가 학교 정문을 나서기만 기다렸다. 그래서 그날 외출복 차림에 두 손으로 모자를 빙빙 돌리며 정문 앞에 서 있는 앤스를 봤을 때 나는 이렇게 말했다.

"머리 손질해 줄 여자 식구가 집에 없는 모양이죠?"

"여자가 없어요." 앤스가 말했다. 그러다가 마치 낯선 들판에서 마주한 사냥개들처럼 내 눈을 뚫어지게 바라보며 이렇게 말했다. "그래서 이렇게 당신을 보러 오는 겁니다."

"어깨 좀 펴세요." 내가 말했다. "여자는 없지만 집은 있겠지요. 집도 있고 훌륭한 농장도 있다고 들었어요. 혼자 지내신다죠?" 앤스가 여전히 모자를 돌리며 나를 쳐다보았다. "새집이라면서요. 결혼하실 건가요?" 내가 말했다.

그러자 앤스가 내 눈을 바라보며 말했다. "그래서 당신을 보러 오는 거랍니다."

나중에 그가 나에게 이렇게 말했다. "전 같이 지내는 사람들이 없어요. 그러니 당신이 걱정할 게 없을 겁니다. 당신은 저와 다르겠지요."

"네, 저는 같이 지내는 사람들이 있답니다. 제퍼슨에요."

앤스가 얼굴을 약간 숙였다. "전 재산도 조금 있어요. 절약하며 지내고요. 정직하다는 평판도 받습니다. 읍내 사람들이 어떤지 알고 있지만, 그분들이 제게 말을 하면 아마도……"

"들어 주실 테죠." 내가 말했다. "하지만 말 걸기는 쉽지 않은 사람들이에요." 앤스가 내 얼굴을 살핀다. "같이 지내는 분들은 다 돌아가셨어요."

"하지만 살아 계신 분들은 다르실 테죠." 앤스가 말했다.

"그럴까요?" 내가 말했다. "잘 모르겠어요. 다른 친척들은 없어서요."

그렇게 앤스를 받아들였다. 그리고 캐시를 가졌을 때 난 사는 게 끔찍하다는 걸 알았고 애를 갖는다는 게 바로 그 징표라는 걸 깨달았다. 그리고 그때 사람이 하는 말이라는 게 아무 소용 없다는 걸 깨달았다. 말은 그것이 의도하는 것과 맞지 않다. 캐시를 낳은 후 나는 모성애라는 말이 그에 해당하는 단어가 있어야 한다고 생각하는 사람들이 만든 것이라는 걸 알았다. 애를 가진 사람들은 그런 말이 있는지 신경도 안 쓰기 때문이다. 공포감이라는 말 역시 그런 감정을 느껴 본 적 없는 사람이 만들어 낸 말이고, 자존심이라는 말 역시 자존심을 가져 본 적이 없는 사람이 만든 것이다. 실은 나는 애들 코가 지저분해서 매질한 게 아니다. 대들보에 매달려 있는 거미들이 흔들고 비틀면서도 서로 닿지 않는 것처럼 말은 그저 서로를 이용만 할 뿐이고, 매질을 통해야만 내 피와 애들의 피가 하나가 되어 흐른다는 걸 알았기 때문이다. 혼자라는 상황 또한 전에는 지속적으로 매일 침해돼야 하는 게 아니었는데, 캐시가 태어난 후 비로소 혼자라는 상황이 침해되고 말았다는 걸 알았다. 앤스와 밤에 둘만 있을 때도 안 그랬는데 말이다.

앤스 역시 자기 식의 말이 있었다. 그는 그걸 사랑이라고 불렀다. 하지만 오랫동안 난 이미 이런 말들에 익숙해져 있었기에 그런 말 역시 결핍을 채우기 위한 형태일 뿐 다른 말들과 별반 다르지 않다는 걸 알았다. 때가 되면 자존심이나 공포감이란 말처럼 사랑이란 말 역시 쓸모없게 될 것이다. 캐시의 경우 내게 그런 말을 할 필요가 없었고, 나도 마찬가지였다. 나는 앤스가 그 단어를 원하면 그냥 쓰게 놔두자고 나 자신에게 말하곤 했다. 결국 앤스든 사랑이든, 아니면 사랑이든 앤스든. 아무래도 상관없기 때문이다.

어둠 속에서 앤스와 관계를 맺을 동안, 손 뻗으면 닿을 거리에서 캐시가 요람에 누워 자고 있을 때도 혹 캐시가 깨어 울면 그 아이에게도 젖을 물리리라 생각하곤 했다. 앤스든 사랑이든 상관없었다. 나 혼자란 상황은 침해당했고, 침해로 인해 다시 완전하게 복구되었다. 시간이든 앤스든 사랑이든 뭐든 내 테두리 밖에 있었다.

　그러다가 달을 가졌다는 걸 알게 되었다. 처음에는 믿기지 않았다. 앤스를 죽이고 싶었다. 마치 종이 장막 뒤에 숨어 있다가 내 등을 찌른 것처럼 말 뒤에 숨어 나를 속인 것 같았다. 앤스나 사랑보다 더 오래된 말, 앤스도 속아 넘어간 그런 말에 속아 넘어간 거다. 나는 앤스가 절대 모르게 보복하기로 마음먹었다. 그래서 달이 태어났을 때 나는 내가 죽으면 꼭 제퍼슨에 묻어 달라고 앤스에게 부탁했다. 살아생전엔 아버지도 자기 말이 옳았다는 걸 몰랐고 나도 내가 틀렸다는 걸 몰랐지만, 삶에 대한 아버지 말씀이 옳았다는 걸 비로소 깨달았기 때문이다.

　"말도 안 되는 소리." 앤스가 말했다. "우리 사이에 애도 겨우 둘밖에 낳지 않았는데."

　그때 앤스는 이미 내겐 죽은 거나 마찬가지였다. 때때로 어둠 속에서 그의 옆에 누워 이제는 내 피요 살이 되어 버린 대지의 소리를 들으며 생각했다. 앤스. 왜 앤스인가. 왜 당신은 앤스인가? 이름을 곰곰이 생각하다 보면 마침내 그 이름이 어떤 모습이나 형상으로 변한다. 그러다가 액체로 변해 버린 앤스는 마치 차가운 당밀이 단지 속으로 흘러 들어가듯, 어둠 속에서 단지를 가득 채워 꼼짝없이 서 있을 때까지 흘러 들어간다. 테두리만 남은 문틀처럼 생명이 없지만 아주 의미심장한 형상이다. 그러다가 단지 이름마저 잊었다는 것을 깨닫게 된다. 처녀적 내 몸의 형상은   이고, 앤스를 생각할 수도, 앤스를 기억할 수도 없었다. 내가 더 이상 처녀가 아니라서가 아니다. 왜냐하면 이제 나는 셋이 되었기 때문이다. 이런 식으로 캐시와 달을 생각하다 보면 아이들 이름도 없어지면서 어떤 형상으로 굳어지다가 사라지게 된다. 그러면 이렇게 말하곤 한다. 괜찮아. 상관없어. 뭐라고 부르면 어때.

코라 툴이 내가 엄마 역할을 제대로 못 했다고 말했을 때, 나는 이런 생각이 들었다. 말은 정말 빠르고 악의 없이 한 줄기 선으로 곧장 하늘로 올라가고, 행위는 끔찍할 정도로 대지를 따라 바닥에 붙어 간다. 얼마 안 가 둘은 너무 멀어져 두 다리를 벌려 올라탈 수 없을 정도로 멀어진다. 죄나 사랑, 공포 역시 죄를 지어 본 적도, 사랑을 해 본 적도, 두려움을 느껴 본 적도 없는 사람들이 해 본 적이 없고 그 말들을 잊게 될 때까지 할 수도 없는 행위를 지칭하는 단어일 뿐이다. 마치 요리도 할 줄 모르는 코라처럼 말이다.

코라는 내가 아이들과 앤스, 그리고 하나님에게 빚을 진 사람이라고 말하곤 했다. 앤스에게 아이들을 낳아 주었을 뿐 내가 달라고 했던 것은 아니다. 나는 앤스가 내게 줄 수도 있었던 것, 즉 지금과 다른 앤스가 돼 달라고 요구하지도 않았다. 그런 걸 요구하지 않는 게 내 의무였고 난 그걸 지켰다. 나는 나일 뿐이다. 그도 앤스라는 단어가 지닌 모습이자 소리일 뿐이다. 그것만 해도 앤스가 요구한 것 이상이었다. 그는 더 이상 바라지도 않았을 거다. 스스로 아무 존재도 아닌 듯 처신했을 것이기 때문이다.

그러다가 앤스는 죽었다. 그는 자신이 죽었다는 사실도 모르고 있다. 어둠 속에서 앤스 옆에 누워 어두운 대지가 읊조리는 하나님의 사랑, 아름다움 그리고 죄에 대한 말과, 말 없는 적막함 속에서 행동으로 옮겨지는 말과 행동으로 옮겨지지 않는 말도 듣는다. 이는 사람들의 결핍 속에 있는 간극이다. 이 모든 게 끔찍한 야밤의 거친 어둠을 통해 거위 울음소리처럼 들려온다. 누군가 군중 속의 두 얼굴을 가리켜 하나는 네 아버지고 하나는 네 어머니라고 말할 때 더듬거리며 찾아 나서는 고아처럼, 말은 행동을 찾아 헤맨다.

난 결국 알아냈다고 믿었다. 살아 있다는 의무감, 땅을 휩쓸고 지나가는 뻘겋고 격렬한 홍수처럼 무서운 피에 대한 의무감 때문인 것이다. 죄라는 건 세상 사람들 앞에서 걸쳐 입는 의복 같은 거라고 생각한다. 그는 그고 나는 나이기에 있어야 할 신중함 같은 거다. 목사는 죄를 창조해 내고 정당화한 하나님이 임명하신 도구이기에 죄가 더 완전해지고 끔찍해진다. 숲속에서 휫필드 목사를 기다리고 있다가 내가 먼저 그를 봤을 때 나는 그가 죄악의 의복을 입고 있다고 생각했다. 그 역시 내가 죄악의 의복을 입고 있다고 생각했을 거다. 하지만 그는 죄와 맞바꾼 옷이 거룩해져서 더 아름다웠다. 죄라는 건 하늘 높이 올라가 버린 의미 없는 말에 끔찍한 피를 끼워 맞추기 위해 갈아입는 의복 같은 거라고 생각한다. 그런 후에 돌아와 다시 앤스와 자리에 누웠다. 거짓말은 하지 않았다. 단지 거부했을 뿐이다. 젖 뗀 후에 캐시와 달에게 젖을 주지 않듯이 말이다. 소리없는 어두운 대지에 귀를 기울이면서……

아무것도 숨기지 않았다. 그 누구도 속이려 하지 않았다. 신경 쓴 건 아니지만, 날 위해서가 아니라 그를 위해서 조심했을 뿐이다. 마치 세상 사람들 앞에서 옷을 입고 있듯이 말이다. 코라가 내게 말할 때도, 고상한 죽은 말들이 조만간 죽은 소리의 의미조차 상실할 거라고 생각하고 있었다.

그리고 우리 관계는 끝이 났다. 그가 떠났다는 의미에서 끝이 난 것이고, 나에게는 그가 오는 모습이 보이더라도 이제 나와의 만남을 위해 죄악의 의복을 걸치고 마치 찬란한 갑옷을 휘날리듯 몰래 빨리 오는 모습을 다시는 볼 수 없게 되었다는 의미에서 끝이 난 것이다.

하지만 내게는 아직 끝난 것이 아니다. 시작과 끝이라는 의미에서는 끝났지만, 그때는 모든 일에 시작도 끝도 없었기 때문이다. 난 심지어 나를 거부하는 앤스를 보듬었다. 뒤로 물러서는 앤스를 붙잡으려 했다기보다 아무 일도 없었던 듯 여기고자 했기 때문이다. 나의 아이들은 모두 대지를 따라 끓어오르는 거친 피에서 나온 자식들이다. 나와 살아 있는 모든 사람의 자식이다. 그 누구의 자식도 아니고 모두의 자식이다. 그 무렵 주얼을 가진 걸 알았다. 주얼을 가졌다는 걸 알게 되었을 때 그가 떠나고 이미 두 달이 지나 있었다.

아버지는 살아가는 이유가 단지 죽음을 준비하기 위한 것이라고 했다. 마침내 나는 무슨 말인지 알게 되었다. 그런데 정작 아버지 자신은 그게 무슨 말인지 알지 못했다. 남자들이란 사후에 집 안을 청소하는 게 무엇인지 모른다. 그래서 결국 난 집 안을 청소했다. 주얼이 태어날 때 나는 램프 옆에 누워 있었다. 난 고개를 들어 의사가 상처 부위를 덮고 꿰맨 후 숨을 내쉬는 걸 보았다. 끓어오르던 피는 이제 가라앉았고 잠잠해졌다. 대신 따뜻하고 차분한 젖이 있었고 나는 느린 침묵 속에서 차분히 누워 집 청소할 준비를 하고 있었다.

나는 주얼에 대한 보상으로 앤스에게 듀이 델을 안겨 주었다. 그리고 그에게서 앗아 간 아이를 대신해 바더먼을 주었다. 이제 앤스에겐 세 아이가 있게 되었다. 내 아이들은 아니다. 그리고 이제 죽을 준비도 마쳤다.

하루는 코라가 내게 말하길, 죄에 대해 무지한 나를 위해, 그리고 내가 속죄하길 바라는 마음에서 중보 기도를 한다고 했다. 그녀는 나 역시 무릎 꿇고 기도하길 바랐는데, 죄를 단지 말로만 판단하는 사람들은 구원 역시 그저 말로만 판단하기 때문이라는 걸 나는 안다.

횟필드

애디의 임종이 다가왔다는 소식을 들은 그날 밤 나는 사탄과 씨름했고, 마침내 승리를 거두었다. 막중한 죄를 깨닫고 마침내 진정한 구원의 빛을 보게 되었다. 무릎 꿇고 하나님께 내 죄를 고했고, 그분의 인도하심을 받아들였다. "일어나라." 하나님께서 내게 말씀하셨다. "네가 살아 있는 죄악의 징표를 남겨 놓은 그 집으로 가라. 내 말을 거역하고 네가 죄를 범한 사람들 앞에 소리 높여 네 죄를 고백해라. 너를 용서하는 자는 내가 아니라 네가 죄를 범한 남편과 가족들이니라."

그래서 출발했는데, 툴네 다리가 떠내려갔다는 걸 알게 되었다. "만물을 다스리시는 하나님, 감사합니다." 내가 이겨 내야 할 고난과 위험을 준비하신 걸 보니 하나님께서 아직 나를 버리지 않았다는 걸 알았고, 이런 고난으로 인해 다시금 하나님의 신성한 평화와 사랑 안으로 들어가는 게 여간 기쁘지 않았다. "제가 죄를 범한 사람에게 용서를 구하기 전에 저를 멸하지 마소서." 나는 기도했다. "너무 늦지 않게 해 주소서. 저와 그녀가 범한 죄악이 저보다 그녀의 입에서 먼저 나오지 않게 해 주소서. 그녀는 아무한테도 절대 발설하지 않겠다고 맹세했지만, 영원히 죽음의 세계로 들어가는 게 두렵지 않은 사람이 어디 있겠습니까. 저도 사탄과 씨름하지 않았습니까? 그녀가 맹세를 어긴 죄를 제 영혼이 짊어지지 않도록 해 주소서. 제가 상처를 입힌 자들 앞에서 더럽혀진 제 영혼을 씻어 낼 때까지 하나님의 분노의 물결이 저를 덮치지 않게 해 주소서."

하나님의 손길이 나를 홍수라는 물의 위험으로부터 안전하게 지켜 주셨다. 통나무와 뿌리째 뽑힌 나무들이 내 작은 몸 위로 덮치고 내가 탄 말도 놀라고 내 심장도 뛰었다. 하지만 내 영혼은 이를 다 버텨 냈다. 마지막 파괴의 순간에 이런 위험물들이 나를 다 피해 갔기에, 이 혼란스러운 홍수 너머로 목소리 높여 기도드렸다. "할렐루야, 위대하신 왕이신 하나님 아버지. 이런 시련으로 제 영혼은 씻김을 받았고 다시금 당신의 끝없는 사랑 안에 거할 수 있게 되었습니다."

그때 나는 죄 사함을 받았다는 걸 깨달았다. 홍수와 온갖 위험을 뒤로 하고 다시 단단한 대지에 발을 딛으며 나의 겟세마네 동산'이 내 눈앞에 점점 가까이 다가올 때, 나는 과연 무슨 말부터 해야 할지 고민했다. 우선 집에 들어가 그녀가 먼저 고백하는 걸 막고, 그녀 남편에게 먼저 고백할 것이다. "앤스, 내가 죄를 지었다네. 그러니 자네 뜻대로 나를 벌하게."

마치 이미 죄에 대한 고백을 다 해 버린 것 같았다. 수년 만에 처음으로 내 영혼이 자유롭고 평온해졌다. 말을 타고 가는 동안 다시금 영원한 평화 속에 거하는 것 같았다. 길 양쪽으로 하나님의 손길을 느꼈고 가슴속 깊이 하나님의 음성이 들렸다.
"내가 너와 같이 거하니 힘을 내거라."

툴의 집에 이르렀을 때 툴의 막내딸이 뛰어나와 나를 불러 세우곤 말했다. 애디가 이미 운명했다는 것이다.

하나님, 저는 죄를 범했습니다. 당신께서는 제가 얼마나 후회하고 있는지, 그리고 제가 진정 제 죄를 고백하고자 했던 걸 아십니다. 하나님께서는 자비로우신 분입니다. 하나님께서는 죄를 고백하려 했던 제 의지를 알고 계시기에, 그 자리에 앤스가 없었지만 그에게 죄를 고백하려고 했다는 것을 아십니다. 하나님의 끝없는 지혜가 있었기에 사랑했고 신뢰했던 사람들에 둘러싸여 죽어 가는 그 여인의 입에서 우리 얘기가 나오지 않게 된 것입니다. 홍수의 위험을 극복한 것 역시 하나님의 강한 손길이었습니다. 하나님의 풍성하고 전능하신 사랑입니다. 당신을 찬양합니다.

상을 당한 집에 들어섰다. 또 한 명의 죄인이 돌이킬 수 없는 끔찍한 심판에 직면한 채 누추한 공간에 누워 있다. 이 여인의 육신의 재 위에 평화가 함께하기를.

"하나님의 은총이 이 집 위에 함께하소서." 내가 말했다.

달

주얼이 말을 타고 암스티드 아저씨네 갔다가 아저씨네 노새를 빌려서 이끌고 돌아왔다. 노새를 마차에 맨 후 관 위에 캐시를 눕혔다. 눕자마자 다시 토했지만, 다행히 고개를 돌려 마차 밖에다 쏟았다.

"위도 다쳤나 보네." 툴 아저씨가 말했다.

"아마도 말에게 배를 차였나 봐요." 내가 말했다. "캐시, 말한테 배를 차였어?"

캐시가 뭐라고 대답하는 듯했다. 듀이 델이 다시 캐시의 입을 닦아 주었다.

"뭐라고 하는 거야?" 아저씨가 말했다.

"캐시, 뭐라고?" 듀이 델이 다시 허리를 숙여 말했다.

"자기 연장에 대해 물어요." 듀이 델이 말했다. 아저씨가 연장을 들어 마차에 올려놓았다. 듀이 델이 캐시의 고개를 들어 연장을 보게 해 주었다. 마차가 다시 출발했고 나와 듀이 델이 캐시를 돌보기 위해 캐시 옆에 앉았고 주얼은 말을 타고 앞서 간다. 툴 아저씨가 길에 서서 우리가 떠나는 모습을 한동안 쳐다본다. 그러곤 방향을 틀어 다리 쪽으로 향한다. 아저씨는 방금 물에서 나온 사람처럼 젖은 셔츠 소맷자락의 물기를 털어가며 조심스레 발걸음을 옮긴다.

주얼이 말에 앉은 채 문 앞에 있었다. 암스티드 아저씨가 문 앞에서 우리를 기다리고 있었다. 마차가 멈추고, *주얼이 말에서 내렸다.* 우리는 캐시를 들어 집 안으로 옮겼다. 암스티드 아주머니가 캐시가 누울 침대를 마련해 주셨다. 듀이 델과 아주머니가 캐시의 옷을 벗기는 동안 우리는 밖으로 나왔다.

우리는 아버지를 따라 마차로 돌아왔다. 아버지가 마당으로 마차를 몰았고 우리는 걸어서 따라갔다. 물에 젖어 시신에서 냄새가 덜했는지 암스티드 아저씨는, "어서 오게. 마차는 거기 세워 두게."라고 말했다. *주얼이 말고삐를 잡고 따라와 마차 옆에 섰다.*

"고맙네." 아버지가 말했다. "우린 저기 헛간을 쓰겠네. 자네한테 부담이 된다는 걸 알고 있어."

"집으로 들어오라니까." 아저씨가 말했다. 주얼의 얼굴이 다시 나무처럼 굳었다. 얼굴과 눈은 불그스레하면서 무뚝뚝하고 홍조를 띠지만 무표정하다. 마치 통나무의 두 가지 색을 섞어 놓은 듯 오른쪽 눈은 푸르스름하고 반대쪽 눈은 거무스름하다. 셔츠가 어느새 마르기 시작했지만, 주얼이 움직일 때마다 몸에 달라붙는다.

"애디도 고맙게 생각할 거네." 아버지가 말했다.

우리는 노새를 푼 후 마차를 헛간 안으로 들였다. 헛간 한쪽은 열려 있었다.

"비 맞진 않을 걸세." 아저씨가 말했다. "하지만 괜찮으면……."

외양간 뒤쪽에 녹슨 양철 지붕 자재가 몇 장 있었다. 그중 두 장을 가져다가 열린 쪽에 세워 막았다.

"집에서 쉬라니까." 아저씨가 말했다.

"고맙지만 괜찮네." 아버지가 말했다. "그런데 혹 요기할 것 있으면 좀 갖다주면 고맙겠네."

"물론이지." 아저씨가 말했다. "룰라가 캐시 좀 돌보고 식사 준비를 할 걸세." 주얼이 말에게 돌아가 안장을 벗기고 있는데 셔츠가 주얼의 몸에 찰싹 달라붙어 있다.

아버지는 집 안으로 들어가려 하지 않았다.

"들어와 식사하라니까." 아저씨가 말했다. "다 차렸어."

"고맙긴 하지만, 아무 생각이 없네." 아버지가 말했다.

"여긴 아무 일 없을 테니까, 와서 몸 좀 말리고 식사하자고." 아저씨가 말했다.

"애디를 위해서네." 아버지가 말했다. "내가 음식을 먹는 것도 다 그 사람 때문이지. 이제 노새도 없고 아무것도 없어. 하지만 애디가 자네 모두에게 고마워할 걸세."

"알았으니, 어서 와 몸이나 말리게." 아저씨가 말했다.

아버지는 아저씨가 건네준 술을 한 잔 마시더니 한결 기분이 좋아 보였다. 우리가 캐시를 보려고 들어갔을 때 주얼은 집 안에 들어오지 않았다. 뒤돌아보니 말을 데리고 외양간을 향해 가고 있었다 아버지는 노새를 새로 구해야 한다는 얘기를 하고 있었는데, 식사 시간 무렵에는 노새를 이미 산 것처럼 떠들어 댔다. 외양간으로 내려간 주얼은 어지러울 정도로 빠르게 도약하는 말을 미끄러지듯 피해 가면서 여물통으로 간다. 그 위에 올라 건초를 끌어 내린 후 외양간 밖으로 나가 털을 손질할 말빗을 찾아온다. 그리고 말이 바닥을 한 번 내려칠 때 뒷발을 뻗어도 닿지 않을 곳으로 들어간다. 뒷다리에 차일 수도 있는 그런 공간에서 마치 곡예사처럼 민첩하게 자리를 잡은 주얼은 욕설을 퍼부어 가며 거칠게 애무하듯 말을 빗질해 준다. 머리를 뒤로 젖힌 말이 뭉툭한 이빨을 드러낸다. 주얼이 빗 등으로 말의 얼굴을 때리자 어둑어둑한 가운데, 마치 화려한 벨벳 천 위에 구르는 구슬처럼 눈동자를 희번덕거리는 말의 모습이 눈에 들어온다.

암스티드

위스키를 한 잔 더 대접하고 저녁 준비를 마칠 때쯤 앤스는 어느 집 노새인지는 모르겠지만, 이미 외상으로 구한 듯한 품새였다. 그는 이 노새는 어떻고 저 노새는 어떻고 하면서 골라 대고 있었고, 누구네 집 노새는 돈을 줘도 절대 안 사겠다는 둥, 심지어 그 집 닭장조차 사면 안 된다고 말했다.

"스놉스네 노새를 한번 알아보면 어떻겠나." 내가 말했다. "서너 쌍 있던데. 그중 하나는 자네 마차에 맞을지도 모르네."

앤스가 뭐라고 우물거리며 나를 쳐다보는데, 마치 우리 집 노새가 가장 마음에 드는데 자기한테는 절대 팔지 않을 거 같다는 표정이었다. 내 생각에는 그나마 이들을 끌고 나갈 노새는 우리 노새밖에 없을 것 같았다. 하지만 노새가 있다고 해도 과연 어떻게 할 건지 의문이다. 왜냐하면 리틀존이 말하기를, 헤일리 저지대까지 2마일이나 둑이 소실되는 바람에 제퍼슨으로 가려면 못슨을 거쳐 돌아가야 한다고 했기 때문이다.

"스놉스는 거래하기 쉽지 않아." 앤스가 우물거리며 말했다. 식사 후 위스키 한 잔을 더 주자 앤스의 기분이 조금 더 풀렸다. 앤스는 이제 헛간으로 돌아가 시신과 함께 있겠다고 했다. 헛간에서 머물다 출발하려고 나오면 산타클로스가 노새 한 쌍이라도 선물할지 모른다고 생각하는 모양이었다. "하지만 잘 설득하면 되겠지." 앤스가 말했다. "신앙심이 조금이라도 있는 사람이라면 곤경에 처한 사람을 언제든 돕게 돼 있거든."

"물론 내 노새를 가져다 써도 되네." 앤스가 한 말이 어떤 의미인지 뻔히 알기에 나는 이렇게 말했다.

"고맙네. 하지만 내 아내는 우리 노새가 끄는 마차를 원할 걸세." 내가 한 말이 진심이 아니라는 걸 뻔히 알기에 앤스가 말했다.

식사 후 주얼은 피보디 의사를 데리러 벤드로 갔다. 바너의 집에 있다는 이야기를 들었기 때문이다. 주얼이 자정 무렵 돌아왔다. 피보디 의사는 인버네스 아래 어딘가에 갔고, 대신 빌리 선생이 수의사용 가방을 들고 주얼과 함께 나타났다. 선생 말로는 노새나 말이 사람보다 더 지각이 있다는 사실 말고는 별반 다르지 않다는 것이다. "그래, 어떤가?" 캐시를 보면서 선생이 말했다. "매트리스랑 의자 그리고 위스키 한 잔만 갖다주시게."

빌리 선생은 캐시에게 위스키를 마시게 한 후, 앤스를 밖으로 내보냈다. "지난여름에 부러진 다리를 다시 다쳐서 다행이지." 앤스가 애달픈 표정으로 눈을 껌뻑대며 웅얼거린다. "그나마 잘된 일이야."

 매트리스를 접어 캐시의 다리 사이에 밀어 넣고 그 위에 의자를 놓은 다음, 나와 주얼이 의자를 붙들었다. 듀이 델은 등불을 들고 있었다. 빌리 선생은 담배를 물고는 작업을 시작했다. 한동안 힘들어하던 캐시는 결국 기절하고 말았다. 꼼짝 않고 누워 있는 캐시의 얼굴에 마치 굴러가다가 멈춰 버리기라도 한 듯 굵은 땀방울이 송골송골 맺혀 있었다.

 캐시가 깨어났을 때는 빌리 선생이 짐을 꾸리고 이미 떠난 후였다. 뭐라고 계속 말을 하고 싶어 하자, 듀이 델이 입을 닦아 주며 엎드려 귀를 기울였다. "연장 얘기야." 듀이 델이 말했다.

 "안에 들여놨어." 내가 말했다. "내가 가져왔다고."

 다시 뭐라고 말을 하자, 듀이 델이 다시 엎드려 귀를 갖다 댔다. "보고 싶다네." 달이 연장을 가져와 캐시에게 보여 주었다. 그리고 캐시가 좀 나아졌을 때 손을 뻗어 만져 볼 수 있게 하려고 연장을 침대 옆에 밀어 넣어 주었다. 이튿날 아침 앤스는 말을 타고 스놉스를 만나러 벤드로 건너갔다. 마당에 서서 얼마간 주얼과 말을 주고받고는 말에 올랐다. 아마도 주얼이 자기 말을 남이 타도록 해 준 건 이번이 처음이 아닌가 싶었다. 앤스를 쫓아가 자기 말을 되찾아 오고 싶었는지 주얼이 잔뜩 부어오른 얼굴로 길 쪽을 향해 계속 서성댔다.

 아홉 시가 되자 날씨가 더워지기 시작했다. 그때 처음 말똥가리를 보았다. 시신이 물에 젖었었기에 이제야 냄새가 나기 시작한 모양이었다. 어쨌든 낮이 되면서 더 많이 보이기 시작했다. 바람이 집에서 바깥쪽으로 불어서인지 다행히도 아침이 한참 지난 후에 모여들기 시작했다. 말똥가리가 나타나자마자 1마일이나 떨어진 곳에서도 냄새가 진동하기 시작했고, 이들이 하늘을 선회하자 마을 사람 모두 우리 집 헛간에 무엇이 있는지 알게 될 것 같았다.

바더먼이 고함치는 소리를 들었을 때 나는 집에서 반 마일 정도 떨어져 있었다. 혹시 우물에 빠진 건 아닌가 싶어 나는 황급히 마당으로 달려갔다.

헛간의 마룻대를 따라 꽤 많은 말똥가리가 앉아 있었다. 바더먼이 칠면조 쫓듯이 마당에서 그중 한 마리를 쫓고 있었고, 관 위에 앉아 있던 말똥가리는 바더먼이 붙잡지 못할 만큼 떠올라 헛간 지붕 위에 다시 내려앉았다. 이제는 제법 날씨가 뜨거운 데다가 바람도 약해지면서 부는 방향도 바뀐 모양이었다. 나가서 주얼을 찾았지만, 대신 집 밖으로 나온 룰라를 만났다.

"뭔가 해야 하지 않겠어요?" 그녀가 말했다. "이건 고인에 대한 모독이에요."

"나도 그럴 작정이었소." 내가 말했다.

"모독이에요." 그녀가 말했다. "고인을 이렇게 대접하는 건 고발감이에요."

"앤스도 최선을 다해 애디를 안장하려고 애쓰고 있소." 내가 말했다. 마침내 주얼을 보자 노새 타고 벤드로 가 아버지를 찾아오지 않겠냐고 물었다. 하지만 그 애는 아무런 대꾸도 하지 않았다. 파리할 정도로 이를 꽉 물고 눈을 허옇게 뜬 채 나를 노려보기만 하더니 밖으로 나가 달을 불러 대며 찾았다.

"대체 뭐하려고?" 내가 말했다.

주얼은 대답이 없다. 그때 달이 나왔다. "이리 와." 주얼이 말했다.

"무슨 일인데?" 달이 말했다.

"마차를 옮겨야겠어." 어깨 너머로 주얼이 말했다.

"바보 같은 짓 하지 마라." 내가 말했다. "내 말을 오해했구나. 저건 어쩔 수 없는 일이야." 그러자 달이 머뭇거렸다. 하지만 주얼은 물러서지 않았다.

"입이나 닥치세요." 주얼이 대꾸한다.

"어디론가 옮기긴 해야 합니다." 달이 말했다. "아버지가 돌아오시면 옮겨 볼게요."

"안 도와줄 거야?" 허옇게 뜬 눈을 부라리고는 얼굴을 부들부들 떨면서 주얼이 말했다.

"안 돼. 난 안 해. 아버지 오실 때까지 기다리라고." 달이 말했다.

나는 주얼 혼자 마차를 밀고 당기는 모습을 문 앞에 서서 지켜보았다. 마차가 내리막길에 있는 터라 자칫 우리 헛간 뒤쪽을 다 부숴 버릴 수도 있겠다는 생각이 들었다. 마침 식사 종이 울리기에 주얼을 불렀지만, 녀석은 뒤도 돌아보지 않았다. "식사하라니까." 내가 말했다. "그리고 막내한테도 식사하라고 전해 주고." 하지만 아무런 대답이 없기에, 나 혼자 집으로 들어갔다. 계집애가 막내를 찾으러 나갔지만, 결국 혼자 돌아오고 말았다. 식사 도중에 말똥가리를 쫓는 꼬마 녀석의 고함 소리가 다시 들렸다.

"이건 모독이에요, 모독." 룰라가 말했다.

"최선을 다하고 있다니까요." 내가 말했다. "스놉스하고 단시간 내에 흥정을 끝내는 사람은 없소. 분명 오후 내내 그늘 밑에서 흥정하고 있을 거요."

"최선을 다한다고요?" 룰라가 말한다. "그래요? 이미 너무나 많은 짓거리를 했다니까요."

나도 그렇다고 생각한다. 문제는 흥정이든 뭐든 앤스가 일을 관두는 그 순간에 우리가 할 일이 시작된다는 점이다. 뭔가 저당 잡힐 게 있지 않고서는 앤스가 스놉스뿐 아니라 그 누구에게도 노새를 사지 못할 거고, 앤스의 머릿속에는 저당이라는 생각조차 없을 게 뻔했다. 그래서 우리 집 노새들과 얼마간 헤어져 지낼 요량으로 작별 인사나 해 둘 겸 들판으로 나갔다. 저녁에 집에 돌아와 하루 종일 헛간 위로 햇볕이 내리비추는 모습을 보고 나니 내가 내린 결정이 그리 후회스럽지만은 않았다.

현관으로 막 나가려는 참에 말을 타고 돌아오는 앤스의 모습이 보였다. 모두 모여 있었는데 앤스가 기묘한 표정을 하며 나타났다. 평소보다 풀이 죽은 듯하면서도 기가 더 산 듯 보였고, 제 딴에는 뭔가 영리한 짓을 했는데 남들이 이를 어떻게 받아들일지 모르겠다는 식의 표정이었다.

"노새를 구했네." 앤스가 말했다.

"스놉스한테 샀다는 건가?" 내가 말했다.

"노새를 스놉스에게만 살 수 있는 건 아닐세." 앤스가 말했다.

"그렇지." 내가 말했다. 그는 그런 야릇한 표정으로 주얼을 쳐다보았다. 하지만 주얼은 이미 현관 아래로 내려와 혹시 앤스가 자기 말에게 무슨 짓이라도 했나 확인이라도 하려는 듯 말을 향해 가고 있었다.

"주얼," 앤스가 말한다. 주얼이 돌아보았다. "이리 와 보거라." 앤스가 말한다. 주얼이 몇 걸음 돌아오다가 멈춰 섰다.

"무슨 일인데요?" 주얼이 말했다.

"결국 스놉스에게 노새를 샀구만." 내가 말했다. "오늘 밤 노새를 보내 주겠지? 못슨을 지나서 가려면 아침 일찍 출발해야 할 거야."

그러자 잠시 지었던 야릇한 표정을 거두고 평상시 하던 식으로 우물거리면서 힘들어하는 표정을 지었다.

"난 최선을 다한다네." 앤스가 말했다. "이 세상에 나만큼 시련과 모욕을 견뎌 낸 사람이 어디 있겠나."

"스놉스하고 흥정을 잘 해냈으니 기분 좋겠군." 내가 말했다. "앤스, 그래서 스놉스한테 뭘 준 건가?"

나를 외면한 채 앤스가 말했다. "경작기와 파종기를 저당 잡혔지."

"그것 가지곤 40달러도 안 될 텐데. 자네 같으면 40달러짜리 노새 한 쌍으로 얼마나 갈 수 있겠나?"

모두 말없이 앤스를 지켜보고 있었다. 주얼도 말에게 가다가 말고 중간에 멈추고는 돌아섰다. "다른 것도 주었네." 앤스가 말했다. 다시금 입을 우물거리기 시작하면서 마치 누가 자기를 때려 주길 바라기라도 하듯, 그리고 그런다 해도 아무런 반응도 하지 않을 듯한 모습으로 서 있었다.

"다른 거라니요?" 달이 말했다.

"제길," 내가 말했다. "내 노새를 가져가게. 돌아올 때 돌려주면 되지. 나야 이럭저럭 지낼 수 있네."

"어젯밤 캐시 옷을 뒤진 것도 그래서였군요." 마치 신문 기사를 읽는 투로 달이 말했다. 이러든 저러든 자기는 상관 안 하겠다는 투였다. 주얼은 돌아와서 구슬 같은 눈으로 앤스를 뚫어지게 쳐다보며 서 있다. "캐시가 슈래트한테 축음기를 사려고 준비한 돈이에요." 달이 말했다.

앤스는 입을 우물거리며 서 있기만 했다. 주얼이 눈 한번 깜빡하지 않고 앤스를 지켜보았다.

"그래 봤자 8달러밖에 안 되잖아요." 마치 가만히 듣기만 할 뿐 상관 안 한다는 투로 달이 다시 말했다. "그 돈으로는 노새 한 쌍을 살 수 없어요."

앤스가 순간 주얼을 곁눈질하다가, 다시 바닥으로 시선을 돌렸다. "하나님만 아신다. 나 같은 사람이 또 있을까." 앤스가 말한다. 모두 앤스의 말만 기다리며 바라볼 뿐 아무런 말이 없다. 앤스의 시선이 이들의 발과 다리에 머물 뿐 그 위로는 향하지 않는다. "그리고 그 말도." 앤스가 말한다.

"말이라뇨?" 주얼이 말했다. 앤스는 말없이 서 있기만 했다. 사람이 자기 아들 하나 제대로 다루지 못해서야 쓰나. 난 아무리 큰 자식이라고 해도 내 말을 거역하면 집에서 쫓아내야 한다고 생각한다. 그렇지 못하면 자기가 집을 나가야 한다. 맹세코 난 그렇게 할 거다.

"내 말과 바꿨단 말이에요?" 주얼이 말한다.

앤스가 팔을 축 늘어뜨린 채 서 있다. "난 지난 15년간 치아도 없이 지냈어. 하나님은 아시지. 지난 15년간 하나님께서 우리에게 힘내라고 주신 음식을 난 먹지도 못했어. 그리고 가족들 고통받지 않게 하려고 한 푼 두 푼 모아 왔단다. 하나님이 주신 음식을 먹으려고 말이다. 그 돈도 내놨어. 내가 먹지 않고 버틸 수 있다면 내 자식도 말 안 타고 버틸 수 있을 거라고 생각했으니까. 내가 어떻게 살았는지 하나님께서는 아신다."

주얼이 허리에 손을 얹고는 앤스를 바라보며 서 있다. 그러다가 시선을 돌린다. 들판 너머를 바라보는 그의 얼굴이 바위처럼 굳어 있다. 마치 모르는 사람들이 남의 말에 대해 떠들어대고 있고, 그런 얘기는 아예 듣고 싶지도 않다는 표정이었다. 그러다가 천천히 침을 뱉으며 말했다. "빌어먹을." 주얼이 몸을 틀어 밖으로 나가더니 말 위에 올라탔다. 안장 가까이 주얼이 다가가자, 말이 움직이기 시작했다. 주얼이 안장에 오르는 순간 둘은 마치 보안관에게 쫓기기라도 하듯 쏜살같이 달려 나갔다. 그 길로 둘은 얼룩덜룩한 회오리바람처럼 시야에서 사라져 버렸다.

"자, 내 노새를 가져가게." 내가 말했다. 하지만 앤스는 그렇게 하지 않을 거다. 그렇다고 여기 머물러 있지도 않을 거다. 꼬마 녀석은 뜨거운 태양 아래에서 온종일 말똥가리를 쫓다가 나머지 식구들처럼 거의 미쳐 돌아간다. "그렇다면 캐시는 여기 두고 가게." 내가 말했다. 그는 그것도 하지 않을 거다. 이미 관 위에 이불을 깔고 그 위에 캐시를 눕혔고 옆에다 연장통을 갖다 놓았다. 그리고 내 노새를 연결해 길 아래로 1마일 정도 마차를 끌고 갔다.

"우리가 귀찮다고 생각되면 언제든지 말해 주게." 앤스가 말한다.

"알겠네." 내가 말했다. "여기가 괜찮을 거네. 안전하기도 하고. 자 가서 식사나 하세."

"고맙네만." 앤스가 말했다. "우리도 바구니에 먹을 게 좀 있으니 그걸로 해결하겠네."

"그건 어디서 난 건가?" 내가 말했다.

"집에서 가져왔네."

"그렇담 상했을 거네." 내가 말했다. "들어가서 따뜻한 식사나 하세."

하지만 그는 들어오지 않을 거다. "우리가 알아서 하겠네." 앤스가 말했다. 결국 나 혼자 집으로 가서 바구니를 갖다주고는 다시 한번 안에서 지내자고 권했다.

"고맙지만 우리가 알아서 하겠네." 앤스가 말했다. 결국 나는 이들을 남겨 둔 채 자리를 떴다. 이들은 대체 뭔지 모를 무언가를 기다리는 듯 작은 불가에 둘러앉아 있었다.

집에 돌아와서도 계속 그들 생각이 났고, 특히 말을 타고 뛰쳐나간 그 녀석이 생각났다. 아마도 그게 녀석을 마지막으로 보는 모습일 거라는 생각이 들었다. 정말이지 녀석에 대해 뭐라 비난할 수 없었다. 자기 말을 포기할 수 없었다는 걸 비난할 수 없다는 게 아니라, 앤스처럼 멍청한 사람 곁을 떠났다는 건 진정 잘한 일이기에 비난할 수 없었다는 거다.

그때 문득 앤스같이 고약한 사람도 남들이 도와주고 싶은 마음을 갖게 하는 무언가가 있을 수도 있겠단 생각이 들었다. 나중에 후회하면서 그런 자신에게 발길질을 하는 한이 있더라도 말이다. 왜냐하면 다음 날 아침 스놉스네에서 일하는 유스터스 그림이 노새 한 쌍을 데리고 앤스를 찾아왔기 때문이다.

"스놉스와 앤스 간에 거래가 성사된 줄 몰랐네." 내가 말했다.

"성사됐어요." 유스터스가 말했다. "둘 다 말을 원했어요. 제가 스놉스 씨에게 얘기했듯이, 노새를 50달러에 내놓으려고 했어요. 스놉스 씨 삼촌인 플렘이 예전처럼 텍사스 말들을 가지고 있었다면, 앤스는 절대……"

"말이라고?" 내가 말했다. "앤스 아들 녀석이 어젯밤 그 말을 타고 도망갔는데. 아마도 지금쯤 텍사스 절반은 갔을 거네. 그리고 앤스는……"

"전 누가 말을 갖다 놓은 건지 몰라요." 유스터스가 말했다. "보진 못했으니까요. 오늘 아침 사료 주려고 헛간에 가 보니 말이 있었어요. 그래서 스놉스 씨에게 말했더니 여기로 노새를 갖다주라고 하던데요."

앤스네는 이제 주얼을 다시는 못 볼 거다. 크리스마스가 되면 녀석이 텍사스에서 보낸 카드 한 장쯤 날아올지도 모르지만. 주얼이 그렇게 하지 않았다면 내가 말을 보냈을 거다. 나 역시 앤스에게 갚아 줄 게 많은 사람이니까. 앤스는 어떤 식이든지 남을 홀리는 재주가 있다. 정말이지 알 수 없는 친구다.

바더먼

이제 작고 검은 원을 그리며 날고 있는 말똥가리가 일곱 마리나 된다.

"달 형, 저기 좀 봐." 내가 말한다. "보라니까."

하늘 위에 멈춘 채로 작고 검은 원을 그리고 있는 것들을 달과 함께 바라본다.

"어제는 네 마리뿐이었어." 내가 말한다.

헛간에는 네 마리보다 더 많았다.

"저게 다시 마차 위에 앉으면 내가 어떻게 할지 알아?" 내가 말한다.

"어떻게 하려고?" 달이 묻는다.

"엄마 위에는 절대 못 앉게 할 거야." 내가 말한다. "그리고 캐시한테도 앉지 못하게 할 거야."

캐시가 아프다. 관 위에 누워 있다. 하지만 엄마는 물고기다.

"못슨에서 약을 좀 사야겠다." 아빠가 말한다. "꼭 사야 돼."

"캐시, 좀 어때?" 달이 말한다.

"견딜 만해." 캐시가 말한다.

"좀 더 높게 받쳐 줄까?" 달이 말한다.

캐시의 다리가 부러졌다. 두 번 부러진 셈이다. 이불을 말아 베개로 쓰고 무릎 밑에 나뭇조각을 댄 채 관 위에 누워 있다.

"캐시를 암스티드네 두고 오는 게 나을 뻔했다." 아빠가 말한다.

내 다리는 괜찮다. 아빠와 달도 괜찮다. "길이 울퉁불퉁해서 그래요." 캐시가 말한다. "그럴 때면 다친 데가 쓸리거든요. 아무튼 견딜 만해요." *주얼이 사라졌다. 어느 날 저녁 말과 함께 가 버렸다.*

"너희 엄마는 남한테 신세 지길 원치 않으실 거다." 아빠가 말한다. "맹세컨대 난 최선을 다하고 있단다." *달, 주얼은 엄마가 말이라서 떠난 거야? 내가 말했다.* "줄을 더 팽팽하게 해도 될 것 같아." 달이 말한다. *그래서 주얼과 내가 헛간에 있고 엄마는 마차에 있었다. 왜냐하면 말은 마구간에서 살고 나는 계속 말똥가리를 쫓아내야 하니까.*

"그래 그렇게 해." 캐시가 말한다. 듀이 델도 다리가 괜찮고 나도 괜찮다. 캐시는 내 형이다.

마차가 멈춘다. 달이 줄을 느슨하게 풀자, 캐시가 진땀을 흘린다. 치아가 드러나 보일 정도다.

"아파?" 달이 묻는다.

"원래대로 하는 게 낫겠어." 캐시가 말한다.

달이 줄을 당겨 원래대로 해 놓는다. 캐시의 치아가 보인다.

"아파?" 달이 말한다.

"견딜 만해." 캐시가 말한다.

"마차 좀 천천히 몰라고 할까?" 달이 말한다.

"괜찮아." 캐시가 말한다. "머뭇거릴 시간이 없어. 견딜 만해."

"못슨에서 약을 꼭 사야겠구나." 아빠가 말한다. "꼭 사야겠어."

"계속 가라고 해." 캐시가 말한다. 마차가 계속 달려간다. 듀이 델이 몸을 낮춰 캐시의 얼굴을 닦아 준다. 캐시는 내 형이다. *하지만 주얼의 엄마는 말이다. 우리 엄마는 물고기고. 달은 물가에 도착하면 엄마를 볼 수 있을 거라고 했고, 듀이 델은 엄마는 관 안에 있는데 어떻게 관 밖으로 나올 수 있냐고 물었다. 나는 내가 판 구멍으로 나와서 물에 들어갔다고 말했다, 물 속에 들어가면 엄마를 볼 수 있을 거다. 엄마는 관 안에 없다. 우리 엄마가 그렇게 냄새날 리가 없거든. 우리 엄마는 물고기다.*

"제퍼슨에 도착하면 그놈의 케이크 다 망가질 거다." 달이 말한다.

듀이 델이 뒤도 안 돌아본다.

"차라리 못슨에서 팔지 그러니." 달이 말한다.

"형, 못슨엔 언제 도착해?" 내가 말한다.

"내일." 달이 말한다. "이놈의 노새들이 퍼지지만 않는다면 말이야. 스놉스네서 아마도 톱밥만 먹인 게 분명해."

"형, 왜 톱밥을 먹이는 건데?" 내가 말한다.

"봐," 달이 말한다. "보이지?"

이제 아홉 마리가 작고 검은 원을 그리며 날고 있다.

언덕배기에서 마차가 멈추자, 달과 듀이 델 그리고 나도 마차에서 내린다. 캐시는 다리가 부러져 걷지 못한다. "이놈의 노새들, 힘 좀 내자." 아빠가 말한다. 노새들이 힘들어하고 마차가 삐걱거린다. 달, 듀이 델, 나는 마차를 따라 언덕을 오른다. 언덕 꼭대기에 닿자, 마차가 멈추고 우리가 다시 마차에 오른다.

이제 열 마리다. 자그마한 검은 원을 그리며 하늘을 날고 있다.

모즐리

우연히 고개를 들어 보니 창밖에서 웬 여자가 약국 안을 들여다보고 있다. 창문 가까이에서도 아니고 딱히 뭘 보는 것도 아니었다. 그냥 이쪽으로 고개를 돌리고 초점 없이 멍하니 서 있었다. 마치 무슨 신호라도 기다리는 듯했다. 내가 고개를 들자, 그녀는 입구 쪽으로 다가왔다.

그녀는 다른 손님들처럼 방충 문 앞에서 잠시 멈칫하다가 안으로 들어왔다. 챙이 빳빳한 밀짚모자를 쓰고 손에는 신문지로 싼 꾸러미를 들고 있었다. 기껏해야 25센트나 1달러 정도 있는 듯 보였고 조금 서성대다가 싸구려 빗이나 흑인들이 애용하는 값싼 화장수나 사겠거니 싶어 방해하지 않고 잠시 내버려두었다. 샐쭉해 보이고 어색하긴 해도 예쁜 얼굴이었고, 마음을 정하고 무엇을 사든 간에 체크 무늬 원피스에 화장기 없는 지금 모습이 더 어울릴 것 같아 보였다. 무엇을 원하는지 묻지는 않았다. 약국에 들어오기 전에 이미 원하는 것이 있는 듯 보였기 때문이다. 어쨌든 손님들이 고르게 놔두어야 한다. 그래서 난 하던 일을 계속했고, 앨버트가 소다수 판매대에서 일을 마치고 오길래 그녀를 도와주게 했다.

"저 여자 말이에요." 앨버트가 말했다. "뭘 원하는지 직접 물어보시는 게 낫겠어요."

"뭘 원하는데?" 내가 말했다.

"모르겠어요. 대체 감이 안 와요. 한번 직접 물어보세요."

그래서 내가 계산대 밖으로 나왔다. 익숙한 듯 맨발로 바닥에 편하게 서 있던 그녀는 손에 꾸러미를 든 채 나를 뚫어지게 쳐다보고 있었다. 여태껏 내가 본 중에 가장 까만 눈동자였고 처음 보는 얼굴이었다. 적어도 못슨에서는 본 적이 없었다. "뭘 도와드릴까요?" 내가 말했다.

여전히 아무 말이 없었고, 눈 한번 깜박거리지 않고 나를 바라보았다. 그러다가 소다수 쪽 사람들을 돌아보고는 나를 지나쳐 약국 뒤편을 쳐다보았다.

"화장품을 보고 싶은 건가요?" 내가 말했다. "아니면 원하는 게 약인가요?"

"그거예요." 그녀가 말했다. 그러곤 다시 고개를 돌려 소다수 쪽을 쳐다보았다. 아마도 엄마 아니면 누군가 시켜 여자만 사용하는 약을 사 오게 했고 수줍어서 말을 못 하고 있다고 생각했다. 그런 약이 어디에 쓰이는지 알기에는 아직 너무 어려 보였을 뿐 아니라, 저 정도 피부를 가진 여자애가 그런 약을 사용할 리도 없었기 때문이다. 그런 약으로 몸을 망치는 것은 안타

까운 일이다. 하지만 이 나라에선 그런 약을 비치하지 않으면 약국 문을 닫아야 한다.

"아," 내가 말했다. "어디에 쓰게요? 우리는⋯⋯" 그녀는 아무 말 말라고 내게 눈치를 주고는 다시 약국 뒤편을 향해 시선을 돌렸다.

"뒤편으로 가서 말씀드릴게요." 그녀가 말했다.

"알겠어요." 내가 말했다. 손님의 비위를 맞춰야 하고 시간도 아껴야 하기에 나는 그녀를 따라 뒤편으로 자리를 옮겼다. 그녀는 문 위에 손을 얹었다. "뒤에는 조제용 약밖에 없어요." 내가 말했다. "대체 원하는 약이 뭐예요?" 그녀가 가만히 서서 나를 쳐다보았다. 이제야 얼굴과 눈에 뭔가 벗겨 낸 표정이 보였다. 그녀의 눈은 멍하면서도 희망에 넘치는 듯 보였고, 혹 실망스러운 경우를 당해도 감수하겠다는 어두운 기색도 보였다. 무언가 문제가 있다는 걸 알 수 있었다. "문제가 있나요?" 내가 말했다. "바쁘니까 원하는 게 뭔지 말해 봐요." 그녀를 재촉하고 싶은 마음은 없지만 나는 여느 사람들처럼 시간이 많은 사람이 아니었다.

"여자가 겪는 문제예요." 그녀가 말했다.

"아," 내가 말했다. "그게 전분가요?" 내 생각에 그녀가 보기보다 어려서 첫 생리에 겁이 났거나 아니면 어린 여성들에게 볼 수 있는 불규칙한 경우라고 보았다. "어머니는 어디 계세요?" 내가 말했다. "어머니가 없나요?"

"엄마는 저기 마차 안에 계세요." 그녀가 말했다.

"약을 복용하기 전에 먼저 어머니께 말씀드려야 해요." 내가 말했다. "여자라면 이런 문제를 누구나 다 알려 줄 수 있어요." 그녀가 나를 쳐다봤다. 나도 그녀를 다시 쳐다보며 말했다. "몇 살이에요?"

"열일곱이요." 그녀가 말했다.

"그래요." 내가 말했다. "내 생각에는 어쩌면 아가씨가······." 그녀가 나를 쳐다보고 있었다. 그때 그녀의 눈에서 나이도 가늠할 수 없고 마치 모든 걸 다 알고 있는 듯한 모습이 보였다. "생리가 규칙적으로 와요, 아니면 불규칙하게 와요?"

그녀는 더 이상 나를 쳐다보지 않지만, 꼼짝도 하지 않았다. "네," 그녀가 말했다. "그런 것 같아요. 맞아요."

"어느 쪽으로요?" 내가 말했다. 이건 범죄이자 수치다. 하지만 결국 누군가로부터 약은 구하겠지. 그녀는 나를 외면한 채 가만히 서 있었다. "그걸 멈추게 하는 약이 필요한 건가요?" 내가 말했다. "그런 거예요?"

"아니요." 그녀가 말했다. "이미 멈췄어요."

"그럼, 뭘······." 그녀는 마치 남자를 대할 때 항상 그렇게 하듯 고개를 숙인 채 가만히 있었다. 이런 경우 대개 남자들은 다음에 무슨 말을 듣게 될지 도통 짐작할 수가 없다. "아직 미혼이지요?" 내가 말했다.

"네."

"그래요." 내가 말했다. "멈춘 지 얼마나 됐어요? 다섯 달 남짓 되었나?"

"두 달밖에 안 됐어요." 그녀가 말했다.

"혹 우유병 꼭지라면 몰라도 그게 아니라면 아가씨가 살 약은 여기 없어요." 내가 말했다. "그거라도 사서 집에 돌아가 아버지께 말씀드려요. 아버지가 있다면 말이죠. 그리고 아버지더러 혼인 신고나 해 달라고 해요. 필요한 게 또 있나요?"

그녀는 날 쳐다보지 않은 채 여전히 꼼짝 않고 서 있었다.

"드릴 돈은 있어요." 그녀가 말했다.

"아가씨 돈이에요, 아니면 그 작자가 남자 역할 한답시고 준 돈인가요?"

"그 사람이 줬어요. 10달러예요. 그 정도면 될 거라고 했어요."

"천 달러를 줘도 우리 약국에선 못 구해요. 10센트를 줘도 마찬가지고요." 내가 말했다. "자, 내 말대로 돌아가서 아버지나 혹 오빠가 있으면 오빠에게 말해요. 아니면 길 가다가 처음 마주치는 남자에게 말하거나."

하지만 그녀는 꿈쩍도 하지 않았다. "약국에서 구할 수 있다고 레이프가 그랬어요. 그리고 저나 레이프 모두 절대로 아무한테도 말 안 할 거라고 얘기하라고 했어요."

"가서 아가씨의 그 소중한 레이프라는 자에게 와서 직접 사라고 전해 줘요. 그게 내가 원하는 거예요. 그래야 그나마 그자가 사람 대접을 받게 될 거예요. 혹 지금쯤 텍사스로 도망치고 있는 게 아니라면 가서 내가 이렇게 말했다고 꼭 전해 줘요. 분명 이미 도망갔겠지만. 나는 이 마을에서 지난 56년간 가족과 함께 약국을 지키며 신앙인으로 살아온 나름 존경받는 약사예요. 아가씨 가족이 있는 곳을 안다면 가서 내가 직접 알려 드리고 싶은 마음이에요."

처음 창문을 통해 안을 볼 때처럼 그녀가 멍한 표정으로 나를 쳐다보았다. "전 몰라요." 그녀가 말했다. "레이프가 약국에서 무언가 살 수 있을 거라고 말해 줬거든요. 혹 약을 주지 않으려 하면 10달러 주면서 절대 아무한테도 얘기하지 않겠다고 말하라고 했어요……."

"우리 약국으로 가라고 한 건 아니겠죠." 내가 말했다. "만에 하나 내 이름을 들먹였다면 가만 놔두지 않을 거예요. 다시 말해 보라고 하곤 법적으로 처벌할 겁니다. 가서 그렇게 전해 줘요."

"다른 약국에선 구할 수 없나요." 그녀가 말했다.

"그건 내 알 바가 아니에요. 나는 그저……." 그런 다음 다시 그녀를 쳐다보았다. 여자의 삶이란 힘들기만 하다. 지은 죄에 대한 변명이라고 한다면 간혹 남자들이…… 하지만 일단 일을 저지르게 되면 변명이 있을 수 없다. 삶이란 게 그리 녹록치 않은 거다. 그렇지 않다면 선하게 살다가 죽을 이유가 없다. "자, 보세요." 내가 말했다. "그런 생각일랑 지워 버려요. 그건 하나님이 주신 생명이에요. 악마를 통해서 이뤄졌다고 해도 마찬가지예요. 하나님의 뜻이 그걸 빼앗는 것이라면 뜻대로 이루어질 겁니다. 레이프에게 가서, 그 10달러로 결혼식이나 올려요."

"레이프 말이 약국에서 뭔가 살 수 있다고 했단 말이에요."

그녀가 말했다.

"그럼 딴 데 가서 알아보세요." 내가 말했다. "여기선 못 구해요."

꾸러미를 들고 바닥을 스치는 소리와 함께 그녀가 나갔다. 문 앞에서 멈칫거리더니 이내 자리를 떴다. 창문을 통해 길 따라 걸어가는 그녀의 모습이 보였다.

앨버트가 그녀에 대한 나머지 소식을 내게 전해 주었다. 그러밋네 철물점 앞에 아가씨가 탄 마차가 서 있었는데 냄새가 심해 부인네들이 손수건으로 코를 막고 거리 여기저기로 흩어졌고, 냄새에 민감하지 않은 남자들과 애들이 경찰과 한 남자가 실랑이를 벌이는 걸 보고 있었다고 했다. 큰 키에 깡마른 그 남자는 마차에 앉아 여기는 누구나 다닐 수 있는 길이니 자기도 있을 권리가 있다고 떠들어 댔고 경찰은 사람들이 냄새를 견딜 수 없으니 어서 이동하라고 했다는 것이다. 앨버트 말에 의하면 여드레가 지난 시신이 실려 있었고, 요크나파토파 카운티 어딘가에서 출발해 제퍼슨으로 가는 길이라고 했다. 금방 부서질 것 같은 마차에 시신을 싣고 가는 건 사람 많은 곳에다가 썩은 치즈 덩이를 던지는 거나 진배없었다. 손수 만든 관에다가 그 위에 다리가 부러진 사람이 누워 있고 아버지라는 사람과 어린애가 앞에 앉아 있는데 혹 마차가 마을을 벗어나기도 전에 부서질까 봐 다들 불안해했고, 결국 경찰이 어서 이 마을에서 벗어나게 했다는 거다.

"여긴 누구나 다닐 수 있는 도로예요." 그 남자가 말한다. "우리도 여느 사람들처럼 뭐 좀 사려고 잠깐 서 있을 수 있단 말이오. 살 돈도 있어요. 원하는 걸 사는 데 돈을 쓸 수 없다고 하는 법이 세상에 어디 있소."

이 사람들은 시멘트를 사려고 멈춘 것이었다. 아들 중 하나가 철물점에서 시멘트 포대를 뜯어 그중 10센트어치만 달라고 했다고 한다. 결국 그를 내보내려고 그러밋이 포대를 뜯어 팔았다는 것이다. 어떤 식으로든 자기 형의 부러진 다리를 치료하기 위해 이 시멘트를 샀다고 했다.

"그러다가 그 사람 죽게 할 수 있어요." 경찰이 말했다. "다리를 잃게 될 수 있으니 어서 의사에게 데려가요. 그리고 그 시신은 어서 땅에 묻어요. 공중위생을 위태롭게 한 죄목으로 모두 감옥에 갈 수 있다는 거 몰라요?"

"우리도 할 수 있는 한 최선을 다하고 있어요." 아버지란 사람이 말했다. 그는 마차가 돌아오길 기다릴 수밖에 없었고, 홍수로 다리가 소실되는 바람에 8마일이나 걸어 다른 다리로 왔는데 이마저 쓸려 가는 통에 돌아와 여울목을 통해 건넜고, 노새가 물에 빠져 익사하는 바람에 다른 노새를 사서 오다가 길이 소실됐다는 걸 알고 못슨으로 우회하게 되었다는 이야기를 주저리주저리 늘어놓았다. 그때 시멘트를 든 아들이 돌아와 아버지에게 그만 입 좀 닥치라고 했다.

"곧 떠날게요." 그 아들이 경찰에게 말했다.

"사람들한테 폐 끼칠 생각은 전혀 없어요." 아버지가 말했다.

"저기 누운 아들은 꼭 의사에게 데려가시오." 경찰이 시멘트를 든 아들에게 말했다.

"괜찮아질 겁니다." 그가 말했다.

"우리는 몰인정한 사람이 아닙니다." 경찰관이 말했다. "아마도 여러분 자신이 더 잘 알 거라고 봅니다."

"물론이죠." 그가 말했다. "듀이 델만 오면 곧 여기를 떠날 겁니다. 꾸러미를 하나 전해 주러 갔어요."

마차가 서 있는 동안 사람들은 손수건으로 얼굴을 가리고 뒷걸음질로 피해 다녔고, 곧이어 그 여자애가 신문지로 싼 꾸러미를 들고 돌아왔다.

"어서 갑시다." 시멘트를 든 아들이 말했다. "여기서 시간을 너무 소비했어." 이들은 마차를 타고 다시 길을 떠났다. 저녁 먹으러 갈 때까지도 냄새가 진동하는 것 같았다. 다음 날도 냄새가 나길래 경찰에게 말했다.

"아직도 냄새가 나는 것 같지 않아요?"

"지금쯤이면 그 사람들은 제퍼슨에 도착했을 겁니다." 그가 말했다.

"아니면 감옥에 있거나. 그나마 우리 동네 감옥이 아닌 게 천만다행이지요."

"맞아요." 그가 말했다.

달

"여기가 좋겠다." 마차를 멈추고 한 집을 바라보며 아버지가 말한다. "저기서 물 좀 얻을 수 있겠지."

"그러죠." 내가 말한다. "듀이 델, 가서 사람들에게 양동이 좀 구해 봐."

"맹세컨대," 아버지가 말한다. "사람들한테 신세 질 순 없어."

"알맞은 크기의 통이 있으면 가져오면 돼." 내가 말한다. 듀이 델이 꾸러미를 든 채로 마차에서 내린다. "못슨에서 케이크 팔려다가 문제가 있었던 모양이구나." 내가 말한다. 우리 삶은 가닥가닥 풀려 바람도 없고 소리도 없이 지루하게 반복되는 피곤한 몸짓으로 끝나고, 줄도, 손도 없이 울리는 충동들의 메아리로 마감된다. 해 질 무렵 우리는 분노하는 자세로, 인형들의 죽은 몸짓으로 전락한다. 캐시의 다리는 부러졌고 이제 톱밥도 다 떨어져 간다. 피를 너무 흘려 죽을 지경이 된 건 캐시다.

"신세 질 순 없어." 아버지가 말한다. "절대로."

"그러면 아버지가 가서 물 좀 얻어 오세요." 내가 말한다. "캐시의 모자에 담아 오면 되잖아요."

듀이 델이 마차로 올 때 어떤 남자도 따라온다. 그가 멈춰 섰고 듀이 델이 다가온다. 그는 그 자리에 서 있다가 잠시 후 자기 집으로 돌아가 현관 앞에 서서 우리를 지켜본다.

"캐시를 바닥에 내려놓지 않는 게 낫겠다." 아버지가 말한다. "그냥 여기서 하자."

"캐시, 내리고 싶어?" 내가 말한다.

"내일이면 제퍼슨에 닿는 거 아냐?" 그가 말한다. 진지하게 묻는 듯한 눈길로 우리를 바라보지만 애잔해 보인다. "그때까지 견딜 수 있을 거야."

"이렇게 하는 게 더 편할 거다." 아버지가 말한다. "서로 부딪치는 걸 막아 줄 거야."

"견딜 수 있어요." 캐시가 말한다. "멈추면 시간만 낭비하는 거예요."

"이미 시멘트를 샀단다." 아버지가 말한다.

"견딜 수 있다니까요." 캐시가 말한다. "하루 남았잖아요. 아프다고 드러내 놓고 말할 정도는 아니에요." 캐시는 잿빛의 여윈 얼굴로 눈을 크게 뜬 채 반문하듯 우리를 바라본다. "하실 작정이군요."

"이미 샀단다." 아버지가 말한다.

나는 통에다 옅은 녹색의 시멘트를 붓고 서서히 물을 붓고 휘젓는다. 캐시가 볼 수 있게 통을 마차로 가져온다. 하늘을 향해 누워 있는 캐시의 옆모습이 어둡게 실루엣으로 드러나고, 그 모습이 진정 모든 걸 참아 내는 수도자 같다. "이 정도면 제대로 섞인 건가?" 내가 말한다.

"물이 너무 많을 필요 없어. 잘 굳지 않는다고." 캐시가 말한다.

"아직도 많은 거 같아?"

"모래를 좀 더 섞어야겠어." 캐시가 말한다. "하루만 견디면 되잖아." 캐시가 말한다. "견뎌 낼 수 있다니까."

바더먼이 길 아래로 내려가 우리가 방금 건넌 냇가에서 모래를 구해 온다. 그리고 통 속에서 걸쭉하게 감겨 있는 시멘트에 붓는다. 나는 다시 마차로 간다.

"이 정도면 괜찮아?"

"응," 캐시가 말한다. "참을 수 있었는데. 별로 아프지도 않아."

우리는 부목을 느슨하게 하고 다리 위로 천천히 시멘트를 붓기 시작한다.

"조심해." 캐시가 말한다. "되도록 상처 위에는 붓지 마."

"그래." 내가 말한다. 듀이 델이 꾸러미에서 떼어 낸 신문지 조각으로 상처 위에 떨어진 시멘트를 닦아 준다.

"좀 어때?"

"괜찮아." 캐시가 말한다. "시원해서 좋아."

"조금이라도 도움이 되면 좋겠구나." 아버지가 말한다. "네게 미안하구나. 나도 이런 일이 벌어질 거라곤 전혀 예상을 못

했다."

"괜찮아요." 캐시가 말한다.

그저 시간 속으로 들어갈 수만 있다면 좋겠다. 시간 속으로 영원히 들어갈 수 있다면 얼마나 좋을까.

우리는 부목과 줄을 새로 바꿨다. 그리고 줄을 더 당기니, 줄 사이로 연한 푸른 빛 걸쭉한 시멘트가 흘러 들어갔다. 캐시가 아무 말 없이 깊은 의문을 품은 표정으로 우리를 지켜본다.

"좀 안정이 될 거야." 내가 말한다.

"응." 캐시가 말한다. "고마워."

그리고 다들 다시 마차에 올랐다. 바로 그때 주얼이 나타났다. 나무 같은 뻣뻣한 등에 나무처럼 무표정한 얼굴로 허리 아래쪽만 움직이면서 녀석이 우리를 따라온다. 그리고 시무룩한 얼굴에 창백하고 고집스러운 눈빛을 하고 말없이 마차에 올랐다.

"자, 언덕이다." 아버지가 말한다. "다들 내려서 걸어가자."

바더먼

달, 주얼, 듀이 델과 나는 마차를 따라 언덕을 올라갔다. 주얼이 돌아왔다. 길 따라 걸어오다가 마차에 올라탔다. 말을 타고 오지 않고 걸어서 왔다. 이제 말이 없다. 주얼은 내 형이다. 캐시도 내 형이다. 캐시는 다리가 부러졌다. 캐시의 다리를 고쳐 주었으니 더 이상 아프지 않을 거다. 캐시는 내 형이다. 주얼도 내 형이지만 다리가 부러지진 않았다.

말똥가리가 이제 모두 다섯 마리다. 작고 검은 원을 그리며 날고 있다.

"달 형, 밤에는 저 새들이 어디에 있어?" 내가 말한다. "우리가 밤에 헛간에서 지내면, 저 새들은 어디에 있는 거야?"

언덕이 하늘 속으로 사라진다. 그러면 언덕 뒤편에서 해가 떠오르고 노새와 마차, 아빠는 해 위를 걷는다. 해 위로 서서히 걷기에 이들의 모습을 볼 수 없다. 제퍼슨에 있는 진열창 뒤 선로를 달리는 기차도 빨간색이라고 한다. 반짝거리며 선로를 돌고 돈다. 듀이 델이 그렇게 말한다.

　오늘 밤 헛간에 있는 동안, 말똥가리들이 어디에 있는지 꼭 봐야겠다.

달

"주얼," 내가 말한다. "넌 누구 아들이니?"

헛간에서 바람이 불어와서 우리는 관을 사과나무 아래에 놓았다. 달빛 아래 사과나무 그림자가 잠들어 있는 듯한 길죽한 관 널판 위로 나풀거리고, 안에 누운 엄마가 가끔 은밀하게 속삭이는 소리가 들린다. 바더먼에게 그 소리를 들려준다. 널판 위로 올라가니, 은빛 발톱과 은빛 눈을 한 고양이 한 마리가 거기서 뛰어내려 어둠 속으로 사라졌다.

"주얼, 네 엄마는 말이었지. 그런데 아버지는 누구니?"

"이 빌어먹을 거짓말쟁이."

"그런 말 하지 마." 내가 말한다.

"나쁜 놈."

"그렇게 부르지 말라니까." 길게 늘어진 달빛 아래 주얼의 눈이 마치 높이 솟은 축구공에 달라붙은 하얀 종잇조각처럼 보인다.

저녁 식사 후 캐시가 조금씩 땀을 흘리기 시작한다. "조금 더 워지네." 그가 말했다. "온종일 햇볕을 받아서 그런가 봐."

"그 위에 물 좀 부어 줄까?" 우리가 말한다. "그러면 좀 나아질 거야."

"그래 주면 고맙지." 캐시가 말했다. "햇볕 때문일 거야. 그걸 알았으면 뭔가로 미리 덮어 둘 걸 그랬어."

"우리가 미리 생각을 했어야 했는데." 우리가 말했다. "형이 어떻게 예상했겠어."

"이렇게 뜨거워질 줄 나도 몰랐어." 캐시가 말했다. "내가 신경 썼어야 하는 건데."

그 위에 물을 부었더니, 캐시의 다리에 부은 시멘트가 마치 물 끓듯 부글거렸다. "좀 나아진 거 같아?" 우리가 말했다.

"고마워." 캐시가 말했다. "괜찮아졌어."

듀이 델이 자기 치맛단으로 캐시의 얼굴을 닦아 준다.

"잠시 눈 좀 붙여." 우리가 말한다.

"알았어," 캐시가 말한다. "정말 고마워. 이제 훨씬 나아졌어."

주얼, 내가 말한다, 네 아버지는 누구니?

나쁜 놈, 나쁜 놈.

바더먼

달과 나는 달빛을 가로질러 사과나무 아래에 있는 엄마에게 간다. 고양이가 뛰어내려 도망친다. 우리는 나무 관에서 들려오는 엄마의 목소리를 듣는다.

"들리니?" 달이 말한다. "귀를 가까이 대 봐."

귀를 가까이 대니 엄마의 목소리가 들린다. 단지 무슨 소리인지 모를 뿐이다.

"형, 뭐라고 하셔?" 내가 말한다. "누구한테 말하는 거야?"

"하나님께 얘기하시네." 달이 말한다. "하나님한테 도와달라고 하시는 거야."

"하나님한테 뭘 원하시는데?" 내가 말한다.

"사람들이 보지 못하게 숨겨 달라고 하시네." 달이 말한다.

"대체 왜 숨으려 하시는 건데?"

"그래야 삶을 내려놓으실 수 있거든." 달이 말한다.

"삶을 왜 내려놓으시려고 하는데?"

"자, 들어 봐." 달이 말한다. 우리는 엄마의 소리를 듣는다. 엄마가 옆으로 돌아눕는 소리가 들린다. "들리지." 달이 말한다.

"돌아누우셨어." 내가 말한다. "그리고 관 너머로 날 쳐다보고 있어."

"맞아." 달이 말한다.

"엄마는 어떻게 널판 너머로 날 쳐다볼 수 있는 거지?" 내가 말한다.

"자," 달이 말한다. "엄마가 조용히 지내게 해 드려야 해."

"엄마는 밖을 못 봐. 왜냐하면 구멍이 위에 있거든." 내가 말한다. "그런데 어떻게 밖을 볼 수 있는 거지?"

"캐시가 어떤지 보러 갈까?" 달이 말한다.

그리고 나는 듀이 델이 절대 아무에게도 말하지 말라고 한 걸 보고야 말았다.

캐시는 다리가 아프다. 오늘 낮에 다리를 고치긴 했는데 자리에 누워서 다시 아프다고 한다. 그래서 우리가 다리에 물을 부어 줬더니 조금 나아졌다고 한다.

"이제 괜찮아." 캐시가 말한다. "다들 고마워."

"이제 눈 좀 붙여." 우리가 말한다.

"괜찮아졌어." 캐시가 말한다. "고마워."

그리고 나는 듀이 델이 절대 아무에게도 말하지 말라고 한 걸 보고야 말았다. 아빠와 관련된 것도, 캐시나 주얼, 듀이 델이 관련 있는 것도 아니다. 그리고 나랑 관계있는 것도 아니다.

듀이 델과 나는 헛간이 보이는 뒷문 앞 간이 받침대에 누웠다. 간이 받침대 절반 위에만 달빛이 들어오기에 반은 하얗고 반은 까맣다. 달빛이 우리 다리 위에 있다. 헛간에 있다가 그놈의 새들이 밤에는 어디에서 지내는지 지켜볼 거다. 오늘 밤은 헛간 안은 아니지만, 헛간이 보이는 곳에 있기에 새들이 어디에 있는지 꼭 찾아낼 거다. 달빛에 다리를 드러낸 채 우리는 간이 받침대에 누워 있다.

"여기 좀 봐." 내가 말한다. "내 다리가 까매. 누나 다리도 까맣고."

"어서 자." 듀이 델이 말한다.

제퍼슨은 아직 멀리 있다.

"듀이 델."

"왜."

"크리스마스가 아닌데도 그게 거기 있을까?"

반짝거리는 선로 위를 기차가 돌고 돈다. 그러면 선로도 빙글빙글 반짝거린다.

"뭐가 있다는 거야?"

"기차 말이야. 진열창 안 기차."

"어서 잠이나 자. 내일 보게 될 거야."

산타 할아버지는 걔네들이 읍내 아이들인 줄 모를 수도 있다.

"듀이 델."

"어서 자라니까. 산타 할아버지가 읍내 애들이 가져가지 못하게 해 준다고 했잖아."

진열창 뒤 선로 위로 빨간 기차가 달린다. 반짝거리며 선로를 계속 돈다. 그게 마음을 아프게 했다. 그러자 아빠, 주얼, 달, 그리고 길레스피 아저씨의 아들이 보였다. 잠옷 밖으로 아저씨 아들의 다리가 보이는데, 다리에 난 털이 달빛 아래서 흐리게 보인다. 모두 집 주위를 돌아 사과나무로 향한다.
　"듀이 델, 다들 뭐 하는 거야?"
　모두 집 주위를 돌아 사과나무로 향했다.
　"엄마 냄새가 나." 내가 말한다. "누나도 그래?"
　"쉿," 듀이 델이 말한다. "바람이 반대로 불어서 그래. 어서 자라니까."
　이제 곧 말똥가리들이 밤에 어디 있는지 알게 될 거다. 다들 달빛을 맞으며 엄마를 어깨에 짊어지고 집 주위를 돌아 마당을 가로질러 간다. 엄마를 헛간으로 옮기자, 달빛이 낮게 말없이 엄마를 비춘다. 다들 돌아와 집으로 향한다. 달빛 아래 아저씨 아들의 다리털이 흐려졌다. 좀 더 기다리다가 내가 말했다. 듀이 델? 그리고 기다리다가, 마침내 말똥가리들이 밤중에 어디에 있나 보려고 헛간으로 갔다. 그리고 듀이 델이 절대 아무한테도 말해선 안 된다는 걸 보고 말았다.

달

 불길이 타오르기 시작할 무렵, 마치 어둠 속에서 출현하듯 어두운 현관 앞에 주얼이 모습을 드러낸다. 속옷 바람으로 날렵한 경주마처럼 뛰쳐나온 주얼은 믿을 수 없다는 듯이 격분한 표정을 하고 바닥으로 뛰어내렸다. 주얼은 고개도 안 돌리고 내게 눈길조차 주지 않았지만 내가 거기 있다는 걸 알고 있었다. 녀석의 눈동자에 타오르는 두 개의 횃불처럼 출렁이는 불길이 보인다. "세상에." 주얼이 헛간을 향해 달음박질로 언덕을 내려간다.
 그가 달리는 모습이 달빛 아래서 순간 은빛으로 빛난다. 폭약이라도 쌓아 둔 것처럼 헛간 지붕 전체가 불길에 휩싸이고 소리 없이 갑작스럽게 불길이 번지는데, 마치 함석을 정교하게 잘라 내 만든 납작한 조각 같은 모습으로 주얼이 뛰어나간다. 정면에서 보면 원뿔형처럼 생긴 헛간의 네모난 입구를 통해 톱질 받침대 위에 놓인 납작한 관이 모습을 드러내는데, 그 모습이 흡사 입체파 그림에 등장하는 벌레 같다. 내 뒤로 아버지, 길레스피 아저씨, 맥, 듀이 델, 바더먼이 집에서 나온다.

몸을 숙이고 관 앞에 멈춰 선 주얼이 성난 얼굴로 나를 뚫어지게 쳐다본다. 머리 위로 불길이 천둥 치듯 치솟는다. 한 줄기 서늘한 바람이 우리를 스치며 지나간다. 아직은 열기가 느껴지지 않는다. 하지만 갑자기 한 줌의 왕겨가 마구간 안으로 빨려 들어가고 말들이 울어 대기 시작한다. "서둘러," 내가 말한다. "말부터 구해."

잠시 나를 다시 노려보던 주얼이 지붕을 쳐다본다. 그러곤 놀란 말들이 아우성치는 마구간으로 뛰어든다. 불길이 날뛰는 말발굽 소리를 삼켜 버린다. 마치 끝도 없이 이어진 기차가 연이어 교각 위를 지나가며 내는 요란한 소리가 들리며 불길이 솟구쳐 오른다. 무릎까지 내려오는 잠옷 바람으로 뛰어나온 길레스피 아저씨와 맥이 가늘고 날카로운 뜻 모를 고함을 지르며 나를 지나친다. 내게는 무척이나 거칠고 슬프게 들리는 고함 소리다. "소…… 마구간……." 바람에 부푼 아저씨의 잠옷 자락이 털이 무성한 허벅지 언저리에서 풍선처럼 나풀거린다.

마구간 문이 홱 하며 닫히자, 주얼이 엉덩이로 문을 밀어젖히며 들어간다. 몸을 숙인 채 말 머리를 잡고 말들을 끌어낼 때, 옷 밖으로 불거져 나온 근육이 눈에 들어온다. 불길 속에서 말이 눈을 희번덕거릴 때마다 부드러우면서도 거친 오팔 같은 불빛이 보이고, 머리를 휘저을 때마다 근육이 뭉쳤다가 펴지면서 주얼의 몸도 허공에 떠 휘청인다. 주얼은 서서히 그리고 멋진

솜씨로 말들을 끌어낸다. 그러다가도 순간 고개를 돌려 분노에 찬 시선으로 나를 쳐다본다. 헛간에서 나온 말들이 다시 문간으로 돌아가려고 발길질하며 몸부림치자, 길레스피 아저씨가 잠옷을 벗어 말 머리에 덮어씌우고는 발가벗은 채 미쳐 날뛰는 말들을 때리며 문밖으로 끌어낸다.

주얼이 다급하게 돌아와 관을 내려다보다가 다시 안으로 들어가며 외친다. "소들은?" 내가 주얼의 뒤를 따른다. 맥이 마구간에서 다른 노새 한 마리와 씨름하고 있다. 불길을 본 노새의 눈이 휘둥그레진다. 하지만 아무 소리도 내지 않고 맥이 다가설 때마다 뒷발을 흔들며 어깨 너머로 맥만 쳐다보고 있다. 뒤돌아 우리를 바라보는 맥의 두 눈과 입술이 보인다. 순간 얼굴에서 보이는 이 세 개의 구멍과 주근깨가 접시 위에 올려놓은 영국산 완두콩처럼 보인다. 가늘고 날카로운 맥의 외침이 저 멀리서 들려오는 듯하다.

"방법이 없네……." 맥의 입술에서 떨어져 나온 목소리가 저 멀리 높은 곳으로 올라갔다가 힘이 빠진 나머지 다시 돌아와 우리에게 닿는 것처럼 들린다. 주얼이 미끄러지듯 우리 곁을 지나쳐 가더니 뒷발을 차며 세차게 요동치는 말 머리를 이내 제압한다. 맥의 귓가에 대고 내가 말한다.

"잠옷으로 머리를 감싸."

맥이 나를 쳐다보다가 이내 잠옷을 찢어 노새의 머리에 씌우자 노새가 단번에 잠잠해진다. 주얼이 맥에게 외쳐 댄다. "소는? 소는 어딨어?"

"뒤편에," 맥이 말한다. "마구간 맨 안쪽에."

 소가 안으로 들어가는 우리를 멀뚱멀뚱 쳐다보고 있다. 구석으로 몰린 채 머리 숙이고 다급히 여물을 씹고 있는 소는 도통 움직이려 들지 않는다. 주얼이 멈칫하며 위를 쳐다보는 순간 다락에서 마룻바닥까지 한꺼번에 무너져 내린다. 모든 게 불에 휩싸이면서 옅은 불꽃이 쏟아져 내린다. 주얼이 주위를 둘러보다가 여물통 아래에서 다리가 세 개 달린 우유받이용 의자를 보고는, 뒷벽 나무판자에 대고 휘둘러 판자벽을 부수고 하나씩 뜯어낸다. 우리도 부서진 판자 조각을 하나씩 떼어낸다. 뚫린 틈 앞에 선 우리 뒤로 순간 뭔가가 돌진해 온다. 소였다. 소가 마치 휘파람 소리 내듯 숨을 내쉬며 우리 사이로 돌진해 오더니 틈을 통과해 바깥으로 뛰쳐나간다. 마치 등 끝에 빗자루를 박아 놓기나 한 듯이, 꼬리를 곧추세운 채 달려 나간다.

 주얼이 다시 헛간으로 향한다. "잠깐만," 내가 말한다. "주얼!" 하고 부르며 붙들려고 하지만 주얼이 내 손을 뿌리친다. "아 바보야," 내가 말한다. "저 안쪽으론 못 들어간다는 거 몰라?" 헛간 통로가 마치 폭우 쏟아지듯 떨어지는 불길로 벌겋게 빛난다. "이쪽으로 가야 해." 내가 말한다.

 틈새를 통과하자 주얼이 냅다 뛰기 시작한다. "주얼." 같이 달리면서 내가 말한다. 주얼이 모퉁이를 돌아 쏜살같이 달린다. 내가 모퉁이에 다다르면 주얼은 마치 함석에서 잘라 낸 형상처럼 반짝이며 어느새 쏜살같이 다른 모퉁이로 사라진다. 아버지, 길레스피 아저씨, 맥이 달빛이 잠시 사라진 어둠 속에서 붉게 타오르는 헛간을 바라보며 멀찌감치 서 있다. "주얼을 잡아요!" 내가 소리친다. "저 녀석을 막으라니까요!"

헛간 앞에 이르자 주얼이 길레스피 아저씨와 씨름하고 있다. 한 사람은 속옷 차림에 마른 편이고, 또 한 사람은 완전히 벌거벗고 있다. 벌건 불빛 때문인지 씨름하고 있는 두 사람 모습이 마치 그리스 시대 건물 외벽에 새겨진 조각상처럼 현실과 동떨어져 보인다. 두 사람에게 미처 다가가기도 전에 주얼이 어느새 아저씨를 넘어뜨리고 헛간으로 다시 뛰어 들어간다.

강물 소리가 그랬던 것처럼 불길도 이제 번지는 소리가 잦아들었다. 헛간 입구가 무너져 내리는 가운데 몸을 웅크린 채 관의 한쪽 귀퉁이로 달려가 그 위에 엎드린 주얼의 모습이 보인다. 한동안 위를 쳐다보던 주얼이 불붙은 구슬 커튼처럼 떨어지는 시뻘건 건초 더미를 뚫고 우리에게 달려온다. 입 모양이 나를 부르는 것 같다.

"주얼!" 듀이 델이 소리친다. "주얼!" 마치 오 분간 눌려 있던 목소리가 한 번에 터지는 듯했다. "주얼! 주얼!" 아버지와 맥이 주얼을 찾으며 몸부림치는 듀이 델과 몸싸움하며 붙든다. 주얼은 이제 우리를 쳐다보지 않는다. 한 손으로 톱질 받침대에서 관을 내린 주얼이 어깨에 힘을 주며 관을 세운다. 주얼을 가릴 정도로 엄청나게 큰 관이 모습을 드러낸다. 엄마가 편안히 눕기 위해 그렇게 넓은 공간이 필요한 줄은 미처 몰랐다. 잠시 서 있는 관 위로 불꽃이 쏟아져 사방으로 튀는데 관에 닿는 순간 또다른 불꽃이 튀는 듯하다. 앞으로 기운 관이 추진력을 얻자 주얼의 모습이 드러나고, 그 위로 돌풍이 몰아치듯 불꽃이 쏟아지면서 마치 불이 만들어 준 옅은 후광 속에 주얼이 들어가 있는 것처럼 보인다. 관은 연신 기울다가 세워지고, 멈췄다가 다시 서서히 앞으로 나아가면서 불의 장막을 뚫고 나간다. 이번엔 주얼이 관에 올라타 매달려 있다. 마침내 관이 바닥에 떨어지면서 주얼을 앞으로 내동댕이친다. 살 타는 냄새가 옅게 풍기는 곳으로 맥이 달려간다. 그리고 주얼의 속옷에 구멍을 내며 마치 꽃이 개화하듯 점점 붉게 타들어 가는 곳을 손바닥으로 내려친다.

바더먼

한밤중에 새들이 어디에 있나 알아보려고 나갔다가 뭔가를 보고 말았다 사람들이 말했다. "달 어딨어? 어디 간 거야?"

사람들이 엄마를 사과나무 아래로 옮겨 놓았다.

헛간은 아직도 벌겋지만, 이제 더 이상 헛간이 아니다. 다 무너져 내리고 불길이 위로 치솟았다. 자그마한 벌건 조각이 되어 타오르는 헛간은 하늘과 별을 향해 소용돌이치며 날아갔고, 별들은 더 뒤로 물러났다.

캐시는 잠들지 못한 채, 땀을 흘리며 연신 머리를 이리저리 흔들었다.

"캐시, 시멘트에 물을 더 부어 줄까?" 듀이 델이 말했다.

캐시의 발과 다리가 시커멓다. 우리는 램프를 들고 시커멓게 변해 있는 캐시의 발과 다리를 살펴봤다.

"캐시 다리가 흑인 다리처럼 까매." 내가 말했다.

"이걸 깨 버려야 할 것 같다." 아빠가 말했다.

"대체 뭐 땜에 시멘트를 부은 건가?" 길레스피 아저씨가 말했다.

"그렇게 하면 좀 안정이 될 줄 알았네." 아빠가 말했다. "그저 도우려고 한 건데."

사람들이 납작한 철판과 망치를 가져왔다. 듀이 델이 램프를 들고 있고 사람들이 아주 세게 그걸 깨야 했다. 그러자 캐시가 잠들었다.

"캐시가 잠들었어." 내가 말했다. "자는 동안엔 아프지 않겠지."

금만 갈 뿐 시멘트가 떨어져 나오지 않았다.

"살가죽까지 묻어 나올 거야." 길레스피 아저씨가 말했다. "대체 뭐 땜에 시멘트를 부었담. 먼저 다리에 기름칠부터 해야 한단 생각도 안 했나?"

"도와주려고 했을 뿐이네." 아빠가 말했다. "달이 시멘트를 부었다네."

"대체 달은 어디 간 거야?" 사람들이 말했다.

"다들 그 정도 생각밖에 못 했단 말인가?" 아저씨가 말했다. "하긴 달이 했을 거라 생각은 했네만."

등이 벌겋게 된 주얼이 엎드려 있다. 듀이 델이 화기를 빼려고 버터와 검댕을 섞어 만든 약을 등에 발랐다. 등이 시꺼매졌다.

"주얼, 아파?" 내가 말했다. "등이 꼭 흑인처럼 까매졌어." 캐시의 발과 다리도 흑인들처럼 시꺼멓다. 시멘트를 깨자 캐시의 다리에서 피가 흘렀다.

"너도 그만 가서 누워." 듀이 델이 말했다. "그만 자야지."

"대체 달은 어디 있는 거야?" 그들이 말했다.

달은 사과나무 아래에서 엄마 위에 누워 고양이가 돌아오지 못하게 하고 있었다. "고양이 내쫓고 있는 거야?" 내가 말했다.

달 위에도 달빛이 살랑거렸다. 엄마 위에는 고요하게 비췄지만 달 위로 비친 달빛은 위아래로 출렁댔다.

"형 울지 마." 내가 말했다. "주얼이 구해 냈잖아. 그러니 울지 마."

헛간이 아직 벌겋다. 조금 전에는 더 벌건 색이었다. 벌건 게 하늘로 올라갔고 별들이 더 뒤로 물러났다. 기차 때문에 가슴이 아프듯이 이 모습에 가슴이 아팠다.

한밤중에 그것들이 어디에 있나 알아보려고 나갔다가 듀이 델이 절대 아무에게도 말하지 말라고 한 뭔가를 보고 말았다

달

 얼마 동안 우리는 이런저런 표지판을 지나쳤다. 잡화점, 옷가게, 약국, 자동차 수리점, 카페 등등. 3마일, 2마일, 거리 이정표가 매우 규칙적인 간격으로 등장한다. 언덕 정상에서 다시 마차에 오르니 바람 한 점 없는 오후에 나지막하게 깔린 연기가 곧게 피어오르는 모습이 보인다.
 "형, 이제 다 온 거야?" 바더먼이 말한다. "저기가 제퍼슨이야?" 녀석도 우리처럼 살이 좀 빠져 여윈 모습에 긴장하면서도 멍한 표정을 짓는다.
 "저기야." 내가 말한다. 바더먼이 고개 들어 하늘을 본다. 하늘 높이 말똥가리들이 작은 원을 그리며 날고 있다. 그냥 보면 아무런 의미 없이 하늘에 떠 있는 연기처럼 보이고, 앞뒤로 아무런 움직임이 없다. 다시 마차에 오른다. 관 위에는 캐시가 누워 있다. 잘게 부서진 시멘트 조각이 캐시 옆에 흩뿌려져 있다. 노새들이 꾀죄죄하고 축 처진 모습으로 덜컹거리는 마차를 이

끌며 언덕을 내려간다.

"먼저 의사부터 만나 봐야겠다." 아버지가 말한다. "달리 도리가 없어." 불에 덴 주얼의 등과 셔츠가 닿는 부위에 기름을 발라서인지 색이 서서히 변하면서 거멓게 되었다. 저기 아래 계곡에서 생명이 잉태되었다. 생명은 해묵은 공포, 욕망, 절망을 타고 언덕 위로 불려 올라왔었다. 그렇기에 우리도 언덕을 걸어 올라가는 거고, 다시금 내려갈 수 있는 거다.

무릎 위에 신문지로 싼 꾸러미를 든 듀이 델이 앉아 있다. 언덕을 내려가자, 빽빽한 나무들 사이로 반반한 길이 나타난다. 듀이 델이 말없이 사방을 둘러보다가 이윽고 말을 꺼낸다.

"여기 멈춰요."

뭔가 귀찮다는 듯 불만스러운 얼굴로 아버지가 듀이 델을 바라본다. 마차를 계속 몰면서 말한다. "왜 그러니?"

"잠깐 일 좀 보려고요." 듀이 델이 말한다.

아버지가 마차를 계속 몬다. "읍내 도착할 때까지 기다릴 수 없겠니? 이제 1마일도 안 남았어."

"세워 줘요. 일부터 봐야 한다고요." 듀이 델이 말한다.

아버지가 길 가운데 마차를 세운다. 우리는 꾸러미를 안고 마차에서 내리는 듀이 델을 지켜본다. 듀이 델이 뒤도 돌아보지 않는다.

"케이크는 두고 가지 그래." 내가 말한다. "우리가 보고 있을게."

듀이 델이 우리를 쳐다보지도 않은 채 그냥 마차에서 내린다.

"읍내에 도착하게 되면 어디서 일을 봐야 할지 모르잖아요?" 바더먼이 말한다. "듀이 델, 읍내에선 일 보러 어디로 가?"

듀이 델이 꾸러미를 안고 내리더니 덤불숲 사이로 사라진다.

"가능하면 빨리 와야 한다." 아버지가 말한다. "지체할 시간이 없어." 듀이 델이 대답이 없다. 숲에선 아무런 소리도 들리지 않는다. "암스티드와 길레스피가 말한 대로 미리 알려 땅부터 파게 했어야 했어." 아버지가 말했다.

"그런데 왜 안 하셨어요?" 내가 말한다. "전화라도 하시죠."

"뭐 하러." 주얼이 말한다. "땅에 구멍 팔 줄 모르는 사람이 어디 있다고."

차 한 대가 언덕 아래로 내려온다. 속도를 늦추며 경적을 울리기 시작한다. 저속 기어로 길가로 달리다가 바깥 바퀴가 도랑에 빠진 채 우리를 지나친다. 바더먼이 시야에서 사라지는 차를 바라본다.

"형, 얼마나 남았어?" 바더먼이 말한다.

"거의 다 왔어." 내가 말한다.

"미리 연락했어야 했어." 아버지가 말한다. "엄마 가족 말고는 아무한테도 신세 지고 싶지 않아서 그랬는데."

"대체 땅도 팔 줄 모르는 사람이 어디 있다고 그래요?" 주얼이 말한다.

"엄마 묘를 두고 그렇게 말하다니 점잖지 못하구나." 아버지가 말한다. "너희 모두 뭘 몰라. 너희 모두 엄마를 진정 사랑한 적도 없고." 주얼이 아무런 대꾸도 하지 않는다. 벌건 턱을 내민 채, 등이 셔츠와 붙지 않게 하려고 가슴을 앞으로 내밀고 뻣뻣하게 앉아 있을 뿐이다.

듀이 델이 돌아온다. 꾸러미를 든 채 덤불숲에서 나와 마차에 오르는 듀이 델의 모습을 모두 물끄러미 쳐다본다. 외출복으로 갈아입은 듀이 델이 목걸이를 하고 스타킹과 신발을 신고 마차에 오른다.

"그놈의 옷가지는 집에 두고 오라고 했을 텐데." 아버지가 말한다. 듀이 델이 말없이 우리의 시선을 피한다. 꾸러미를 마차에 놓고 자리를 잡자, 마차가 다시 움직인다.

"형, 언덕 몇 개 더 넘어야 해?" 바더먼이 말한다.

"하나 남았어." 내가 말한다. "다음 고개만 지나면 곧장 읍내로 들어가."

이번 붉은 모래 언덕은 양쪽으로 흑인들 숙소인 오두막이 늘어서 있다. 전면 하늘 가득 전화선이 널려 있고, 법원의 시계탑이 나무들 사이로 솟아 있다. 마치 우리가 읍내에 들어가는 걸 숨기기라도 하려는 듯 마차 바퀴가 모래 위를 속삭이듯 굴러간다. 오르막에 접어들자 모두 마차에서 내린다.

모두 마차를 따라 걷는다. 마차가 속삭이는 소리와 함께 오두막 앞을 지나가는데 사람들이 놀란 눈빛으로 문밖으로 얼굴을 내민다. 이들이 갑자기 내뱉는 소리가 들린다. 주얼이 좌우를 돌아본다. 그가 얼굴을 정면으로 돌리자 성이 나 벌게진 듯, 아직도 시뻘건 주얼의 귀가 보인다. 우리 앞으로 흑인 세 명이 걸어간다. 그리고 이들보다 10피트 앞에 백인 한 명이 보인다. 이들 곁을 지나치자, 순간 충격을 받아 성을 내는 표정으로 이들이 고개를 돌린다. "세상에나, 대체 저 마차에 뭐가 실린 거야?" 그중 한 명이 말한다.

주얼이 갑자기 돌아서서 말한다. "개자식 같으니." 이 말을 뱉을 때 주얼 곁을 지나가던 백인이 순간 멈춰 섰다. 주얼도 잠시 정신이 나갔는지 갑자기 백인 쪽을 향한다.

"달!" 캐시가 말한다. 나는 주얼을 말린다. 백인이 기가 막힌다는 듯, 한 걸음 뒤로 물러나 이를 악문다. 주얼이 턱이 하얗게 될 정도로 이를 악문 백인을 마차 위에서 내려다본다.

"당신 뭐라 그랬어?" 그 남자가 말한다.

"저기요." 내가 말한다. "얘가 별 뜻 없이 한 말이에요." 내가 말리는 순간 주얼이 그 남자를 향해 주먹을 휘두른다. 내가 주얼의 팔을 잡으며 씨름한다. 주얼이 나를 쳐다보지도 않은 채 팔만 빼려고 든다. 다시 그 사람을 보니 이미 칼을 빼 들고 서 있다.

"그만해요." 내가 말한다. "내가 얘를 붙잡고 있잖아요. 주얼……"

"자기가 잘난 도시 놈이라고 생각하나 보지. 개자식 같으니라고." 주얼이 나와 씨름하며 숨을 헐떡거리며 말한다.

그 남자가 칼을 자신의 옆구리에 대고 주얼을 주시하며 주위를 돌기 시작한다. "감히 나한테 그렇게 말하다니." 그가 말한다. 아버지가 마차에서 내리고 듀이 델이 주얼을 밀치며 말린다. 내가 주얼을 놓은 채 남자를 바라보며 말한다.

"잠깐만요, 별 뜻 없어요. 애가 아파요. 어젯밤 불이 나 입은 화상 때문에 지금 제정신이 아니에요."

"불이건 뭐건." 그가 말한다. "어떤 놈도 내게 그런 말을 할 순 없어."

"댁이 자기한테 뭐라고 한 줄 알았나 봐요." 내가 말한다.

"아무 말도 안 했고, 전에 본 적도 없소."

"하나님," 아버지가 말한다. "오, 하나님."

"압니다." 내가 말한다. "쟤는 별 뜻 없이 한 말이에요. 그 말도 취소할 겁니다."

"그럼, 당장 취소하라고 해요."

"칼부터 치우세요. 그러면 취소할 겁니다."

그 남자가 나를 쳐다보다가 다시 주얼을 쳐다본다. 주얼이 이제야 안정을 찾는다.

"칼 좀 치우세요." 내가 말한다.

그 남자가 칼을 접는다.

"하나님." 아버지가 말한다. "오, 하나님."

"주얼, 저 분한테 별 뜻 없었다고 말씀드려." 내가 말한다.

"저 사람이 뭐라고 한 것 같았어." 주얼이 말한다. "저 사람이……"

"조용해, 저 분한테 별 뜻 없었다고 말하라니까." 내가 말한다.

"별 뜻 없이 한 말이에요." 주얼이 말한다.

"그래야지." 그 남자가 말한다. "감히 나에게……."

"댁이 무서워서 내 동생이 욕을 못 한다고 생각해요?" 내가 말한다.

남자가 나를 쳐다본다. "그런 말은 안 했소." 그가 말했다.

"무섭긴 뭐가 무섭다고." 주얼이 말한다.

"닥쳐." 내가 말한다. "자, 아버지, 그만 가시죠."

마차가 움직인다. 남자가 제자리에 선 채 우리를 바라본다. 주얼이 돌아보지 않는다. "주얼이 저 사람을 때려 줄 수도 있었는데……." 바더먼이 말한다.

언덕 꼭대기에 이르자, 자동차가 오가는 길이 뻗어 있다. 노새들이 마차를 이끌며 언덕을 넘어 길로 나선다. 아버지가 마차를 세운다. 앞으로 뻗어 있는 길 전면으로 광장이 보이고 법원 앞에는 기념비가 서 있다. 주얼을 제외하고, 다들 익숙한 표정으로 고개를 돌리며 다시 마차에 오른다. 마차가 출발해도 주얼이 마차에 타지 않는다. "주얼, 어서 타." 내가 말한다. "자, 어서 이곳을 뜨자고." 하지만 여전히 타지 않는다. 타지 않고 뒷바퀴 축 위에 발을 올린 채 한 손으로 마차 기둥을 잡고 있다. 발바닥 밑으로 바퀴 축이 부드럽게 돌아가자 다른 발을 들어 그 위에 쪼그려 앉는다. 메마른 나무로 조각한 인형처럼, 나무처럼 야위고 뻣뻣한 모습으로 꼼짝 않고 앞만 바라본다.

캐시

 다른 방법이 없었다. 달을 잭슨으로 보내지 않으면 길레스피 아저씨가 우리를 고소할 게 뻔했기 때문이다. 아저씨는 헛간에 불을 지른 게 달이라는 걸 알고 있었다. 그걸 어떻게 알아냈는지 모르지만, 분명히 알고 있었다. 바더먼이 달이 불 지르는 걸 봤지만, 듀이 델 말고는 아무에게도 말하지 않았다고 했고, 듀이 델도 바더먼에게 절대 남에게 말해선 안 된다고 주의시켰다고 했다. 하지만 아저씨가 알고 만 것이다. 아마 화재가 난 후 이런저런 의심을 품었던 모양이다. 그날 밤 달의 행동을 보고 그렇게 짐작했을 수도 있다.
 아버지가 말했다. "다른 방도가 없어." 그러자 주얼도 말했다.
 "달을 지금 처리하고 싶으세요?"
 "처리하다니?" 아버지가 말한다.
 "잡아다 묶어 버리는 거죠." 주얼이 말한다. "제길, 아니면 노새와 마차에 불 지를 때까지 기다릴 작정이세요?"

하지만 지금은 별도리가 없었다. "그래도 지금은 안 된다고." 내가 말했다. "어머니를 땅에 모실 때까지 기다려야지." 남은 삶을 갇혀 지낼 운명이라면 그렇게 되기 전까지는 즐거움을 누리는 게 맞다.

"내 생각에도 달을 보내야 할 거 같구나." 아버지가 말한다. "맹세컨대, 이건 하나님이 내게 주신 시련이야. 한번 시련이 시작되면 끝이 없어."

가끔 난 회의가 든다. 과연 누가 미친 거고, 안 미친 건지. 이따금 나는 진정 균형 잡힌 감각으로 말할 수 없는 이상, 누가 진정 미친 거고 누가 완전 정상인지 말할 수 없다는 생각이 든다. 하는 짓 때문이라기보다 그저 다수가 어떤 사람이 한 짓을 어떻게 보느냐에 달려 있는 게 아닌가 싶다.

주얼은 달에게 너무 매몰차게 군다. 하기야 어머니를 이곳까지 모셔 온 건 주얼의 말을 판 대가로 노새를 산 덕분인데, 달이 헛간을 불태워 버리려 했다면 어찌 보면 그건 주얼의 말을 태워 버리려 한 거나 마찬가지다. 하지만 강 건너기 전후로 몇 번 생각해 봤는데, 하나님께서 엄마의 시신을 우리 손에서 빼앗아 깨끗이 처리하셨다면 그게 바로 하나님의 축복일 거고, 주얼이 애써 강에서 엄마를 건져 낸 게 오히려 하나님의 뜻을 거역한 게 아닌가 싶었다. 그래서 우리 중 누군가가 해야 한다고 달이 생각했다면 난 달이 옳은 일을 한 거라고 믿는다. 하지만 남의 헛간에 불을 질러 가축을 위험에 빠뜨리고 재산을 파괴한다면 이건 아무리 변명을 해도 용서가 되지 않는다. 바로 이럴 때 미쳤다고 하는 거다. 여느 사람들과 다른 생각을 품고 있기 때문이다. 이런 경우엔 별도리 없이 많은 사람이 맞다고 하는 걸 따를 수밖에 없다.

하지만 어찌 보면 부끄러운 일이다. 사람들이 뭔가 만들 때 자신이 편안하게 쓸 물건인 양 제대로 못질하고 가장자리를 잘 다듬어야 한다는 예전부터 내려온 훌륭한 교훈을 멀리하는 것 같다. 누구는 법원을 지을 만큼 매끈하고 근사한 판자를 가졌고, 또 누구는 가진 게 닭장을 만드는 데 쓰일 법한 거친 목재밖에 없을 수도 있는 거다. 이럴 경우 번지르르한 법원 건물을 짓기보다 그 거친 목재로 튼튼한 닭장을 짓는 게 낫다고 본다. 번지르르한 건물을 세우든 튼튼한 닭장을 짓든 어느 쪽을 더 좋다고 느끼지도, 나쁘다고 느끼지도 않기 때문이다.

우리는 광장을 향해 마차를 몰았다. "우선 캐시부터 병원에 데려가는 게 좋겠어요." 달이 말했다. "병원에 데려다 놓고 다시 오면 되니까요." 맞다. 달과 난 나이가 비슷하다. 10년쯤 지나 주얼과 듀이 델, 바더먼이 태어났다. 그 애들에게 친밀감을 느끼지만, 잘 모르겠다. 장남인 나 역시도 달과 같은 생각을 했었으니까. 어쨌든 잘 모르겠다.

아버지가 입을 우물대며 나를 쳐다보다가 다시 달을 바라본다.

"가요." 내가 말했다. "우선 엄마 먼저 물어야죠."

"엄마는 우리 모두 자리하길 바라실 게다." 아버지가 말한다.

"캐시부터 의사에게 데려가자니까요." 달이 말했다. "엄마는 기다려 주실 거예요. 이미 아흐레나 기다려 줬잖아요."

"너희들은 모른다." 아버지가 말한다. "젊은 시절을 같이 보냈던 사람, 같이 나이를 먹어 가면서 그 사람만이 내게 괜찮다고 말해 주었다. 그 말은 이 거친 세상에서, 슬픔과 시련 많은 이 세상에서 믿을 수 있는 유일한 진실이었지. 너희들은 이걸 모른다."

"가서 땅부터 파야 해요." 내가 말했다.

"암스티드 아저씨, 길레스피 아저씨 두 분 다 미리 알리라고 말씀하셨잖아요." 달이 말했다. "캐시, 당장 피보디 선생님한테 가야 하지 않아?"

"괜찮아." 내가 말했다. "지금은 많이 좋아졌어. 할 일부터 우선 해야지."

"땅만 미리 파 놨어도 좋았을 텐데." 아버지가 말한다. "게다가 삽도 준비 안 했구나."

"네." 달이 말했다. "제가 철물점에 가서 하나 사 올게요."

"돈 들잖니." 아버지가 말한다.

"그래서 엄마를 원망하시는 거예요?" 달이 말한다.

"가서 삽 하나 사 오죠." 주얼이 말했다. "돈 주세요."

하지만 아버지는 멈추지 않았다. "삽 하나 정도는 그냥 구할 수 있을지도 몰라." 아버지가 말했다. "여기에도 하나님을 믿는 사람들이 있겠지." 결국 달은 가만히 있었고 마차는 다시 출발했다. 마차 뒷문 쪽에 앉은 주얼은 달의 뒤통수만 바라보고 있었다. 마치 한 마리 불도그처럼, 줄에 매인 채 짖지도 않고 쪼그려 앉아 있다가 별안간 덮칠 요량으로 상대를 기다리는 모습이었다.

주얼은 번드런 부인의 집에 다다를 때까지 그런 모습으로 앉아 있었고, 음악 소리를 들으면서도 허연 두 눈으로 달의 뒤통수만 직시하고 있었다.

그 집에서 음악 소리가 들려왔다. 축음기 소리였다. 마치 실제 연주하듯 자연스러웠다.

"피보디 선생님께 가고 싶어?" 달이 말했다. "여기서 좀 기다리라고 하고, 아버지한테 말씀드려서 얼른 피보디 선생님께 데려다주고 오면 돼."

"괜찮아." 내가 말했다. 이제 거의 끝나 가고, 아버지가 삽을 구해 오면 엄마부터 땅에 모시는 게 낫다. 아버지는 음악 소리가 흘러나오는 집을 향해 마차를 몰았다.

"저 집에 삽이 있을지 모르겠네." 아버지가 말했다. 아버지는 번드런 부인 집 앞에 마차를 세웠다. 이미 그 집을 알고 있는 분위기였다. 가끔은 게으른 사람들이 게으름에 대해 아는 만큼 일을 열심히 하는 사람들도 앞으로 벌어질 일에 대해 아는지 궁금해진다. 어쨌든 아버지는 마치 아는 집인 듯 음악이 흘러나오는 그 집 앞에 멈췄다. 음악 소리를 들으며 우리는 기다렸다. 슈랫과 흥정해서 5달러에 축음기를 살 수 있었을 텐데. 음악은 사람을 편하게 해 준다. "이 집에 삽이 있을지 모른다." 아버지가 말했다.

"주얼을 보낼까요. 아니면 제가 갈까요." 달이 말한다.

"내가 가 보는 게 낫겠다." 아버지가 말한다. 마차에서 내린 아버지가 길을 따라 올라가다가 그 집 뒤편으로 돌아 들어갔다. 잠시 음악이 멈췄다가 다시 들리기 시작했다.

"아버지가 구해 오시겠지." 달이 말했다.

"그렇겠지." 내가 말했다. 달은 마치 다 알고 있는 듯 말했고, 벽 넘어 집 안을 다 보는 것 같았고, 앞으로 10분간 전개될 일도 다 아는 듯 보였다.

하지만 10분 이상이 지체됐다. 음악도 멈추고 꽤 오랫동안 들리지 않았다. 아버지와 그 여자가 뒤편에서 얘기 나누고 있는 동안 우리는 마차에서 기다렸다.

"내가 피보디 선생님한테 데려가 줄까?" 달이 말했다.

"괜찮다니까." 내가 말했다. "엄마부터 모시자고."

"아버지가 돌아오셔야 말이지." 주얼이 말한다. 그는 욕지거리까지 내뱉더니 마차에서 내리면서 말했다. "난 갈 거야."

그때 아버지가 삽 두 자루를 들고 집을 돌아 나왔다. 아버지는 삽을 마차에 올려놓더니 다시 마차를 몰았다. 음악 소리는 다시 들리지 않았다. 아버지가 인사하듯 손을 약간 들었고, 창문 커튼 자락이 조금 열리면서 그 여자의 얼굴이 보였다.

하지만 가장 이상한 건 듀이 델이었다. 나도 놀랐다. 사람들이 달을 두고 이상하다고 할 때 사적인 감정으로 그러는 게 아니라는 걸 알고, 달도 여느 사람처럼 전혀 개의치 않는단 걸 안다. 그럴 때 화를 낸다는 건 스스로 진흙탕에 뛰어들어 가 놓고 진흙이 묻었다고 화내는 거와 진배없기 때문이다. 그리고 나는 늘 달과 듀이 델이 둘만 통하는 무언가를 알고 있단 생각을 하곤 했다. 듀이 델이 가장 좋아하는 사람이 누구냐고 묻는다면 난 달이라고 했을 것이다. 하지만 마차에 짐을 싣고 관을 덮어 씌운 채 문밖으로 나와 길로 들어섰을 때 사람들이 우리를 기다리고 있다가 별안간 다가와 달을 붙들었는데, 몸부림치는 달을 도망 못 가게 먼저 붙든 사람은 주얼이 아니라 듀이 델이었다. 순간 길레스피 아저씨가 누가 불 질렀는지를 어떻게 알게 되었는지 의문이 풀렸다.

듀이 델은 달에게 말 한마디 건네지 않았고, 눈길 한 번도 주지 않았었다. 하지만 사람들이 와서 달에게 자신들이 온 이유를 대고 붙잡으려 할 때 뒷걸음질 치는 달에게 마치 길고양이처럼 뛰어 달라붙은 것도 듀이 델이었다. 사람들 중 한 명이 길고양이처럼 달을 물고 뜯고 늘어지는 듀이 델을 떼어 놔야 할 정도였다. 다른 한 사람과 아버지와 주얼은 달을 넘어뜨려 바닥에 엎어지게 했다. 그때 달이 나를 올려다보며 말했다.

"형만큼은 말해 줄 줄 알았어." 달이 말했다. "형이 그럴 줄 몰랐어."

"달." 내가 말했다. 하지만 달이 다시 버티는 바람에, 달과 주얼, 다른 한 사람, 듀이 델을 붙잡고 있던 사람, 바더먼 모두 소리를 지르며 난장판이 되었다. 주얼이 이렇게 말했다.

"죽여 버려. 저 새끼 죽여 버리라고."

최악이었다. 정말 최악이었다. 부당한 짓을 해 놓고 책임을

면할 순 없다. 달 역시 마찬가지다. 달에게 그렇게 말해 주려고 했지만, 달은 계속 이렇게 말했다. "나한테 말해 줄 줄 알았지. 내가……." 그러다가 달이 웃어 대기 시작했다. 한 사람이 달에게 달려드는 주얼을 떼어 놓았다. 달은 바닥에 앉아 그저 웃기만 했다.

물론 말해 주려고 했다. 내가 몸만 움직여 앉을 수만 있었어도 말이다. 그런데 내가 달에게 말해 주려는 순간 달이 나를 올려다보며 웃음을 멈췄다.

"내가 가면 좋겠어?" 달이 물었다.

"그게 더 나을지도 몰라." 내가 말했다. "거기 가면 귀찮게 하는 사람도 없고 시끄럽지도 않고. 달, 너에게 나을지도 몰라." 내가 말했다.

"더 낫다고." 달이 말했다. 그리고 다시 웃어 대기 시작했다. "낫단 말이지." 웃느라 말도 못 할 지경이었다. 달은 바닥에 앉은 채 계속 웃어 대고 있었고 우리는 그런 달을 바라보고 있었다. 최악이었다. 정말 최악이었다. 웃을 일이라곤 전혀 없는데. 남이 땀 흘려 세운 것, 그리고 땀의 결실을 저장해 놓은 곳을 일부러 망가뜨리는 건 결코 정당화될 수 없는 법이다.

미친 것과 정상적인 것을 판단할 수 있는 권리가 누구에게 있는지 나는 확신할 수 없다. 누구든 정상적이건 비정상적이건 온갖 짓을 저질렀던 사람이 우리 속에 도사리고 있다가 똑같이 두렵고 놀라운 심정으로 자신을 지켜보는 건 아닌지 모르겠다.

피보디

"절박한 상황이라면 어쩔 수 없이 수의사인 빌 바너에게 빌어먹을 놈의 노새 다루듯 자길 치료해 달라고 할 순 있겠지만, 앤스 번드런에게 시멘트로 자기 다리를 치료하게 내버려두다니. 여벌로 다리 한 짝이 더 있는 모양이지." 내가 말했다.

"다리를 고정시켜 편하게 해 주시려고 한 것뿐이에요." 캐시가 말했다.

"편하게 해 주려 했다니, 젠장." 내가 말했다. "이런 너를 다시 마차에 올라타게 놔둔 암스티드는 대체 왜 그런 거라니?"

"사람들이 점점 관을 알아봐서 그랬어요." 캐시가 말했다. "기다릴 시간도 없었고요." 나는 물끄러미 캐시를 쳐다보았. "전 괜찮았어요." 캐시가 말했다.

"그 부러진 다리로 엿새 동안 완충기도 없는 마차를 타고 온 게 괜찮았다고 하면 그건 거짓말이지."

"괜찮았다니까요." 캐시가 말했다.

"글쎄, 앤스에게 괜찮았단 말이겠지." 내가 말했다. "사람들 오가는 대로에서 불쌍한 자기 자식을 마치 살인범 다루듯 수갑 채워 데려가게 하고도 아무렇지도 않은 앤스였으니 네게 한 건 아무것도 아니겠지. 시멘트 벗겨 내느라 네 피부가 그렇게 떨어져 나간 것도 괜찮다는 거냐? 한쪽 다리가 짧아져 평생 절뚝거리며 살아도 걷기만 하면 괜찮다고 말할 수 있겠냐고?" 내가 말했다. "세상에나. 앤스가 왜 널 가까운 제재소에 데려가 네 다리를 톱으로 자르지 않았을까? 그랬으면 치료가 됐을 텐데. 그런 다음 앤스의 머리를 그 톱 밑에 밀어 넣었다면 네 가족 모두 치유됐을 텐데……. 대체 앤스는 어디 간 거냐? 뭘 하고 있는 거냐고?"

"빌린 삽을 돌려주러 가셨어요." 캐시가 말했다.

"그렇구나." 내가 말했다. "자기 마누라 땅에 묻으려면 삽은 빌렸어야 했겠지. 땅속 구멍이라도 빌렸을 위인이니까. 앤스도 같이 묻어 버리지 않았다니 아쉽구나……. 어떠냐, 많이 아프냐?"

"별로요." 압지처럼 허연 얼굴에 구슬 같은 땀을 흘려 가며 캐시가 말한다.

"물론 그렇겠지." 내가 말했다. "어쨌든 내년 여름쯤이면 이 다리로 웬만큼 걸어 다닐 수는 있을 게다. 그땐 좀 나아질 거다……. 사고 났던 다리를 다시 다친 게 그나마 다행이구나."

"아버지도 그 말씀하셨어요." 캐시가 말했다.

맥가원

조제실 뒤에서 초콜릿 소스를 붓고 있는데 조디가 내게 와서 말한다. "스키트, 웬 여자가 와서는 의사를 만나고 싶다고 하네. 어떤 의사를 만나고 싶냐니까 그저 여기 있는 의사를 원한다는 거야. 그래서 여긴 의사가 없다고 하니까, 조제실 쪽을 보면서 그냥 서 있어."

"어떤 여자야?" 내가 말한다. "위층 앨퍼드네 사무실로 가라고 해."

"시골 애 같은데." 조디가 말한다.

"그냥 법원으로 보내." 내가 말한다. "의사들 다 멤피스에서 열린 이발사 모임에 갔다고 해."

"알겠어." 조디가 나가면서 말한다. "시골 애치곤 꽤 예쁘던걸."

"잠깐만." 내가 말한다. 조디가 기다리는 동안 나는 잠깐 나가서 틈새를 통해 들여다봤다. 하지만 빛에 비친 다리가 예쁜 것 말고는 아무것도 알 수 없었다. "어린 여자라고?" 내가 말한다.

"시골 애치고는 꽤나 매력적이야." 조디가 말한다.

"이것 좀 갖고 있어 봐." 조디에게 초콜릿를 넘긴 후, 앞치마를 풀고 앞쪽으로 나갔다. 꽤 예뻐 보이는 여자였다. 남자가 배반하면 칼로 찔러 죽일 것처럼 보이는 그런 까만 눈동자를 가졌고, 꽤나 예뻤다. 식사 시간이라 가게에는 아무도 없었다.

"뭘 도와줄까요?" 내가 말한다.

"의사 선생님이세요?" 그녀가 말한다.

"그래요." 내가 말한다. 그녀는 날 쳐다보던 눈길을 접고 주위를 둘러보기 시작한다.

"저 뒤로 가서 얘기할 수 있을까요?" 그녀가 말한다.

이제 열두 시 십오 분경이기에, 우선 안으로 들어갔다. 조디에게는 혹 망을 보다가 영감이 보이면 휘파람을 불라고 일렀다. 영감은 한 시 이전에는 돌아오는 법이 없었다.

"그만두는 게 어때." 조디가 말한다. "자칫 노인네가 자넬 해고하면 어쩌려고."

"한 시 전에는 돌아오지 않잖아." 내가 말한다. "그 양반이 우체국에 들어가는 게 보일 거야. 잘 감시하다가 휘파람을 불어 달라고."

"뭘 어쩌려고 그래?" 조디가 말한다.

"망이나 봐. 이따 알려 줄게." 내가 말한다.

"나한테도 기회 좀 줘야 한다." 조디가 말한다.

"대체 무슨 생각을 하는 거야?" 내가 말한다. "여기가 종마 사육장이라도 되는 줄 알아? 망이나 봐. 난 상담 들어갈 테니까."

뒤로 들어가 우선 거울 앞에서 머리를 손질한 다음, 그녀가 기다리고 있는 조제실 뒤편으로 갔다. 약상자를 보고 있던 그녀가 나를 본다.

"자, 아가씨. 무슨 문제지요?" 내가 말한다.

"여자들 문제예요." 내게 눈을 맞추며 그녀가 말한다. "돈은 있어요." "그래요," 내가 말한다. "여자들 문제가 있다는 건지, 아니면 여자들 문제를 원한다는 건지. 여하튼 잘 찾아왔네요." 시골 촌사람들. 반은 자신이 원하는 게 뭔지 모르고, 나머지 반은 말로 할 줄 모른다. 시계는 열두 시 이십 분을 가리키고 있다.

"안 해요." 그녀가 말한다.

"뭘 안 한다는 거예요?" 내가 말한다.

"그걸 안 해요." 그녀가 말한다. "그거요." 그녀가 날 쳐다본다.

"돈은 있어요." 그녀가 말한다.

이제야 그녀가 말하려는 걸 알아차렸다.

"아하," 내가 말한다. "뱃속에 아가씨가 원치 않는 무언가를 갖고 있군요." 그녀가 나를 쳐다본다. "그걸 좀 더 키우고 싶은 건가요, 아님 줄이고 싶은 건가요?"

"돈은 있어요." 그녀가 말한다. "내 친구가 이 돈이면 약국에서 뭔가 살 수 있다고 했어요."

"누가 그랬다고요?" 내가 말한다.

"내 친구가 그랬어요." 내게 눈을 맞추며 그녀가 말한다.

"이름 대기가 싫으신 모양이죠." 내가 말한다. "아가씨 뱃속에 도토리를 넣은 그 친구군요? 그 사람이 이렇게 말해 줬나 보군요." 그녀는 말이 없다. "결혼은 안 했죠?" 내가 말한다. 반지도 안 차고 있었다. 하긴 시골에서 반지를 주고받는단 얘긴 들어 본 적이 없다.

"돈은 있어요." 그녀가 말한다. 그녀는 손수건으로 싸맨 10달러짜리 지폐를 꺼낸다.

"정말이군요." 내가 말한다. "그 친구가 주던가요?"

"네." 그녀가 말한다.

"친구들 가운데 누구요?" 내가 말한다. 그녀가 나를 쳐다본다. "친구들 중 누가 주었어요?"

"친구는 하나뿐이에요." 그녀가 말한다. 그녀가 나를 쳐다본다.

"계속해요." 내가 말한다. 그녀가 아무런 말이 없다. 지하실의 문제는 출구가 하나라는 거다. 나가려면 실내 계단을 통하는 수밖에 없다. 한 시까지 십오 분 남았다. "아가씨처럼 예쁜 사람이……." 내가 말한다.

그녀가 나를 쳐다보다가 손수건에다 다시 돈을 싸기 시작한다. "잠깐만요." 내가 말한다. 나는 조제실을 돌아 밖으로 나온다. "귀를 뺀 친구 이야기 알아?" 내가 말한다. "귀를 뺀 이후로 엄청 난 폭발음도 못 듣게 되었다던데."

"영감이 돌아오기 전에 아가씨를 데리고 나오는 게 좋을 거야." 조디가 말한다.

"영감이 자네에게 월급 주는 이유는 거기 서 있으라는 거니까 앞쪽에 서 있으면 영감에겐 나만 보일 거야." 내가 말한다.

조디가 천천히 앞쪽으로 간다. "스키트, 자네 저 아가씨에게 무슨 짓을 하려고 그래?" 조디가 말한다.

"지금은 말 못 해." 내가 말한다. "양심상 말 못 하겠고. 자네는 가서 망이나 보라니까."

"말해 봐, 스키트." 조디가 말한다.

"가라니까." 내가 말한다. "내가 하긴 뭘 한다고. 약이나 만들어 주려고."

"저 아가씨를 뒤로 데려간 것 가지곤 영감이 아무 말 안 할지 모르지만, 조제실에서 장난친 거 알게 되면 자넬 발로 걷어차 저 계단 아래로 굴려 버릴 거라고."

"영감보다 덩치 큰 놈들한테도 걷어차인 적이 있어." 내가 말한다. "그러니 가서 영감 오나 보고 있으라니까."

나는 조제실로 돌아왔다. 시계는 한 시 십오 분 전을 가리키고 있다. 손수건에 돈을 싸매던 아가씨가 말한다. "당신 의사 아니죠?"

"의사라니까요." 내가 말한다. 그녀가 나를 훑어본다. "내가 너무 젊어서 그래요, 아니면 너무 잘생겨서 그래요?" 내가 말한다. "여기에도 다리가 흐물흐물한 늙은 의사가 많았어요." 내가 말한다. "제퍼슨은 일종의 늙은 의사들의 양로원 같은 곳이었죠. 한데 점차 약장사도 잘 안되고 사람들도 안 아프고 앓는 여자 환자들도 없어졌어요. 결국 늙은 의사들은 나가게 되고 대신 여자들이 좋아하는 젊고 잘생긴 의사들이 들어왔어요. 그러자 여자 환자들도 늘어나고 장사가 활성화되기 시작했죠. 전국적인 현상이에요. 이런 말 처음 들어 봐요? 하긴 아가씨는 의사 볼 일이 없었나 봅니다." 내가 말한다.

"지금 필요해요." 그녀가 말한다.

"그럼 제대로 왔어요." 내가 말한다. "아까도 말했잖아요."

"그럼 잘 듣는 약 있어요?" 아가씨가 말한다. "돈은 있어요."

"그럼요." 내가 말한다. "의사라면 칼로멜을 제조할 뿐 아니라 모든 걸 다 배워야 해요. 하지만 아가씨 문제는 내가 잘 모르겠어요."

"내 친구가 뭔가 살 수 있다고 했어요. 약국에 가면 구할 수 있다고 했다고요."

"그 친구가 약 이름은 안 가르쳐 주던가요?" 내가 말한다. "가서 한번 물어봐요."

아가씨는 내게서 눈을 떼고는 연신 손수건을 만지작대기 시작한다. "뭔가 해야 한다고요." 그녀가 말한다.

"얼마만큼 그걸 원하는데요?" 내가 말한다. 아가씨가 나를 쳐다본다. "의사들은 사람들이 모를 거라고 여기는 것들을 다 배우죠. 하지만 그걸 다 말해서는 안 돼요. 법에 어긋납니다."

앞쪽에서 조디가 부른다. "스키트."

"잠깐만요." 내가 말하곤 앞쪽으로 간다. "영감 모습이 보여?" 내가 말한다.

"아직 안 끝났어?" 조디가 말한다. "자네가 이리 와서 망을 보고 차라리 내가 상담해 볼까."

"자넨 별 흥미를 못 끌걸." 내가 말한다. 다시 돌아오니 그녀가 나를 쳐다본다. "아가씨가 원하는 걸 해 주면 내가 감옥에 갈 수 있다는 걸 알고 있나요?" 내가 말한다. "내 의사 면허도 잃고 결국 다른 일을 구하러 나가야 할 겁니다. 아시겠어요?"

"전 10달러밖에 없어요." 그녀가 말한다. "나머지는 다음 달이 돼야 가져올 수 있을 거예요."

"허," 내가 말한다. "10달러라고요? 제 지식과 능력에 값을 매길 순 없지만, 하찮은 10달러 갖고는 불가능하죠."

그녀가 눈 한번 깜빡 안 하고 날 쳐다본다. "그러면 뭘 원하시는데요?"

시계가 한 시 사 분 전을 가리킨다. 이제 조제실에서 그녀를 나오게 하는 게 낫겠다는 생각이 든다. "세 번 안에 맞춰봐요. 그 담엔 내가 알려줄 테니." 내가 말한다.

그녀는 여전히 눈 한번 깜빡이지 않다가 이렇게 말한다. "난 뭐라도 해야 해요." 그녀가 뒤를 살펴보고 좌우를 돌아보다가 앞쪽으로 나온다. "약부터 주세요." 그녀가 말한다.

"지금 준비가 되었다는 거예요?" 내가 말한다. "여기에서."

"약부터 달라니까요." 그녀가 말한다.

난 계량 글라스를 들고 뒤돌아서서 해로운 게 담겨 있어 보이지 않는 병 하나를 꺼냈다. 독약이 담겨 있다면 병에다가 아무 표시도 안 한 사람이 책임질 테지. 송진 냄새 같은 게 나는 걸 글라스에 조금 부은 다음 그녀에게 주었다. 그녀가 냄새를 맡고는 글라스 너머로 나를 바라본다.

"송진 냄새가 나는데요." 그녀가 말한다.

"맞아요." 내가 말한다. "그게 치료의 첫 단계예요. 오늘 밤 열 시에 다시 오면 나머지를 주고 수술을 해 줄게요."

"수술이요?" 그녀가 말한다.

"아프진 않아요. 이전에도 받았던 그런 수술이에요. 독 제거에는 독을 쓴다는 말 들어 봤어요?"

그녀가 나를 살피며 말한다. "효과가 있나요?"

"당연하지요. 이따가 와서 받기만 하면 돼요."

그녀는 안에 든 게 무엇이든 전혀 개의치 않고 글라스를 들이켜고는 밖으로 나갔다. 나도 앞쪽으로 나갔다.

"잘해 줬어?" 조디가 말한다.

"뭘 잘해 줘?" 내가 말한다.

"아, 왜 이래," 조디가 말한다. "그 아가씨를 가로채려는 게 아냐."

"아, 그 아가씨." 내가 말한다. "약 좀 달라던데. 심한 설산데, 낯선 사람 앞에서 말하기가 창피했던 모양이야."

오늘 밤은 내가 당직이라 영감이 마무리하는 걸 돕고 여덟 시 반에 퇴근하는 영감에게 모자까지 씌워 주었다. 길모퉁이까지 영감을 배웅하고 가로등 두 개를 지나 시야에서 사라질 때까지 영감을 바라보았다. 약국으로 돌아와 아홉 시 반까지 있다가 앞쪽 등을 끄고 뒤편에 등 하나만 남겨 놓고는 약국 문을 잠갔다. 그리고 뒤편으로 가 탤컴파우더˚를 캡슐 여섯 개에 담았다. 지하실을 깨끗하게 치운 후, 모든 준비를 끝냈다.

정각 열 시 종이 다 울리기도 전에 그녀가 다시 왔다. 안으로 들어서자, 잰걸음으로 들어왔다. 밖을 살피니 길가 연석 위에 멜빵바지 차림의 남자아이가 앉아 있는 거 말고는 아무도 없었다. "뭐 좀 줄까요?" 내가 말하자 아무 말 없이 나를 쳐다보기만 했다. 문을 잠그고 등을 끈 후 약국 뒤편으로 갔다. 그녀가 기다리고 있었다. 그녀는 나를 쳐다보지 않았다.

"어디 있어요?" 그녀가 말했다.

그녀에게 캡슐이 든 상자를 건넸다. 그녀는 상자를 든 채 그 안의 캡슐을 바라보았다.

"분명 효과가 있는 거죠?" 그녀가 말한다.

"당연하죠." 내가 말한다. "나머지 치료는 언제 할까요?"

"어디서 받아요?" 그녀가 말한다.

"아래 지하실에서." 내가 말한다.

바더먼

 더 넓고 밝아졌지만, 사람들이 다 집에 돌아갔기 때문인지 가게들이 어둡다. 가게 안은 어두웠지만 우리가 지나갈 때 창문에 불빛이 비쳐 보였다. 법원 주변 나무들에도 불빛이 있다. 불빛들이 나무에 둥지를 틀고 있지만 법원은 어둡다. 법원 위 시계는 어둡지 않아서 그런지 사방에서 보였다. 달빛도 어둡지 않다. 그렇게 어두운 건 아니다. *잭슨으로 간 달은 내 형이다 달은 내 형이다* 그것만이 저쪽에 있었고 선로 위로 밝게 비추고 있었다.
 "듀이 델, 우리 저쪽으로 가자." 내가 말한다.
 "뭐 하러?" 듀이 델이 말한다. 진열창 주변 선로가 빛났고 그건 선로 위에서 빨간색이다. 하지만 주인이 읍내 애들한테는 팔지 않을 거라고 듀이 델이 말했다. "기차는 크리스마스에 거기 있을 거야." 듀이 델이 말한다. "주인이 다시 꺼내 올 때까지 기다려야 해."

달은 잭슨으로 갔다. 다들 잭슨에 가는 건 아니다. 달은 내 형이다. 내 형은 잭슨으로 간다.

우리가 걷는 동안 나무에 둥지를 튼 불빛이 돌아다닌다. 사방이 다 그렇다. 불빛이 법원을 돌아나가자 더 이상 보이지 않는다. 하지만 시커먼 창문 너머 불빛이 보인다. 사람들이 다들 귀가하고 나와 듀이 델만 남았다.

기차를 타고 잭슨에 간다. 우리 형.

가게 저 안쪽에 불빛이 비친다. 창문 안에 하나는 붉은색이고 하나는 초록색인 큼지막한 소다수 글라스가 있다. 두 남자가 다 마실 수 없고, 두 마리 노새도 다 마실 수 없는 정도, 아니 두 마리 암소라도 다 마실 수 없는 정도다. *달*

웬 남자가 문 쪽으로 와 듀이 델을 바라본다.

"여기서 기다려." 듀이 델이 말한다.

"난 왜 못 들어가." 내가 말한다. "나도 들어갈래."

"여기서 기다리라니까." 듀이 델이 말한다.

"알았어." 내가 말한다.

듀이 델이 안으로 들어간다.

달은 내 형이다. 달은 미쳤다.

바닥에 앉을 때보다 걸을 때 바닥이 더 단단하다. 그 남자가 문을 열고 나를 쳐다본다. "뭐 좀 줄까?" 그 사람이 말한다. 머리가 반지르르하다. 주얼의 머리도 가끔 반지르르하다. 캐시의 머리는 그렇지 않다. *달이 잭슨으로 갔다 우리 형 달* 길가에서 바나나를 먹었다. *바나나 먹지 않을래? 듀이 델이 말했다. 크리*

스마스까지 기다려. 그때가 되면 기차가 거기에 있을 거야. 그러면 볼 수 있어. 우리는 바나나 몇 개를 먹을 거다. 나랑 듀이 델이 배 터지게 먹을 거다. 그 사람이 문을 잠근다. 듀이 델이 안에 있는데. 그리고 불이 꺼졌다.

달이 잭슨에 갔다. 미쳐서 잭슨에 갔다. 많은 사람이 미친 건 아니다. 아빠, 캐시, 주얼, 듀이 델과 나는 미치지 않았다. 우리는 미쳐 본 적이 없다. 우리는 잭슨에도 가지 않는다. 달

암소가 거리에서 오랫동안 딸그락대며 걷는 소리가 들린다. 광장으로 들어가더니 머리를 숙인 채 딸그락거리며 길을 가로질러 간다. 암소가 음매 하고 운다. 울기 전에 광장엔 아무것도 없지만 텅 빈 건 아니다. 울고 나니 텅 비었다. 암소가 계속 딸그락거리며 걸어간다. 그러다가 음매 하고 운다. 우리 형은 달이다. *형은 기차 타고 잭슨에 갔다. 기차에서 미친 게 아니다. 마차에서 미친 거다. 달* 듀이 델이 한참을 가게 안에 있다. 이제 암소도 사라졌다. 한참이다. 듀이 델이 암소가 여기 있던 시간보다 더 오래 그 안에 있다. 하지만 광장이 텅 빈 것보다 오래는 아니다. *달은 우리 형이다. 우리 형 달*

듀이 델이 나온다. 그리고 나를 쳐다본다.

"이제 저 길로 돌아가자." 내가 말한다.

듀이 델이 나를 쳐다본다. "효과가 없을 거야." 듀이 델이 말한다. "개자식 같으니라고."

"뭐가 효과가 없다는 거야?"

"그럴 거란 걸 난 알아." 듀이 델이 말한다. 듀이 델은 허공만 바라보고 있다. "아무 효과 없을 거라고."

"저 길로 가자." 내가 말한다.

"호텔로 가자. 너무 늦었어. 몰래 들어가야 해."

"잠깐 들러 보면 안 될까?"

"바나나 안 먹었어? 바나나 먹지 않을래?"

"알았어." 우리 형은 미쳤다, 그리고 잭슨에 갔다. *잭슨은 미친 것보다 더 멀리 있다.*

"효과가 없을 거야." 듀이 델이 말한다. "없을 거라고."

"뭐가 효과가 없다는 거야?" 내가 말한다. *잭슨에는 기차 타고 가야 한다. 나는 기차를 타 본 적이 없지만 달은 기차를 타봤다. 달. 달은 우리 형이다. 달. 달*

달

 달은 잭슨으로 갔다. 사람들이 웃는 달을 기차에 태웠다. 그는 기다란 객차를 따라 낄낄대며 웃고 있었다. 달이 지나가자, 올빼미 머리 돌리듯 사람들이 고개를 돌렸다. "왜 웃는 거야?" 내가 말했다.
 "그래 그래 그래 그래 그래."
 두 남자가 달을 기차에 태웠다. 그들은 오른쪽 뒷주머니가 불쑥 불거진 잘 어울리지 않는 코트를 입고 있었고, 요즘 이발사들은 캐시가 지닌 분필 같은 걸 사용해 선을 긋고 깔끔하게 면도하는지 머리끝 선까지 면도 자국이 나 있었다. "총 보고 낄낄대는 거예요?" 내가 물었다. "왜들 낄낄대는 건데?" 내가 말했다. "내가 웃는 게 듣기 싫어선가?"
 사람들이 달이 창가에 앉아 웃을 수 있게끔 의자 두 개를 이어 붙였다. 그리고 한 사람은 달 옆에, 다른 한 사람은 달을 마주한 채 거꾸로 앉아 가고 있었다. 주(州) 정부의 돈은 근친상

간하듯 앞뒤로 붙어 있고 사람들은 그 돈으로 기차를 탄다. 5센트짜리 동전은 한쪽에는 여자가, 다른 한쪽에는 물소가 새겨져 있고 둘 다 등이 안 보인다. 왠지 모르겠다. 달은 프랑스에서 전쟁 중일 때 얻은 조그만 망원경이 있었다. 한 여자와 등과 목이 없는 돼지가 보였는데, 난 그것이 뭔지 안다. "달, 그래서 웃는 거야?"

"그래 그래 그래 그래 그래."

그 마차가 광장 앞에 서 있는데 노새는 미동도 없고 고삐는 좌석 밑 용수철에 감겨 있다, 마차 뒤쪽으로 법원이 보인다. 마차는 거기 있는 수많은 마차와 달라 보이지 않는다. 마차 옆에 선 주얼은 그날 읍내 사람들처럼 길을 올려다보고 있다. 하지만 뭔가 눈에 띄는 게 있다. 거기에는 분명 기차에서 느껴지는 분명하고 임박한 출발 기운이 감돈다. 듀이 델과 바더먼이 마차 의자에 앉아, 캐시는 마차 바닥에 있는 간이 받침대에 누워 종이 봉지에 담긴 바나나를 먹고 있기 때문일 거다. "달, 그래서 웃는 거야?"

달은 우리 형이다, 우리 형 달. 우리 형 달은 잭슨에 있는 수용소에 있다. 조용한 철망 위에 때 묻은 손을 올려놓고 밖을 바라보고 있다. 입에 거품을 문 채.

"그래 그래 그래 그래 그래 그래 그래 그래."

듀이 델

 아버지가 그 돈을 보자, 내가 말했다. "제 돈 아니에요. 제 게 아니라고요."

 "그럼 누구 돈이냐?"

 "툴 아주머니 거예요. 툴 아주머니 돈이라고요. 대신 케이크를 판 돈이에요."

 "케이크 두 개에 10달러라고?"

 "손대면 안 돼요. 제 게 아녜요."

 "넌 케이크를 가져오지도 않았어. 그건 거짓말이야. 꾸러미 안에 네 외출복만 잔뜩 있었지."

 "건들지 마세요! 손대면 도둑 소리 들어요."

 "내 딸이 아비를 도둑이라고 비난하다니. 감히 내 딸이 말이다."

 "아버지, 아버지."

 "내가 널 먹여 주고 키워 주고. 사랑으로 보살펴 줬는데, 내

딸이자 고인이 된 엄마의 딸인 네가, 엄마 무덤 앞에서 감히 나를 도둑이라고 부르는구나."

"맹세컨대, 제 것이 아니라고요. 이게 제 돈이면 아버지가 가져도 돼요.

"대체 10달러를 어디서 났어?"

"아버지, 아버지."

"대답 안 해도 돼. 해서는 안 될 짓을 해서 번 건 아니겠지?"

"말씀드리잖아요, 제 것이 아니라니까요. 제 거였다면 가지셔도 돼죠."

"그냥 가져가는 게 아니야. 17년간 내가 먹여 키운 자식이 겨우 10달러 정도 빌려 간다고 날 원망하는구나."

"제 돈이 아니라 안 돼요. 살 게 있거든요."

"뭘 사려고?"

"아버지."

"그저 빌리려는 거다. 정말이지 내가 낳은 자식들이 날 비난하는 건 싫다. 즐거운 마음으로 아낌없이 다 주었건만. 그런데 그런 나를 거부하다니. 애디, 당신이 이런 꼴 안 보고 떠난 게 얼마나 다행인 줄 몰라."

"아버지."

"하나님은 아신다."

아버지는 결국 돈을 갖고 나갔다.

캐시

    삽을 빌리러 거기 들렀을 때 집 안에서 축음기 소리가 흘러나왔다. 삽질을 끝내자, 아버지가 말한다. "내가 돌려주고 오마."

    우리는 다시 그 집에 들렀다. "캐시 먼저 피보디 선생님한테 데려가죠." 주얼이 말했다.

    "곧 돌아오마." 아버지가 이렇게 말하며 마차에서 내렸다. 음악 소리가 멈췄다.

    "바더먼을 시켜요." 주얼이 말한다. "아버지보다 두 배나 빨리 다녀올 거예요. 아니면, 제가……"

    "내가 다녀오마." 아버지가 말한다. "삽을 빌린 것도 나잖니."

    우리는 마차에 남아 기다렸다. 이제 음악 소리는 들리지 않는다. 생각해 보니 차라리 축음기가 없는 편이 나았단 생각이 든다. 음악을 듣느라 일하는 데 지장을 줄 수도 있을 거다. 하지만 피곤에 지친 저녁 시간에 최소한의 음악 소리는 사람을 편하게 해 주고 피로를 풀어 준다. 언젠가 손잡이가 달려 가방처럼 여닫을 수 있고 어디든 들고 갈 수 있는 축음기를 본 적이 있다.

"대체 아버지는 뭐 하고 계신 거야? 나 같으면 그놈의 삽을 주러 열 번은 왔다 갔다 했을 텐데." 주얼이 말한다.

"시간 많아." 내가 말했다. "너처럼 몸이 빠르진 않잖니?"

"그럼 나보고 돌려주라고 하면 됐잖아? 어서 가서 형 다리부터 치료해야 내일 집에 돌아갈 수 있어."

"시간은 많아." 내가 말했다. "대체 저런 축음기는 할부로 사면 얼마나 될까?"

"할부로 뭘 산다고?" 주얼이 말했다. "뭘 사려는 거야?"

"사람 일 모르는 거지." 내가 말했다. "슈래트한테 5달러에 살 수 있을지도 몰라."

아버지가 돌아오자 우리는 의사 선생님에게 갔다. 거기 있는 동안 아버지는 가서 이발도 하고 면도도 하고 오신다고 했다. 그날 밤 아버지는 우리를 곁눈질로 쳐다보시며 할 일이 있다고 했다. 머리를 매끄럽게 빗고, 향수 냄새까지 풍기고 있었다. 난 그렇게 하시라고 했다. 음악을 좀 더 듣고 있는 것도 나빠 보이진 않았기 때문이다.

이튿날 아침 아버지가 다시 나갔다가 돌아와서는 먼저 출발하라고 하셨다. 나중에 보자고 하곤, 다들 나가자 내게 물었다.

"돈 좀 있니?"

"피보디 선생님이 호텔비 지불할 돈을 주셨어요." 내가 말했다. "이제 돈 들 일이 없잖아요."

"맞아," 아버지가 말했다. "필요한 건 없어." 아버지는 나와 시선을 맞추지 않으며 말한다.

"필요한 게 있으면 아마 피보디 선생님이 도와주실 거예요." 내가 말한다.

"맞아," 아버지가 말했다. "필요한 거 없으니, 다들 길모퉁이에서 만나자꾸나."

주얼이 마차를 연결하고는 마차 위에 나를 눕힌 채 광장으로 향했다. 광장을 가로질러 약속한 길모퉁이로 가 아버지를 기다렸다. 듀이 델과 바더먼이 바나나를 먹으면서 길을 따라 올라오는 게 보였다. 아버지는 엄마가 싫어할 짓을 저질렀을 때 보이던 무안해하면서도 도전적인 얼굴로 손가방을 든 채 오고 있었다. 주얼이 말한다.

"누구지?"

아버지를 달라 보이게 만든 건 손가방 때문이 아니었다. "이를 해 넣으셨어." 주얼이 말한다.

사실이었다. 아버지는 30센티쯤 더 커 보였고 고개도 들고 쭈뼛거리면서도 당당해진 모습이었다. 그리고 뒤에 그 여자가 손가방을 들고 따라오고 있었다. 오리 같은 모습에 정장 차림을 하고 말 붙이기 쉽지 않은 인상에 퉁방울만 한 눈을 가진 여자였다. 우리는 이 둘을 지켜보았다. 듀이 델과 바더먼은 반쯤 입을 연 채 먹던 바나나를 손에 들고 있었다. 아버지 등 뒤에서 나온 그 여자는 당당한 표정으로 우리를 쳐다보았다. 그 여자가 들고 오던 손가방이 바로 소형 축음기라는 걸 그때 알았다. 모든 게 다 사실이었고 마치 한 장의 예쁜 그림처럼 모두가 그 안에 담겨 있었다. 우편으로 주문한 새로운 레코드판이 도착하면 추운 겨울에도 집에 앉아 음악을 들을 수 있을 거다. 달이 함께 즐기며 듣지 못할 거란 사실 때문에 매우 속상했다. 하지만 그편이 나을지도 모른다는 생각도 들었다. 어차피 이 세상도 달의 세상이 아니고, 여기 사는 상황도 달이 사는 그곳 상황과는 다를 테니까.

"애들이 캐시, 주얼, 바더먼 그리고 듀이 델이오." 새로 이를 한 아버지가 우리의 눈을 피한 채, 무안해하면서도 당당한 어투로 말한다. "자, 번드런 여사다." 아버지가 말한다.

주

8   **가로장** 가로로 건너지른 나무 막대기.
21 **주얼** Jewel. 보석을 뜻한다.
38 **버드셀** 인디애나주에 위치한 농장용 마차를 만드는 제조 회사.
192 **겟세마네 동산** 예루살렘 동쪽 감람산 기슭에 있는 동산으로, 예수가 십자가 처형되기 전날 최후의 기도를 한 곳이자 체포된 곳.
266 **칼로멜** calomel. 염화수은이 포함된 약으로, 한때는 만병통치약으로 쓰였다.
269 **탤컴파우더** talcum powder. 주로 땀띠약으로 몸에 바르는 가루분.

해설

미국 남부의 슬픔을 담아내며 위로하는 포크너만의 독특한 이야기 전개

윤교찬(한남대학교 영어교육과 교수)

작가 윌리엄 포크너의 시공간적 자리매김

우선 작가 윌리엄 포크너의 공간적, 시간적 자리매김부터 시작해 보자. 포크너는 1897년 9월 25일 미시시피주의 뉴올버니에서 전통적인 남부 가문의 일원으로 태어났다. 포크너가 다섯 살 되던 해 아버지 머리 포크너가 미시시피주 라피엣 카운티의 옥스퍼드로 이주했고, 포크너는 성인이 될 때까지 그곳에서 성장한다. 그는 제1차 세계 대전이 일어나자, 캐나다의 영국 공군에 입대해 근무하다가 1918년 11월 1일 종전 선언으로 제대 후 다시 옥스퍼드로 돌아온다. 포크너는 제대 군인에게 주는 혜택으로 미시시피대학교에 입학하지만, 중간에 자퇴한다. 이후 이곳저곳으로 이주하긴 했지만, 포크너는 이곳을 평생의 주거지로 삼았다.

미국의 남부를 대표하는 작가인 윌리엄 포크너는 제1차 세계 대전 이후 미국 문학을 대표하는 소위 "잃어버린 세대(Lost Generation)"에 속한 작가로 어니스트 헤밍웨이(Ernest Hemingway, 1899~1961), 스콧 피츠제럴드(F. Scott Fitzgerald, 1896~1940)와 더불어 20세기 초반 전후 미국 문학을 전 세계에 알린 작가다. 포크너는 1927년에 집필한 『흙먼지 속의 깃발』— 이 작품은 1929년 『사토리스』라는 제목으로 다시 출판되었다 — 에서 가상의 마을인 요크나파토파 카운티를 만들어 낸다. 선배 작가였던 셔우드 앤더슨의 말을 따라, 자기가 태어나고 자란 "미시시피주의 손바닥만 한 땅 한 조각", 소위 우표딱지만 한 고향 땅에서 작품의 소재와 배경 그리고 주제를 찾아낸 것이다. 1936년에 출판된 『압살롬, 압살롬!』에는 가상의 마을에 대한 세부 지도까지 완성해 이 지도를 첨부하기까지 했다. 포크너는 본 작품, 『내가 죽어 누워 있을 때』에서도 자신이 성장한 옥스퍼드를 배경으로 한 '요크나파토파 카운티'와 제퍼슨이라는 가상의 마을에 거주하는 수많은 군상의 모습을 그림으로써 미국 남부의 아픈 모습을 적나라하게 보여 줄 뿐 아니라 다중 화자 기법을 통해 이들의 내면을 들여다볼 수 있게 해 준다. 독자들은 엄마인 애디 번드런의 죽음을 대하는 가족 구성원들 간의 서로 다른 모습, 이들이 보여 주는 이기심과 서로 간의 갈등을 보게 되지만 이러한 모습을 열다섯 명의 서로 다른 관점에서 바라보게 되면서 그들의 아픔에 더욱 가까이 다가설 수 있게 되며, 보다 깊이 이들의 내면을 들여다보며 이해하게 된다. 우표딱지만 한 땅을 바탕으로 전개되는 이러한 남부 구성원들의 모습은 실상 인간의 보편적인 모습에 다름 아니다. 이러한 평가에 힘입어 포크너는 1949년 노벨 문학상을 수상한다.

『내가 죽어 누워 있을 때』의 시공간적 자리매김

이제 『내가 죽어 누워 있을 때』의 공간적, 시간적 자리매김을 해 보자. 포크너가 평생의 주거지로 삼은 라피엣 카운티의 옥스퍼드를 바탕으로 한 가상의 도시 요크나파토파 카운티의 제퍼슨읍은 『내가 죽어 누워 있을 때』의 공간적인 배경이 된다. 이곳에 거주하는 남부인들은 남부의 고유한 정체성을 보여 주기도 하고, 남북 전쟁 이후 전통적인 남부의 귀족 가문이 붕괴해 가는 과정을 보여 주기도 하고, 가난뱅이 백인(poor white)이 살아가는 모습을 보여 주기도 한다. 포크너의 대표적인 단편 소설이라 할 수 있는 「에밀리에게 장미를」에 등장하는 마지막 남은 남부 귀족 가문의 한 사람인 에밀리 역시 제퍼슨 전투에서 사망한 군인들과 함께 이곳에 묻힌다. 『내가 죽어 누워 있을 때』 또한 죽은 엄마를 엄마의 고향인 제퍼슨에 묻기 위해 마차에 시신을 싣고 길을 떠나는 남부의 한 가족 이야기를 다룬다. 다만 이 작품에 등장하는 번드런 가문은 「에밀리를 위하여」에 등장하는 그리어슨 가문이나 『고함과 분노』에 등장하는 캄슨 가문과 달리 '가난뱅이 백인' 계층으로, 흑인 노예를 소유한 적도 없고 심지어 백인 중산층에게도 멸시당하는 가문 사람들이다.

  1930년에 출판된 이 작품의 시간적 배경에 대한 구체적인 언급은 찾아보기 힘들지만, 대략 1920년대일 것으로 추측된다. 달이 프랑스에서 전쟁 중 얻은 조그만 망원경에 대해 언급하는 것으로 보아, 전후 고향으로 돌아온 1920년대쯤일 것이다. 하지만 이 작품에서 구체적 시간대를 찾는 작업은 그다지 중요해 보이지 않는다. 거의 비슷한 시기에 집필하고 이 작품보다 1년 전에 출판된 『고함과 분노』가 정확한 시간대를 바탕으로 이야기가 진행되는 것과 달리, 이 작품은 시간대를 초월해 한 인간의 죽음과 이를 둘러싼 가족들의 갈등, 그리고 이어지는 9일간의 장례 여정을 다루고 있기 때문이다. 번드런 가족의 엄마인 애디 번드런의 사망, 그리고 평생 아내를 힘들게 하다가 죽은 후에야 아내의 유언을 지키려고 9일 동안 시신을 싣고 제퍼슨으로 떠나는 아버지 앤스 번드런, 엄마를 위해 관을 준비하는 장남 캐시, 그 누구보다 감성적인 시선으로 죽음을 대하는 둘째 아들 달, 휫필드 목사와의 부정한 관계에서 얻은 셋째 아들 주얼, 이에 대한 속죄의 의미로 낳은 딸 듀이 델과 막내 아들 바더먼은 각자 자신의 시선으로 엄마의 죽음을 바라보고, 각자 이기적인 목적을 갖고 여행길에 오른다. 사망한 지 사흘이 지나 시작된 장례 여정은 부패한 시신에서 풍기는 역겨운 냄새 때문에 더 이상 사람들의 시선을 피할 수 없을 즈음인 9일 차 되던 날 장지인 제퍼슨시에 도착해 모든 여정이 마무리된다.

실험적인 전개 방식, 다중 화자의 사실 전달

이제 이 작품의 형식상 특징과 내용을 살펴보기로 하자. 거의 같은 시기에 집필했을 뿐 아니라 이후 합본으로 출판되기도 한 『고함과 분노』가 그랬듯이, 이 작품 역시 실험적인 형식을 취한다. 『고함과 분노』가 막내 아들 벤지, 큰아들 퀜틴, 둘째 아들 제이슨 그리고 하인인 딜지를 포함한 네 명의 다중 화자의 시선을 통해 4장으로 구성된 이야기로 전개되었다면, 『내가 죽어 누워 있을 때』는 무려 열다섯 명의 화자가 각자의 시선으로 59장의 이야기를 전개한다. 열다섯 명의 화자 가운데 달이 19번, 바더먼이 10번, 툴 아저씨가 6번, 캐시가 4번, 듀이 델, 앤스 번드런, 툴 아저씨의 부인 코라가 3번씩, 그리고 피보디 의사가 2번 화자로 등장한다. 그 외에 마을 주민인 샘슨과 암스티드, 교구 목사인 휫필드, 주얼, 못슨 마을의 양심적인 약사 모즐리, 듀이 델에게 약을 준다는 핑계로 그녀를 탐하게 되는 제퍼슨 읍내의 약국 점원 맥가원, 그리고 『내가 죽어 누워 있을 때』의 주인공 격인 애디 번드런이 한 번씩 화자로 등장해 자기 이야기를 전해 준다. 제목 그대로 내가 죽어서 관에 누워 실려 가는 엄마 애디는 정작 장례 여정 말미에 단 한 번 화자로 등장해 관 속에서 지난 시절 남편 앤스와 지냈던 힘들었던 일들, 이에 대한 보복의 심정으로 휫필드 목사와 관계를 맺은 일, 또한 앤스의 말에 속아 아이들을 낳게 되었다는 사실, 그리고 행동은 안 하고 말만 하는 앤스에게 복수하기 위해 자기 시신을 고향 제퍼슨에 묻어 달라는 말을 유언으로 남기게 된 경위를 생생하게 털어놓는다. 바로 전 작품인 『고함과 분노』에서 보여 준 실험적인 다중 화자 시점을 더욱 실험적으로 극대화한 셈이다. 특히 『고함과 분노』 1장인 벤지의 장이나 2장인 퀜틴의 장에서 보여 준 의식의 흐름 기법은 이 작품에서도 현란할 정도로 복잡하게 전개된다. 의식의 흐름은 한순간 시간대를 거슬러 과거로 가기도 하고, 순간 다시 앞으로 전개될 사건을 보여 주기도 한다. 그리고 자신의 의식, 무의식에서 벌어지는 사건들이 별다른 연관 없이 연이어 등장한다.

한 예로, 애디 번드런이 운명하는 장면을 다루는 12장은 정작 그 자리에 있지도 않은 달의 관점에서 전개된다. 나뭇짐을 마차에 실어 옮기느라 동생 주얼과 함께 집에서 멀리 떨어진 곳에 가 있는 달은 모든 것을 알고 있을 뿐 아니라, 바로 눈앞에서 벌어지는 일을 생생하게 전하는 것처럼 엄마의 임종 모습에 대해 이야기한다. 정작 엄마의 운명을 지켜보는 가족 구성원은 딸 듀이 델과 남편 앤스 번드런 그리고 엄마가 누운 방 창문 밖에서 엄마의 관을 짜고 있는 큰아들 캐시와 엄마의 죽음과 물고기의 죽음을 혼동하는 막내 바더먼이다.

바더먼이 아연실색하여 입도 닫지 못한 채 아버지의 다리 사이로 들여다보다가, 이내 눈을 똥그랗게 뜨고 서서히 침대에서 물러선다. 방을 나서는 아이의 핏기 없는 얼굴이 마치 무너져 버린 담벼락에 붙은 종잇조각처럼 석양빛 속으로 사

"(…) 듀이 델은 선생님을 바라보며, 마음만 먹는다면 선생님이 제게 큰일을 해 줄 수 있겠죠, 하며 묻는다."

작품의 연대기적 사건 전개

이제 작품 이해를 위해 연대기적 사건 전개를 살펴보도록 하자.

첫 장면에서 우리는 달과 주얼이 집을 향하는 모습을 보게 된다. 주얼은 말에게 먹이를 주기 위해 헛간으로 향하고, 달은 나뭇짐 운반 건을 논의하기 위해 아버지 앤스를 만난다. 나뭇짐을 운반하는 와중에 애디가 죽음을 맞게 될 수도 있지만, 결국 이들은 3달러를 벌기 위해 집을 나선다. 집에는 옆집 아주머니인 코라 툴이 딸들과 함께 애디의 침대를 지키고 있다. 이 와중에 이 집 막내인 바더먼은 자기 몸집만 한 물고기 한 마리를 집으로 들고 온다. 오후가 되자 피보디 의사 선생이 도착하고, 잠시 후 애디가 숨을 거둔다. 엄마의 죽음을 받아들이지 못하는 바더먼은 오히려 엄마를 살피러 온 피보디 선생이 엄마를 죽게 했다고 생각하고, 의사 선생의 마차를 끌고 온 말들을 막대기로 때려 도망가게 만든다. 엄마 옆에 앉아 부채질하며 엄마를 보살피던 듀이 델은 결혼도 하지 않은 상태에서 임신을 하게 된 자기의 처지를 불안해하며 이러한 상황에서 벗어나게 해 줄 수 있다고 믿고 있는 피보디 선생의 눈치만 살핀다.

둘째 날은 장례식 참석을 위해 마을 사람들이 방문한다. 그리고 모두 장례 예배를 관장할 휫필드 목사가 도착하기를 기다린다. 사람들은 떠나는 애디에게 수의 대신 결혼식 예복을 입히고 혹시 옷에 주름이 생길까 봐 머리를 관 아래쪽으로 누이고, 넓은 위쪽으로 다리를 누인다. 엄마의 죽음을 받아들이지 못하는 바더먼은 혼미한 가운데 냇가에서 잡은 물고기를 엄마라고 대신 생각한다. 바더먼은 엄마가 관 속에 누워 있다는 소식에 어릴 적 갇혀 있던 경험을 떠올리면서 숨 쉴 기회를 줘야 한다고 생각하면서 엄마의 관 뚜껑에 구멍을 낸다. 다음 날 아침 구멍이 뚫려 있는 관을 연 캐시는 엄마의 얼굴에도 두 개의 구멍이 나 있다는 것을 보게 된다. 나뭇짐 배달을 위해 떠난 달과 주얼은 내리는 비에 마차 바퀴가 미끄러지며 부러지는 통에 귀가하는 데 이틀을 소비한다.

사흘째 되는 날 달과 주얼이 비로소 귀가한다. 결국 엄마 죽은 지 사흘 만에 장례 행렬은 40마일 떨어진 제퍼슨을 출발한다. 휫필드 목사와의 관계 속에서 태어난 주얼은 죽음을 받아들이려 하지 않는다. 주얼은 엄마의 죽음을 며 모여 있는 사람들이 마치 냄새를 맡고 하늘을 맴 가리 같다고 여기면서 이들에 대한 반감과 함께 죽지 않았다고 생각한다.

나흘째 되는 날 시신을 실은 마차가 제퍼슨을 다. 그리고 예상했듯이 이동 첫날부터 냄새를 이 하늘 높이 큼지막한 원을 그리며 운구 행렬

엿새째 되는 날, 앤스는 마차를 끌고 갈 노새를 구입하려고 주얼의 말을 타고 스놉스가로 향한다. 시신 부패 냄새가 더욱 심해지고 하늘 위를 서성이는 말똥가리 수가 늘어나자, 이들은 마당에 있던 시신을 헛간 안으로 옮긴다. 앤스가 돌아와 거래를 성사했다고 자랑하면서 노새 구입 대가로 이것저것 주기로 했다고 전한다. 하지만 그중에는 주얼이 소중히 다루는 말도 포함되어 있었다. 격분한 주얼은 말을 타고 떠나 버린다.

이튿날 아침이 되자 스놉스가의 한 사람이 노새를 끌고 온다. 어젯밤 말까지 넘겼다는 앤스의 말에 격분해 말을 타고 떠났던 주얼이 스놉스가에 나타나 자기 말을 주고 갔다는 것이다. 다시금 여정이 계속되지만, 하늘에는 시신 냄새를 맡은 말똥가리가 원을 돌며 계속 마차를 좇으며 날아다닌다.

여드레째가 되는 날 마차는 못슨에 도착한다. 냄새 때문에 코를 막은 주민들은 시신을 싣고 다니는 번드런 사람들을 향해 원망의 시선을 던진다. 캐시의 부러진 다리에 부목을 대고 시멘트를 부어 고정하려고 철물 가게에서 시멘트를 사는 동안, 옷을 차려입은 듀이 델은 남자 친구인 레이프가 준 돈으로 약을 구하려고 약국으로 향한다. 하지만 정직한 심성을 지닌 모즐리라는 약사는 듀이 델의 주문을 거절한다. 길레스피네 집에 머무는 그날 밤 부패 냄새가 너무 심해 마당에 있던 관은 헛간 안으로 옮겨진다. 달은 이 모든 부조리를 끝내고 엄마에게 더 이상의 모욕을 주지 않기 위해 관이 있는 헛간에 불을 지른다. 이런저런 곡절 끝에 불은 잡히고 주얼의 희생으로 관을 건져 내지만, 헛간은 다 타 버리고 주얼도 화상을 입고 만다.

아흐레째가 되는 날 시신을 실은 마차는 마침내 제퍼슨 외곽에 도착한다. 앤스는 무덤을 팔 삽 두 자루를 빌린다며 축음기 소리가 들리는 집을 방문한다. 죽은 지 아흐레 만에 마침내 애디는 땅속에 매장된다. 하지만 그 순간 화재 방화 건으로 정신 착란을 의심받은 달은 잭슨 정신 병원에서 온 직원들에 의해 수갑이 채워진 채 끌려가게 된다. 이 와중에 엄마의 관을 불태우려고 한 달에게 분노한 주얼과 자신의 임신 사실을 알고 있는 달을 향해 적대감과 불안감을 느끼던 듀이 델은 병원 직원들을 도와 달을 붙잡아 잭슨으로 보내고 만다. 달은 기차를 타고 잭슨으로 향하고, 기차 안에서 정신 착란 증상이 온 달은 마치 자신을 제3자로 내려다보기도 하고, 다시 자신으로 돌아오기도 하는 등 자신의 정체성마저 혼동한 채 정신 나간 사람처럼 웃음을 터뜨리고 만다. 듀이 델은 다시 제퍼슨의 한 약국으로 향한다. 약국 점원인 맥가원은 그녀의 약점을 알아차리고 이를 이용해 듀이 델에게 거짓 약을 주고는 저녁에 다시 약을 줄 테니 받으러 오라고 말한다. 결국 듀이 델은 유산을 돕는 약을 얻게 된다는 헛된 기대에 속아 다시 맥가원을 찾게 되고 그날 밤 같이 간 바더먼이 길에 앉아 누나를 기다리는 동안 맥가원에게 겁탈당하고 만다.

열흘째 되는 날 아침 일찍 번드런 가족이 머물던 숙소를 떠난 앤스는 이발하고 면도도 하고, 새로 이를 해 넣고는 아이들 앞에 당당한 모습으로 나타난다. 등 뒤로 오리 같은 모습에 정장 차림을 한 여인이 축음기가 담긴 손가방을 들고 앤스를 따라온다. 앤스는 아이들에게 새로 맞는 부인을 소개한다. "자, 번드런 여사다."

바더먼과 듀이 델은 마차에 앉아 바나나를 먹고 있고, 캐시는 자기가 정말 갖고 싶었던 축음기 — 손잡이가 달려 있고 가방처럼 여닫을 수 있고 어디든 들고 갈 수 있는 축음기 — 를 든 오리 같은 모습에 퉁방울만 한 눈을 가진 여자를 바라본다. 이제 추운 겨울에도 집에 앉아 음악을 즐길 수 있다는 상상을 하는 캐시는 다만 달이 함께 즐기며 듣지 못한다는 사실에 속상해한다. 그러면서도 한편 기차를 타고 떠난 달이 그곳에서 지내는 편이 더 나을 수도 있다고 생각해 본다.

번역을 마치며

이 작품은 한 가족의 장례 과정 여행기를 다룬 이야기일 수도 있다. 하지만 가족을 둘러싼 인물들 간의 소통 부재, 그리고 인간 내면의 복잡한 심리를 다중 화자 방식을 통해 다각적으로 그려 내 이들의 모습을 적나라하게 보여 주는 동시에 숨겨져 있는 이들의 내심을 들여다볼 수 있게 해 준다. 이를 위해 포크너는 다중 화자 방식뿐 아니라, 파편화된 서술과 난해한 문장 구조까지 끌어들인다.

우리말로 옮기는 과정에 대해 언급하면서 작품 해설을 마치

려 한다. 이 작품을 우리말로 옮기는 과정에서 마치『고함과 분노』를 번역하면서 백치 상태에서 벤지가 느꼈던 모든 느낌과 생각, 그리고 자살 직전 하버드생인 퀜틴이 느꼈던 이성적, 감성적 변화와 마치 죽음 직전의 사람에게 느껴진다는 주마등처럼 펼쳐지는 시공간적 변화를 이해하느라 느꼈던 힘들었던 과정이 반복된다는 느낌이 들 정도로 어려웠다.『내가 죽어 누워 있을 때』역시 실험적인 전개 방식에, 시공간을 넘나들며 전개되는 대사 및 자신들만의 독특한 시각으로 세상을 바라보는 관점들이 중복되는 과정에서 정확한 의미가 다가오지 않은 경우도 있었다. 또한 막내인 바더먼의 경우, 문장 대부분이 단문으로 이루어져 있고 직감적 차원에서 사물을 이해하곤 하기에, 우리말로 옮기는 과정에서 어린아이의 말투에 맞게끔 표현과 어휘를 고르다 보니 번역 글이 어색해지기도 했다. 번역을 마치고 보니 다소 부족한 부분이 여기저기 눈에 띈다. 번역에 있어서의 모든 불찰은 번역자의 역량 부족 때문임을 고백하면서, 독자들의 혜량을 바랄 뿐이다.

판본 소개

이 책의 번역 원전으로는 William Faulkner, *As I Lay Dying*(W. W. Norton&Company, 2022)을 사용했다.

윌리엄 포크너 연보

1897   9월 25일 출생. 미시시피주 뉴올버니(New Albany)에서 아버지 머리 커스버트 포크너와 어머니 모드 버틀러 포크너 사이에서 네 아들 가운데 장남으로 태어남.

1902   아버지 머리 포크너가 『고함과 분노(*Sound and Fury*)』의 배경 도시인 요크나파토파 카운티(Yoknapatawpha County) 제퍼슨(Jefferson)시의 모델이 되는 미시시피주 라피엣 카운티(Lafayette County)의 옥스퍼드(Oxford)시로 이주함. 포크너는 여기저기 이주하긴 했지만 이곳을 평생의 주거지로 삼았음.

1914   옥스퍼드 출신인 필립 스톤(Philip Stone)과 교제 시작. 스톤은 포크너보다 네 살 연상으로, 미시시피대학교와 예일대학교를 졸업했음. 포크너의 작가로서의 재능을 발견하고 전문 작가가 되는 데 결정적인 영향을 준 인물. 포크너는 그해 12월 다니던 고등학교를 그만둠.

1915   11학년으로 다시 등록함. 그해 늦가을 다시 학교를 떠남.

1918   봄에 어린 시절 여자 친구였던 에스텔 올덤(Estelle Oldham)이 변호사인 코넬 프랭클린과 약혼하자, 상심한 나머지 육군에 지

원하지만 신장이 작아 거부당함. 다시금 토론토에 있는 영국 육군 보충병으로 지원해 영국 육군 항공대 소속으로 근무했다고 함. 6월 중순, 누군가 그의 이름인 Falkner를 Faulkner로 잘못 표기했지만 "둘 다 괜찮다."라고 말하고는 그 이후로 Faulkner로 쓰기 시작함. 11월 11일 종전 선언으로 12월 초 옥스퍼드로 돌아옴.

1919 제대 군인에게 주는 특혜로 미시시피대학교에 입학함. 대학 신문 등에 시 발표.

1920 11월 미시시피대학교 중퇴.

1921 뉴욕의 서점에서 일하다가 옥스퍼드로 돌아와 미시시피대학교 구내 우체국장으로 일함.

1925 유럽 여행을 떠나기 위해 루이지애나주 뉴올리언스로 가 소설가 셔우드 앤더슨(Sherwood Anderson)의 아파트에 거주하며 문인들과 교류하기 시작함. 첫 소설 『병사의 봉급(*Soldier's Pay*)』과 두 번째 소설인 『모기들(*Mosquitoes*)』을 완성함. 앤더슨은 초보 작가인 포크너에게 무엇을 다룰지 고민하지 말고 우표딱지만 한 고향 땅을 다루라고 조언했고, 포크너는 이를 받아들여 고향을 배경으로 하는 글을 쓰기 시작함. 8월에는 이탈리아, 스위스, 영국, 프랑스를 여행함.

1926 2월 앤더슨의 도움으로 『병사의 봉급』이 출판됨.

1927 여름에 『고함과 분노』의 배경인 요크나파토파 카운티를 배경으로 하는 『흙먼지 속의 깃발(*Flags in the Dust*)』을 집필. 출판사에서 거절당하자 작품을 편집·수정하게 허락해 1929년 『사토리스(*Sartoris*)』로 출판됨.

1928 『고함과 분노』 집필 시작. 처음에는 콤슨가의 세 자녀를 중심으로 세 편의 단편으로 시작했다가 장편으로 완성함.

1929 5월에 『성역(*Sanctuary*)』 초고를 완성함. 어린 시절 친구였

던 에스텔이 4월에 이혼하자 6월 20일 옥스퍼드시 근교의 교회에서 그녀와 결혼함. 10월 포크너의 네 번째 소설인 『고함과 분노』가 조너선 케이프 앤드 해리슨 스미스(Jonathan Cape and Harrison Smith)에서 출판됨. 『내가 죽어 누워 있을 때』 집필을 시작해 초고 완성함.

1930   10월 『내가 죽어 누워 있을 때』가 출판됨. 『더 포럼』에 첫 단편 소설 「에밀리에게 장미를(A Rose for Emily)」 발표 후 여러 잡지에 단편 소설을 발표함.

1931   1월 첫 딸 앨라배마(Alabama)가 출생하나 9일 후 사망함. 2월에 『성역』이 출판됨. 「에밀리에게 장미를」 등 13편을 실은 첫 단편 모음집 『테제 13(These 13)』을 출판해 첫째 딸 앨라배마와 부인 에스텔에게 헌정함.

1932   『팔월의 빛(Light in August)』을 스미스 앤드 하스(Smith & Haas)에서 출판함. 돈이 필요했던 포크너가 할리우드의 MGM(엠지엠) 영화사와 대본 작가 계약을 맺음. 5월 캘리포니아주 컬버시(Culver City)에 도착해 영화감독 하워드 호크스(Howard Hawks)와 같이 일함. 이후 1950년대까지 간헐적으로 대본 작가로서 활동함.

1936   『압살롬, 압살롬!(Absalom, Absalom!)』을 랜덤 하우스(Random House)에서 출판함.

1940   '스노프스 3부작(Snopes Trilogy)'의 첫 작품인 『읍내』(The Hamlet)』가 출판됨.

1942   5월 서로 연관된 7편의 단편 소설이 담긴 『모세여, 내려가라(Go Down, Moses)』가 랜덤 하우스에서 출판됨.

1945   10월 맬컴 카울리(Malcolm Cowley)에게 『고함과 분노』의 부록인 「콤슨가 사람들, 1699-1945(Compson, 1699-1945)」를 보냄.

1946   맬컴 카울리가 편집한 『포터블 포크너(The Portable Faulkner)』

가 바이킹 프레스(Viking Press)에서 출판됨. 서문과 해설 그리고「콤슨가 사람들, 1699-1945」를 붙인 이 출판본이 나오면서 포크너 작품에 대한 관심이 높아짐.

1948 9월『무덤의 침입자(*Intruder in the Dust*)』를 출판함. 이 작품은 1949년에 영화화 됨.

1950 1949년도 노벨 문학상 수상자로 지명되어 1950년 수상인인 버트런드 러셀(Bertrand Russell)과 함께 그해 12월 스톡홀름에서 수상하고 연설함. 명성을 지극히 싫어했던 그는 이런 사실을 집에도 말하지 않아 그의 열일곱 살 된 딸조차 교장실에서 아버지의 수상 소식을 전해 들었다고 할 정도였음.

1951『윌리엄 포크너 단편선(*Collected Stories of William Faulkner*)』으로 전미 도서상을 1951년과 1955년 두 번에 걸쳐 수상함. 10월 프랑스 정부로부터 레지옹 도뇌르 훈장을 받음.

1957 '스노프스 3부작'의 두 번째 작품인『마을(*The Town*)』이 출판됨. 버지니아대학교의 레지던스 작가로 1958년까지 강의함.

1959 3월 마틴 리트 감독에 의해『고함과 분노』가 영화화 됨. '스노프스 3부작'의 마지막 작품인『저택(*The Mansion*)』이 출간됨.

1960 교육적, 문학적으로 다양한 자선 활동을 지원하기 위해 윌리엄 포크너 재단 설립.

1962 6월 낙마 사고로 심하게 다친 후 혈전증으로 입원, 7월 6일 심장마비로 사망. 다음 날 가족 묘지가 있는 옥스퍼드시의 세인트 피터스 공동묘지에 묻힘.

1963『약탈자들(*The Reivers*)』로 퓰리처상 수상

1987 8월 3일 미시시피대학교에서 우체국장으로 일했던 것을 기념하는 의미에서 미국 우정청에서 포크너를 기념하는 22센트짜리 우표를 발간함.

새롭게 을유세계문학전집을 펴내며

을유문화사는 이미 지난 1959년부터 국내 최초로 세계문학전집을 출간한 바 있습니다. 이번에 을유세계문학전집을 완전히 새롭게 마련하게 된 것은 우리가 직면한 문화적 상황에 적극적으로 대응하기 위해서입니다. 새로운 을유세계문학전집은 세계문학의 역할이 그 어느 때보다 중요해졌다는 인식에서 출발했습니다. 오늘날 세계에서 타자에 대한 이해는 우리의 안전과 행복에 직결되고 있습니다. 세계문학은 지구상의 다양한 문화들이 평등하게 소통하고, 이질적인 구성원들이 평화롭게 공존할 수 있는 문화적인 힘을 길러 줍니다.

을유세계문학전집은 세계문학을 통해 우리가 이런 힘을 길러 나가야 한다는 믿음으로 만들어졌습니다. 지난 5년간 이를 준비하기 위해 많은 노력을 기울였습니다. 세계 각국의 다양한 삶의 방식과 문화적 성취가 살아 있는 작품들, 새로운 번역이 필요한 고전들과 새롭게 소개해야 할 우리 시대의 작품들을 선정했습니다. 우리나라 최고의 역자들이 이들 작품 속 한 문장 한 문장의 숨결을 생생히 전하기 위해 심혈을 기울였습니다. 또한 역자들은 단순히 번역만 한 것이 아니라 다른 작품의 번역을 꼼꼼히 검토해 주었습니다. 을유세계문학전집은 번역된 작품 하나하나가 정본(定本)으로 인정받고 대우받을 수 있도록 최선을 다했습니다. 세계문학이 여러 경계를 넘어 우리 사회 안에서 주어진 소임을 하게 되기를 바라며 을유세계문학전집을 내놓습니다.

을유세계문학전집 편집위원단(가나다 순)
김월회(서울대 중문과 교수)
김헌(서울대 인문학연구원 교수)
박종소(서울대 노문과 교수)
손영주(서울대 영문과 교수)
신정환(한국외대 스페인어통번역학과 교수)
정지용(성균관대 프랑스어문학과 교수)
최윤영(서울대 독문과 교수)

을유세계문학전집

1. 마의 산(상) 토마스 만 | 홍성광 옮김
2. 마의 산(하) 토마스 만 | 홍성광 옮김
3. 리어 왕 · 맥베스 윌리엄 셰익스피어 | 이미영 옮김
4. 골짜기의 백합 오노레 드 발자크 | 정예영 옮김
5. 로빈슨 크루소 대니얼 디포 | 윤혜준 옮김
6. 시인의 죽음 다이허우잉 | 임우경 옮김
7. 커플들, 행인들 보토 슈트라우스 | 정항균 옮김
8. 천사의 음부 마누엘 푸익 | 송병선 옮김
9. 어둠의 심연 조지프 콘래드 | 이석구 옮김
10. 도화선 공상임 | 이정재 옮김
11. 휘페리온 프리드리히 횔덜린 | 장영태 옮김
12. 루쉰 소설 전집 루쉰 | 김시준 옮김
13. 꿈 에밀 졸라 | 최애영 옮김
14. 라이겐 아르투어 슈니츨러 | 홍진호 옮김
15. 로르카 시 선집 페데리코 가르시아 로르카 | 민용태 옮김
16. 소송 프란츠 카프카 | 이재황 옮김
17. 아메리카의 나치 문학 로베르토 볼라뇨 | 김현균 옮김
18. 빌헬름 텔 프리드리히 폰 쉴러 | 이재영 옮김
19. 아우스터리츠 W. G. 제발트 | 안미현 옮김
20. 요양객 헤르만 헤세 | 김현진 옮김
21. 워싱턴 스퀘어 헨리 제임스 | 유명숙 옮김
22. 개인적인 체험 오에 겐자부로 | 서은혜 옮김
23. 사형장으로의 초대 블라디미르 나보코프 | 박혜경 옮김
24. 좁은 문 · 전원 교향곡 앙드레 지드 | 이동렬 옮김
25. 예브게니 오네긴 알렉산드르 푸슈킨 | 김진영 옮김
26. 그라알 이야기 크레티앵 드 트루아 | 최애리 옮김
27. 유림외사(상) 오경재 | 홍상훈 외 옮김
28. 유림외사(하) 오경재 | 홍상훈 외 옮김
29. 폴란드 기병(상) 안토니오 무뇨스 몰리나 | 권미선 옮김
30. 폴란드 기병(하) 안토니오 무뇨스 몰리나 | 권미선 옮김
31. 라 셀레스티나 페르난도 데 로하스 | 안영옥 옮김

32. 고리오 영감　오노레 드 발자크 | 이동렬 옮김
33. 키 재기 외　히구치 이치요 | 임경화 옮김
34. 돈 후안 외　티르소 데 몰리나 | 전기순 옮김
35. 젊은 베르터의 고통　요한 볼프강 폰 괴테 | 정현규 옮김
36. 모스크바발 페투슈키행 열차　베네딕트 예로페예프 | 박종소 옮김
37. 죽은 혼　니콜라이 고골 | 이경완 옮김
38. 워더링 하이츠　에밀리 브론테 | 유명숙 옮김
39. 이즈의 무희·천 마리 학·호수　가와바타 야스나리 | 신인섭 옮김
40. 주홍 글자　너새니얼 호손 | 양석원 옮김
41. 젊은 의사의 수기·모르핀　미하일 불가코프 | 이병훈 옮김
42. 오이디푸스 왕 외　소포클레스 | 김기영 옮김
43. 야쿠비얀 빌딩　알라 알아스와니 | 김능우 옮김
44. 식(蝕) 3부작　마오둔 | 심혜영 옮김
45. 엿보는 자　알랭 로브그리예 | 최애영 옮김
46. 무사시노 외　구니키다 돗포 | 김영식 옮김
47. 위대한 개츠비　프랜시스 스콧 피츠제럴드 | 김태우 옮김
48. 1984년　조지 오웰 | 권진아 옮김
49. 저주받은 안뜰 외　이보 안드리치 | 김지향 옮김
50. 대통령 각하　미겔 앙헬 아스투리아스 | 송상기 옮김
51. 신사 트리스트럼 섄디의 인생과 생각 이야기　로렌스 스턴 | 김정희 옮김
52. 베를린 알렉산더 광장　알프레트 되블린 | 권혁준 옮김
53. 체호프 희곡선　안톤 파블로비치 체호프 | 박현섭 옮김
54. 서푼짜리 오페라·남자는 남자다　베르톨트 브레히트 | 김길웅 옮김
55. 죄와 벌(상)　표도르 도스토예프스키 | 김희숙 옮김
56. 죄와 벌(하)　표도르 도스토예프스키 | 김희숙 옮김
57. 체벤구르　안드레이 플라토노프 | 윤영순 옮김
58. 이력서들　알렉산더 클루게 | 이호성 옮김
59. 플라테로와 나　후안 라몬 히메네스 | 박채연 옮김
60. 오만과 편견　제인 오스틴 | 조선정 옮김
61. 브루노 슐츠 작품집　브루노 슐츠 | 정보라 옮김
62. 송사삼백수　주조모 엮음 | 김지현 옮김
63. 팡세　블레즈 파스칼 | 현미애 옮김
64. 제인 에어　샬럿 브론테 | 조애리 옮김
65. 데미안　헤르만 헤세 | 이영임 옮김

66. 에다 이야기　스노리 스툴루손 | 이민용 옮김
67. 프랑켄슈타인　메리 셸리 | 한애경 옮김
68. 문명소사　이보가 | 백승도 옮김
69. 우리 짜르의 사람들　류드밀라 울리츠카야 | 박종소 옮김
70. 사랑에 빠진 여인들　데이비드 허버트 로렌스 | 손영주 옮김
71. 시카고　알라 알아스와니 | 김능우 옮김
72. 변신 · 선고 외　프란츠 카프카 | 김태환 옮김
73. 노생거 사원　제인 오스틴 | 조선정 옮김
74. 파우스트　요한 볼프강 폰 괴테 | 장희창 옮김
75. 러시아의 밤　블라지미르 오도예프스키 | 김희숙 옮김
76. 콜리마 이야기　바를람 샬라모프 | 이종진 옮김
77. 오레스테이아 3부작　아이스퀼로스 | 김기영 옮김
78. 원잡극선　관한경 외 | 김우석 · 홍영림 옮김
79. 안전 통행증 · 사람들과 상황　보리스 파스테르나크 | 임혜영 옮김
80. 쾌락　가브리엘레 단눈치오 | 이현경 옮김
81. 지킬 박사와 하이드 씨 · 존 니컬슨　로버트 루이스 스티븐슨 | 윤혜준 옮김
82. 로미오와 줄리엣　윌리엄 셰익스피어 | 서경희 옮김
83. 마쿠나이마　마리우 지 안드라지 | 임호준 옮김
84. 재능　블라디미르 나보코프 | 박소연 옮김
85. 인형(상)　볼레스와프 프루스 | 정병권 옮김
86. 인형(하)　볼레스와프 프루스 | 정병권 옮김
87. 첫 번째 주머니 속 이야기　카렐 차페크 | 김규진 옮김
88. 페테르부르크에서 모스크바로의 여행　알렉산드르 라디세프 | 서광진 옮김
89. 노인　유리 트리포노프 | 서선정 옮김
90. 돈키호테 성찰　호세 오르테가 이 가세트 | 신정환 옮김
91. 조플로야　샬럿 대커 | 박재영 옮김
92. 이상한 물질　테레지아 모라 | 최윤영 옮김
93. 사촌 퐁스　오노레 드 발자크 | 정예영 옮김
94. 걸리버 여행기　조너선 스위프트 | 이혜수 옮김
95. 프랑스어의 실종　아시아 제바르 | 장진영 옮김
96. 현란한 세상　레이날도 아레나스 | 변선희 옮김
97. 작품　에밀 졸라 | 권유현 옮김
98. 전쟁과 평화(상)　레프 톨스토이 | 박종소 · 최종술 옮김
99. 전쟁과 평화(중)　레프 톨스토이 | 박종소 · 최종술 옮김

100. 전쟁과 평화(하) 레프 톨스토이 | 박종소·최종술 옮김
101. 망자들 크리스티안 크라흐트 | 김태환 옮김
102. 맥티그 프랭크 노리스 | 김욱동·홍정아 옮김
103. 천로 역정 존 번연 | 정덕애 옮김
104. 황야의 이리 헤르만 헤세 | 권혁준 옮김
105. 이방인 알베르 카뮈 | 김진하 옮김
106. 아메리카의 비극(상) 시어도어 드라이저 | 김욱동 옮김
107. 아메리카의 비극(하) 시어도어 드라이저 | 김욱동 옮김
108. 갈라테아 2.2 리처드 파워스 | 이동신 옮김
109. 마담 보바리 귀스타브 플로베르 | 진인혜 옮김
110. 한눈팔기 나쓰메 소세키 | 서은혜 옮김
111. 아주 편안한 죽음 시몬 드 보부아르 | 강초롱 옮김
112. 물망초 요시야 노부코 | 정수윤 옮김
113. 호모 파버 막스 프리쉬 | 정미경 옮김
114. 버너 자매 이디스 워튼 | 홍정아·김욱동 옮김
115. 감찰관 니콜라이 고골 | 이경완 옮김
116. 디칸카 근교 마을의 야회 니콜라이 고골 | 이경완 옮김
117. 청춘은 아름다워 헤르만 헤세 | 홍성광 옮김
118. 메데이아 에우리피데스 | 김기영 옮김
119. 캔터베리 이야기(상) 제프리 초서 | 최예정 옮김
120. 캔터베리 이야기(하) 제프리 초서 | 최예정 옮김
121. 엘뤼아르 시 선집 폴 엘뤼아르 | 조윤경 옮김
122. 그림의 이면 씨부라파 | 신근혜 옮김
123. 어머니 막심 고리키 | 정보라 옮김
124. 파도 에두아르트 폰 카이젤링 | 홍진호 옮김
125. 점원 버나드 맬러머드 | 이동신 옮김
126. 에밀리 디킨슨 시 선집 에밀리 디킨슨 | 조애리 옮김
127. 선택적 친화력 요한 볼프강 폰 괴테 | 장희창 옮김
128. 격정과 신비 르네 샤르 | 심재중 옮김
129. 하이네 여행기 하인리히 하이네 | 황승환 옮김
130. 꿈의 연극 아우구스트 스트린드베리 | 홍재웅 옮김
131. 단순한 과거 드리스 슈라이비 | 정지용 옮김
132. 서동시집 요한 볼프강 폰 괴테 | 장희창 옮김
133. 골동품 진열실 오노레 드 발자크 | 이동렬 옮김

134. E. E. 커밍스 시 선집 E. E. 커밍스 | 박선아 옮김
135. 밤 풍경 E. T. A. 호프만 | 권혁준 옮김
136. 결혼 계약 오노레 드 발자크 | 송기정 옮김
137. 러브크래프트 걸작선 H. P. 러브크래프트 | 이동신 옮김
138. 목련구모권선희문(상) 정지진 | 이정재 옮김
139. 목련구모권선희문(하) 정지진 | 이정재 옮김
140. 두이노의 비가 라이너 마리아 릴케 | 안문영 옮김
141. 루공가의 치부 에밀 졸라 | 조성애 옮김
142. 댈러웨이 부인 버지니아 울프 지음 | 손영주 옮김
143. 에드거 앨런 포 단편선 에드거 앨런 포 지음 | 조애리 옮김
144. 말테의 수기 라이너 마리아 릴케 지음 | 김재혁 옮김
145. 내가 죽어 누워 있을 때 윌리엄 포크너 지음 | 윤교찬 옮김

을유세계문학전집은 계속 출간됩니다.

을유세계문학전집 연표

BC 458 **오레스테이아 3부작**
아이스퀼로스 | 김기영 옮김 | 77 |
수록 작품 : 아가멤논, 제주를 바치는 여인들, 자비로운 여신들
그리스어 원전 번역
서울대 선정 동서고전 200선
시카고 대학 선정 그레이트 북스

BC 434 /432 **오이디푸스 왕 외**
소포클레스 | 김기영 옮김 | 42 |
수록 작품 : 안티고네, 오이디푸스 왕, 콜로노스의 오이디푸스
그리스어 원전 번역
「동아일보」 선정 '세계를 움직인 100권의 책'
서울대 권장 도서 200선
고려대 선정 교양 명저 60선
시카고 대학 선정 그레이트 북스

BC 431 **메데이아**
에우리피데스 | 김기영 옮김 | 118 |

1191 **그라알 이야기**
크레티앵 드 트루아 | 최애리 옮김 | 26 |
국내 초역

1225 **에다 이야기**
스노리 스툴루손 | 이민용 옮김 | 66 |

1241 **원잡극선**
관한경 외 | 김우석·홍영림 옮김 | 78 |

1400 **캔터베리 이야기**
제프리 초서 | 최예정 옮김 | 119, 120 |

1496 **라 셀레스티나**
페르난도 데 로하스 | 안영옥 옮김 | 31 |

1582 **목련구모권선희문**
정지진 | 이정재 옮김 | 138, 139 |
원전 완역

1595 **로미오와 줄리엣**
윌리엄 셰익스피어 | 서경희 옮김 | 82 |
미국대학위원회 선정 SAT 추천 도서

1608 **리어 왕·맥베스**
윌리엄 셰익스피어 | 이미영 옮김 | 3 |

1630 **돈 후안 외**
티르소 데 몰리나 | 전기순 옮김 | 34 |
국내 초역 「불신자로 징계받은 자」 수록

1670 **팡세**
블레즈 파스칼 | 현미애 옮김 | 63 |

1678 **천로 역정**
존 번연 | 정덕애 옮김 | 103 |

1699 **도화선**
공상임 | 이정재 옮김 | 10 |
국내 초역

1719 **로빈슨 크루소**
대니얼 디포 | 윤혜준 옮김 | 5 |

1726 **걸리버 여행기**
조너선 스위프트 | 이혜수 옮김 | 94 |
미국대학위원회가 선정한 고교 추천 도서 101권
서울대학교 선정 동서양 고전 200선

1749 **유림외사**
오경재 | 홍상훈 외 옮김 | 27, 28 |

1759 **신사 트리스트럼 섄디의 인생과 생각 이야기**
로렌스 스턴 | 김정희 옮김 | 51 |
노벨연구소 선정 100대 세계 문학

1774 **젊은 베르터의 고통**
요한 볼프강 폰 괴테 | 정현규 옮김 | 35 |

1790 **페테르부르크에서 모스크바로의 여행**
A. N. 라디셰프 | 서광진 옮김 | 88 |

1799 **휘페리온**
프리드리히 횔덜린 | 장영태 옮김 | 11 |

1804 **빌헬름 텔**
프리드리히 폰 쉴러 | 이재영 옮김 | 18 |

1806 **조플로야**
샬럿 대커 | 박재영 옮김 | 91 |
국내 초역

1809 **선택적 친화력**
요한 볼프강 폰 괴테 | 장희창 옮김 | 127 |

| 1813 | **오만과 편견**
제인 오스틴 | 조선정 옮김 | 60 |

| 1816 | **밤 풍경**
E. T. A. 호프만 | 권혁준 옮김 | 135 |

| 1817 | **노생거 사원**
제인 오스틴 | 조선정 옮김 | 73 |

| 1818 | **프랑켄슈타인**
메리 셸리 | 한애경 옮김 | 67 |
뉴스위크 선정 세계 명저 10
옵서버 선정 최고의 소설 100
미국대학위원회 선정 SAT 추천 도서

| 1819 | **서동시집**
요한 볼프강 폰 괴테 | 장희창 옮김 | 132 |

| 1826 | **하이네 여행기**
하인리히 하이네 | 황승환 옮김 | 129 |

| 1831 | **예브게니 오네긴**
알렉산드르 푸슈킨 | 김진영 옮김 | 25 |

파우스트
요한 볼프강 폰 괴테 | 장희창 옮김 | 74 |
서울대 권장 도서 100선
미국대학위원회 SAT 권장 도서

디칸카 근교 마을의 야회
니콜라이 고골 | 이경완 옮김 | 116 |

| 1835 | **고리오 영감**
오노레 드 발자크 | 이동렬 옮김 | 32 |
서머싯 몸 선정 세계 10대 소설
연세 필독 도서 200선

결혼 계약
오노레 드 발자크 | 송기정 옮김 | 136 |

| 1836 | **골짜기의 백합**
오노레 드 발자크 | 정예영 옮김 | 4 |

감찰관
니콜라이 고골 | 이경완 옮김 | 115 |

| 1839 | **골동품 진열실**
오노레 드 발자크 | 이동렬 옮김 | 133 |

| 1844 | **러시아의 밤**
블라지미르 오도예프스키 | 김희숙 옮김 | 75 |

| 1847 | **워더링 하이츠**
에밀리 브론테 | 유명숙 옮김 | 38 |
서머싯 몸 선정 세계 10대 소설
서울대 선정 동서 고전 200선
미국대학위원회 SAT 권장 도서

제인 에어
샬럿 브론테 | 조애리 옮김 | 64 |
연세 필독 도서 200선
미국대학위원회 SAT 권장 도서
BBC 선정 영국인들이 가장 사랑하는 소설 100선
「가디언」 선정 가장 위대한 소설 100선

사촌 퐁스
오노레 드 발자크 | 정예영 옮김 | 93 |
국내 초역

| 1849 | **에드거 앨런 포 단편선**
에드거 앨런 포 | 조애리 옮김 | 143 |

| 1850 | **주홍 글자**
너새니얼 호손 | 양석원 옮김 | 40 |

| 1855 | **죽은 혼**
니콜라이 고골 | 이경완 옮김 | 37 |
국내 최초 원전 완역

| 1856 | **마담 보바리**
귀스타브 플로베르 | 진인혜 옮김 | 109 |

| 1866 | **죄와 벌**
표도르 도스토예프스키 | 김희숙 옮김 | 55, 56 |
미국대학위원회 SAT 권장 도서
하버드 대학교 권장 도서

| 1869 | **전쟁과 평화**
레프 톨스토이 | 박종소·최종술 옮김 | 98, 99, 100 |
뉴스위크, 가디언, 노벨연구소 선정
세계 100대 도서

| 1871 | **루공가의 치부**
에밀 졸라 | 조성애 옮김 | 141 |

| 1880 | **워싱턴 스퀘어**
헨리 제임스 | 유명숙 옮김 | 21 |

| 1886 | **지킬 박사와 하이드 씨·존 니컬슨**
로버트 루이스 스티븐슨 | 윤혜준 옮김 | 81 |

작품
에밀 졸라 | 권유현 옮김 | 97 |

| 1888 | **꿈**
에밀 졸라 | 최애영 옮김 | 13 |
국내 초역

| 1889 | **쾌락**
가브리엘레 단눈치오 | 이현경 옮김 | 80 |
국내 초역

| 1890 | **인형**
볼레스와프 프루스 | 정병권 옮김 | 85, 86 |
국내 초역

에밀리 디킨슨 시 선집
에밀리 디킨슨 | 조애리 옮김 | 126 |

| 1896 | **키 재기 외**
히구치 이치요 | 임경화 옮김 | 33 |
수록 작품 : 섣달그믐, 키 재기, 탁류, 십삼야, 갈림길, 나 때문에

체호프 희곡선
안톤 파블로비치 체호프 | 박현섭 옮김 | 53 |
수록 작품 : 갈매기, 바냐 삼촌, 세 자매, 벚나무 동산

| 1899 | **어둠의 심연**
조지프 콘래드 | 이석구 옮김 | 9 |
수록 작품 : 어둠의 심연, 진보의 전초기지, 『청춘과 다른 두 이야기』 작가 노트, 『나르시서스호의 검둥이』 서문
미국대학위원회 SAT 권장 도서
연세 필독 도서 200선

맥티그
프랭크 노리스 | 김욱동·홍정아 옮김 | 102 |

| 1900 | **라이겐**
아르투어 슈니츨러 | 홍진호 옮김 | 14 |
수록 작품 : 라이겐, 아나톨, 구스틀 소위

| 1902 | **꿈의 연극**
아우구스트 스트린드베리 | 홍재웅 옮김 | 130 |

| 1903 | **문명소사**
이보가 | 백승도 옮김 | 68 |

| 1907 | **어머니**
막심 고리키 | 정보라 옮김 | 123 |

| 1908 | **무사시노 외**
구니키다 돗포 | 김영식 옮김 | 46 |
수록 작품 : 겐 노인, 무사시노, 잊을 수 없는 사람들, 쇠고기와 감자, 소년의 비애, 그림의 슬픔, 가마쿠라 부인, 비범한 범인, 운명론자, 정직자, 여난, 봄 새, 궁사, 대나무 쪽문, 거짓 없는 기록
국내 초역 다수

| 1909 | **좁은 문·전원 교향곡**
앙드레 지드 | 이동렬 옮김 | 24 |
1947년 노벨 문학상 수상 작가

| 1910 | **말테의 수기**
라이너 마리아 릴케 | 김재혁 옮김 | 144 |

| 1911 | **파도**
에두아르트 폰 카이절링 | 홍진호 옮김 | 124 |

| 1914 | **플라테로와 나**
후안 라몬 히메네스 | 박채연 옮김 | 59 |
1956년 노벨 문학상 수상 작가

돈키호테 성찰
호세 오르테가 이 가세트 | 신정환 옮김 | 90 |

| 1915 | **변신·선고 외**
프란츠 카프카 | 김태환 옮김 | 72 |
수록 작품 : 선고, 변신, 유형지에서, 신임 변호사, 시골 의사, 관람석에서, 낡은 책장, 법 앞에서, 자칼과 아랍인, 광산의 방문, 이웃 마을, 황제의 전갈, 가장의 근심, 열한 명의 아들, 형제 살해, 어떤 꿈, 학술원 보고, 최초의 고뇌, 단식술사
서울대 권장 도서 100선
연세 필독 도서 200선
미국대학위원회 SAT 권장 도서

한눈팔기
나쓰메 소세키 | 서은혜 옮김 | 110 |

| 1916 | **버너 자매**
이디스 워튼 | 홍정아·김동욱 옮김 | 114 |

청춘은 아름다워
헤르만 헤세 | 홍성광 옮김 | 117 |
1946년 노벨 문학상 및 괴테 문학상 수상 작가

| 1919 | **데미안**
헤르만 헤세 | 이영임 옮김 | 65 |
1946년 노벨 문학상 및 괴테 문학상 수상 작가

| 1920 | **사랑에 빠진 여인들**
데이비드 허버트 로렌스 | 손영주 옮김 | 70 |

| 1921 | **러브크래프트 걸작선**
H. P. 러브크래프트 | 이동신 옮김 | 137 |

| 1922 | **두이노의 비가**
라이너 마리아 릴케 | 안문영 옮김 | 140 |

| 1923 | **E. E. 커밍스 시 선집**
E. E. 커밍스 | 박선아 옮김 | 134 |

| 1924 | **마의 산**
토마스 만 | 홍성광 옮김 | 1, 2 |
1929년 노벨 문학상 수상 작가
서울대 권장 도서 100선
연세 필독 도서 200선
「뉴욕타임스」 선정 '20세기 최고의 책 100선'
미국대학위원회 SAT 권장 도서

송사삼백수
주조모 엮음 | 김지현 옮김 | 62 |

| 1925 | **소송**
프란츠 카프카 | 이재황 옮김 | 16 |

요양객
헤르만 헤세 | 김현진 옮김 | 20 |
수록 작품: 방랑, 요양객, 뉘른베르크 여행
1946년 노벨 문학상 수상 작가
국내 초역 「뉘른베르크 여행」 수록

위대한 개츠비
프랜시스 스콧 피츠제럴드 | 김태우 옮김 | 47 |
미 대학생 선정 '20세기 100대 영문 소설' 1위
모던 라이브러리 선정 '20세기 100대 영문학' 중 2위
미국대학위원회 추천 '서양 고전 100'
「르몽드」 선정 '20세기의 책 100선'
「타임」 선정 '20세기 100대 영문 소설'

아메리카의 비극
시어도어 드라이저 | 김욱동 옮김 | 106, 107 |

서푼짜리 오페라·남자는 남자다
베르톨트 브레히트 | 김길웅 옮김 | 54 |

댈러웨이 부인
버지니아 울프 | 손영주 옮김 | 142 |

| 1927 | **젊은 의사의 수기·모르핀**
미하일 불가코프 | 이병훈 옮김 | 41 |
국내 초역

황야의 이리
헤르만 헤세 | 권혁준 옮김 | 104 |
1946년 노벨 문학상 수상 작가
1946년 괴테상 수상 작가

| 1928 | **체벤구르**
안드레이 플라토노프 | 윤영순 옮김 | 57 |
국내 초역

마쿠나이마
마리우 지 안드라지 | 임호준 옮김 | 83 |
국내 초역

| 1929 | **첫 번째 주머니 속 이야기**
카렐 차페크 | 김규진 옮김 | 87 |

베를린 알렉산더 광장
알프레트 되블린 | 권혁준 옮김 | 52 |

| 1930 | **식(蝕) 3부작**
마오둔 | 심혜영 옮김 | 44 |
국내 초역

안전 통행증·사람들과 상황
보리스 파스테르나크 | 임혜영 옮김 | 79 |
원전 국내 초역
1958년 노벨 문학상 선정 작가

내가 죽어 누워 있을 때
윌리엄 포크너 | 윤교찬 옮김 | 145 |
1949년 노벨 문학상 수상 작가

| 1934 | **브루노 슐츠 작품집**
브루노 슐츠 | 정보라 옮김 | 61 |

| 1935 | **루쉰 소설 전집**
루쉰 | 김시준 옮김 | 12 |
서울대 권장 도서 100선
연세 필독 도서 200선

물망초
요시야 노부코 | 정수윤 옮김 | 112 |

| 1936 | **로르카 시 선집**
페데리코 가르시아 로르카 | 민용태 옮김 | 15 |
국내 초역 시 다수 수록

| 1937 | 재능
블라디미르 나보코프 | 박소연 옮김 | 84 |
국내 초역

그림의 이면
씨부라파 | 신근혜 옮김 | 122 |
국내 초역

| 1938 | 사형장으로의 초대
블라디미르 나보코프 | 박혜경 옮김 | 23 |
국내 초역

| 1942 | 이방인
알베르 카뮈 지음 | 김진하 옮김 | 105 |
1957년 노벨 문학상 수상 작가

| 1946 | 대통령 각하
미겔 앙헬 아스투리아스 | 송상기 옮김 | 50 |
1967년 노벨 문학상 수상 작가

| 1948 | 격정과 신비
르네 샤르 | 심재중 옮김 | 128 |
국내 초역

| 1949 | 1984년
조지 오웰 | 권진아 옮김 | 48 |
1999년 모던 라이브러리 선정 '20세기 100대 영문학'
2005년 「타임」 선정 '20세기 100대 영문 소설'
2009년 「뉴스위크」 선정 '역대 세계 최고의 명작' 2위

| 1953 | 엘뤼아르 시 선집
폴 엘뤼아르 | 조윤경 옮김 | 121 |
국내 초역 시 다수 수록

| 1954 | 이즈의 무희·천 마리 학·호수
가와바타 야스나리 | 신인섭 옮김 | 39 |
1952년 일본 예술원상 수상
1968년 노벨 문학상 수상 작가

단순한 과거
드리스 슈라이비 | 정지용 옮김 | 131 |

| 1955 | 엿보는 자
알랭 로브그리예 | 최애영 옮김 | 45 |
1955년 비평가상 수상

| 1955 | 저주받은 안뜰 외
이보 안드리치 | 김지향 옮김 | 49 |
수록 작품 : 저주받은 안뜰, 몸통, 술잔,
물방앗간에서, 올루야크 마을, 삼사라
여인숙에서 일어난 우스운 이야기
세르비아어 원전 번역
1961년 노벨 문학상 수상 작가

| 1957 | 호모 파버
막스 프리쉬 | 정미경 옮김 | 113 |

점원
버나드 맬러머드 | 이동신 옮김 | 125 |

| 1962 | 이력서들
알렉산더 클루게 | 이호성 옮김 | 58 |

| 1964 | 개인적인 체험
오에 겐자부로 | 서은혜 옮김 | 22 |
1994년 노벨 문학상 수상 작가

아주 편안한 죽음
시몬 드 보부아르 | 강초롱 옮김 | 111 |

| 1967 | 콜리마 이야기
바를람 샬라모프 | 이종진 옮김 | 76 |
국내 초역

| 1968 | 현란한 세상
레이날도 아레나스 | 변선희 옮김 | 96 |
국내 초역

| 1970 | 모스크바발 페투슈키행 열차
베네딕트 예로페예프 | 박종소 옮김 | 36 |
국내 초역

| 1978 | 노인
유리 트리포노프 | 서선정 옮김 | 89 |
국내 초역

| 1979 | 천사의 음부
마누엘 푸익 | 송병선 옮김 | 8 |

| 1981 | 커플들, 행인들
보토 슈트라우스 | 정항균 옮김 | 7 |
국내 초역

| 1982 | 시인의 죽음
다이허우잉 | 임우경 옮김 | 6 |

1991	**폴란드 기병**
	안토니오 무뇨스 몰리나	권미선 옮김
		29, 30	
	국내 초역
	1991년 플라네타상 수상
	1992년 스페인 국민상 소설 부문 수상

1995 **갈라테아 2.2**
리처드 파워스 | 이동신 옮김 | 108 |
국내 초역

1996 **아메리카의 나치 문학**
로베르토 볼라뇨 | 김현균 옮김 | 17 |
국내 초역

1999 **이상한 물질**
테라지아 모라 | 최윤영 옮김 | 92 |
국내 초역

2001 **아우스터리츠**
W. G. 제발트 | 안미현 옮김 | 19 |
국내 초역
전미 비평가 협회상 브레멘상
「인디펜던트」외국 소설상 수상
「LA타임스」「뉴욕」「엔터테인먼트 위클리」선정
2001년 최고의 책

2002 **야쿠비얀 빌딩**
알라 알아스와니 | 김능우 옮김 | 43 |
국내 초역
바쉬라힐 아랍 소설상
프랑스 툴롱 축전 소설 대상
이탈리아 토리노 그린차네 카부르 번역 문학상
그리스 카바피스상

2003 **프랑스어의 실종**
아시아 제바르 | 장진영 옮김 | 95 |
국내 초역

2005 **우리 짜르의 사람들**
류드밀라 울리츠카야 | 박종소 옮김 | 69 |
국내 초역

2016 **망자들**
크리스티안 크라흐트 | 김태환 옮김 | 101 |
국내 초역